Tourmenté

Du même auteur
aux Éditions J'ai lu

HELL'S HORSEMEN

1 – Indéniable
N° 10927

2 – Imparfait
N° 11201

3 – Inaccessible
N° 11289

MADELINE

SHEEHAN

HELL'S HORSEMEN – 4

Tourmenté

Traduit de l'anglais (États-Unis)
par Anne Michel

J'AI LU

Titre original
UNBELOVED

Éditeur original
Unforeseen Editing
Edited by Pam Berehulke

Dédicace

Ce livre est pour les frères de la vieille école et leurs régulières, les prospects, et les brebis de club ; pour les potes, leurs motos et leurs meufs. Pour tous mes 47 % qui se reconnaîtront, les petits gosses roux avec leurs taches de rousseur sur les joues, les femmes qui portent leur cœur brisé en bandoulière et les vieux qui ont des histoires tristes à raconter. Aux trous dans nos tee-shirts, à nos jeans usés et à nos bandanas préférés, aux rires, aux verres qui s'entrechoquent, aux coups de cœur qui nous entraînent dans un lit, à l'odeur des pots d'échappement et de la fumée de cigarette. À l'amour qui tue et à celui qui guérit, à la sensation du cuir craquelé contre notre joue, du soleil dans notre dos et du vent dans nos cheveux, à la route devant nous, aux chemins que nous avons empruntés et à ceux qu'il nous reste à prendre…

À la liberté vraie.

Mais surtout, ce livre est pour mon club. Le club des gens qui m'ont tenu la main quand j'en avais besoin, qui m'ont raconté des blagues quand j'étais au bord des larmes et qui m'ont accompagnée durant tout le processus déchirant, douloureux, que requiert la création d'un livre.

Danielle, ce livre est pour toi, pour avoir été à mes côtés à tout moment.

Pour Christina, parce que tu m'as maintenue dans le rythme. De la meilleure façon qui soit. Et tu sais quoi ? Merci pour ce truc. Ce truc incroyable, hallucinant. Je t'aime, *scissor sista*.

Pour Ashley, qui est si vaniteuse qu'elle pense probablement que ce livre lui est dédicacé, non ? Non ? Eh bien, OUI. Pas la peine d'en rajouter.

Pour Nicole, qui noie nos tristesses sous son humour pince-sans-rire et plein de bons mots. Merci, ma belle.

Pour Pam, qui s'occupe toujours de moi.

Pour Claire, qui trouve une raison de sourire, quoi que la vie lui réserve. Tu es une source d'inspiration.

Pour Gail M., qui comprend mon genre de folie.

Pour Gail H., qui me connaît presque aussi bien que je me connais moi-même.

Pour Ellie, Virginia, Hillary, Courtney et Toski parce que sans vous je ne serais arrivée à rien. Ou est-ce que c'est *avec* vous que je ne serais arrivée à rien ? (Clin d'œil.)

Pour Emmy, Cindy, Syreeta et Karina, qui sont les meilleures copines qui soient, pour votre soutien et votre amitié inconditionnels.

Et pour mon mari, parce que sans son amour mes rêves ne seraient encore… que des rêves.

Enfin, pour mes enfants, parce que qu'est-ce que je serais sans eux ?

Je ne veux même pas le savoir.

Prologue

Ce fut le malheur qui lui enleva toute couleur, la fit sortir de sa route et la perdit. Et elle vagabonda à travers sa propre vie, ignorante et peu assurée, jusqu'à ce qu'elle se rende compte que son chemin s'était toujours trouvé sous son nez. Cachée dans les ombres du désespoir, elle trouva sa voie, sa couleur, au plus profond de son cœur, d'un superbe rouge lumineux.

Je n'ai pas toujours été brisée ; nous sommes tous nés purs. C'est notre voyage qui nous pèse et nous pousse à la dérive. Nos erreurs qui nous accablent. Et nous croulons sous la culpabilité et la honte, nous terrant un peu plus au fil des épreuves. Il ne dépend que de nous de nous en sortir et d'accepter nos fautes, nos imperfections mais aussi celles de ceux que nous aimons. Afin de retrouver le chemin dont nous nous sommes éloignés.

J'étais une fille banale. J'ai grandi dans une petite ville du Montana, entourée de gens terre à terre, des gens simples avec des rêves simples. J'aimais ma mère, mon père et ma grande sœur de tout mon cœur. J'aimais les livres qui se finissaient bien et les films romantiques. J'étais impatiente de tomber amoureuse.

Contrairement à mon ambitieuse sœur aînée, j'étais une romantique née. Aussi loin que mes souvenirs remontent, j'étais amoureuse de l'idée même de l'amour, gorgée de notions frivoles, cotonneuses, sur ce que le bonheur était vraiment. Pour moi, on ne le trouvait qu'entre les bras d'un homme... un homme qui serait amoureux de moi.

Je voulais les papillons dans le ventre, les doigts enlacés, les baisers volés sur le siège arrière d'une voiture, les appels téléphoniques tard dans la nuit, la totale. L'anxiété, le désespoir, cette souffrance magnifique, horriblement intense, qu'on appelait l'amour. Du coup, je parais tout de romance.

Je n'avais aucune aspiration, pas de grands rêves. Je ne travaillais à aucun but, ni à aucun grand accomplissement. Au lieu de penser à mes études supérieures, je fantasmais ma vie de couple ; au lieu de réfléchir à une carrière, je mourais d'envie d'avoir des enfants.

Des images de mariages traditionnels en blanc et de bébés dansaient dans mon esprit. Je voulais trois enfants – un garçon, deux filles –, une jolie maison avec une barrière en bois blanc, un chat, un chien. Arrivée à mes quatorze ans, j'avais déjà tout prévu. La coupe des robes de mes demoiselles d'honneur, le plan de table de la réception, la couleur des rideaux de mon salon, le décor des chambres des enfants... aucun détail n'échappait à mon attention. Vivre un conte de fées, devenir le centre de l'univers de mon homme, être sa princesse : il n'y avait que ça pour moi.

Je voulais mon « Ils vécurent heureux à jamais ».

Il n'y avait qu'un problème.

Au lieu de rencontrer mon prince charmant, je suis tombée sur un gros tas d'embrouilles. À quinze ans, je me suis retrouvée enceinte ; à dix-huit, j'étais mariée à un homme que je n'aimais pas ; et à vingt, je le trompais avec un homme marié.

Puis, à vingt-quatre ans, je donnais mon cœur à un autre homme encore, une erreur qui allait une fois de plus bouleverser de manière drastique le cours de ma vie.

Mes faiblesses, mes choix, mes décisions – celles que j'ai prises et celles que je n'ai pas prises –, tout cela m'emporta sur une route chaotique, emplie de regrets, de cœur brisé, et de souffrance. Ce qui manqua me tuer.

Changerais-je les choses si je le pouvais ? Remonterais-je le temps pour agir différemment ?

Jamais.

Ce n'est pas seulement mon histoire, celle d'une femme brisée qui s'est égarée. C'est aussi celle de mes enfants, des hommes que j'ai aimés, et des amis qui furent plus une famille pour moi que la mienne propre.

C'est notre histoire à nous tous, toutes nos destinées mêlées. Rien que pour cela, je ne changerais rien, au diable la souffrance et la mort.

1

La journée était superbe. Le Montana était en pleine floraison, le vert s'étendait aussi loin que le regard portait. Le soleil brillait, les enfants jouaient, ça riait partout. L'un dans l'autre, c'était juste un barbecue d'été typique dans l'enceinte du club des Hell's Horsemen que tout le monde, comme toujours, appréciait énormément.

C'est-à-dire, tout le monde sauf moi.

Je trouvai le soleil trop vif, et les enfants me rappelaient douloureusement que ma propre fille n'était pas là. Quant aux rires, ils étaient tout bonnement trop bruyants. J'avais le sentiment d'étouffer dans tout ça, je souhaitais être ailleurs, *être* n'importe qui d'autre… n'importe qui, sauf moi.

— Dorothy ?

— Hum ?

Mon attention revint au petit groupe d'amis qui m'entouraient : Kami, Mick et sa femme, Adriana, et Eva qui m'observait avec curiosité. Ses yeux, trop grands et d'un gris incroyable, semblaient capables de lire en moi ; qu'importe à quel point je tentais désespérément de cacher mes sentiments, elle parvenait à les découvrir. Son boulot y était probablement pour quelque chose.

Eva était mariée à Deuce West, le président des Hell's Horsemen. L'une des tâches non formulées qui lui incombaient était de nous garder, nous les femmes, dans le rang, de s'assurer qu'aucun des problèmes émotionnels que nous rencontrions n'interfère avec les hommes et leurs affaires.

Ce qui ne changeait rien au fait qu'elle était pour moi ce qui s'approchait le plus d'une meilleure amie, même si la réciproque n'était pas vraie.

Kami, son amie d'enfance et épouse d'un autre membre du club, détenait ce précieux titre. Je n'étais pas jalouse ; seulement heureuse d'appartenir au cercle des intimes. Cela n'avait pas toujours été le cas. Avant que Deuce ne ramène Eva à la maison, la vie au sein du club était très différente pour celles qui n'avaient pas la chance d'avoir épousé l'un des gars.

Des femmes comme moi, parfois appelées des extras, des coups discrets, ou des chauffeuses de lit ; pour l'essentiel, des brebis de club. Je bénéficiais d'une position quelque peu supérieure au sein du MC où je tenais le rôle d'une sorte de mère poule, étant payée pour cuisiner et nettoyer. J'avais été, malgré tout, considérée comme un citoyen de deuxième ordre, facilement remplaçable et remplacée.

Eva avait changé tout cela. Elle avait modifié beaucoup de choses dans le fonctionnement du club, devenant au passage une sœur pour moi, plus que la mienne ne l'avait jamais été.

— Ça va, mentis-je, essayant de sourire. Le petit donne des coups, c'est tout.

Comme j'étais enceinte de huit mois, il m'était facile de reprocher mes sautes d'humeur au bébé, mais Eva n'était pas dupe. La pitié se lut dans son expression. Elle acquiesça et se détourna. Je fis de même, à la recherche de la raison de ma présence ici, au milieu d'un club empli de criminels et de leurs familles.

Jase, dont les yeux étaient déjà rivés sur moi, rencontra mon regard. Il souriait. Lorsqu'il se concentra sur mon ventre gonflé, son sourire s'épanouit de manière plutôt démoniaque.

Notre histoire durait depuis presque dix-sept ans. Pourtant, il était encore douloureusement facile de comprendre comment Jason « Jase » Brady, marié et père de famille, avait été capable de convaincre la mère et épouse prévenante que j'avais été de devenir sa « brebis ». À tel point que je n'avais qu'à fermer les yeux pour que la sonnette de la porte tinte de nouveau à mes oreilles, que le plancher s'incurve et craque sous mes pieds, et que j'entende ma propre voix s'exclamer comme elle l'avait fait tant d'années auparavant…

— Salut, Joey, m'écriai-je en entrant dans la boutique du coin.

Depuis le comptoir, Joe Weaver, un ancien copain d'école, leva les yeux de son Playboy *pour m'offrir un sourire dévoilant des dents jaunâtres.*

— Salut la naine, répondit-il joyeusement. Tu m'as apporté des muffins aujourd'hui ?

— Désolée, lui lançai-je par-dessus mon épaule en me dirigeant vers l'allée des médicaments. Teg a la grippe. La pauvre a vomi toute la nuit.

J'attrapai ce dont j'avais besoin, puis retournai vers la caisse. Je cherchai mon argent dans ma poche.

— Pete est resté à la maison avec elle ? demanda Joey.

Je secouai la tête.

— Il a repris la route, cette fois-ci pour un mois.

— Il travaille pour qui maintenant ?

— J'en suis pas sûre, répondis-je avec un haussement d'épaules.

Mon mariage n'était pas conventionnel. Il tenait plus d'une cohabitation que de quoi que ce soit d'autre. En tant que colocataires, Pete et moi n'avions aucune envie de nous marcher sur les pieds.

Le boulot de chauffeur de Pete, qui l'amenait à transporter du fret d'un bout à l'autre du pays, nous offrait le luxe de vivre séparés tout en répondant aux souhaits de nos parents : élever notre fille ensemble.

Mais Pete ne me disait généralement pas ce qu'il faisait ni où il allait à moins que je ne sois directement concernée, et cela ne m'importait pas suffisamment pour que je pose la question.

— Il est dans une entreprise plus petite maintenant, ajoutai-je. Transport de papier, je crois.

Tout en passant mes achats en caisse, Joey opina distraitement.

— Du coup, c'est tes vieux qui ont Teg ?

Je reniflai. L'idée que mes parents m'aident de leur propre chef était risible. Dans les bons jours, ils me voyaient comme un embarras. La plupart du temps, j'étais un échec avec lequel ils ne voulaient rien avoir en commun.

— Elle est avec Mary.

À la mention du nom de ma sœur aînée, Joey grimaça. Je pinçai les lèvres pour m'empêcher de rire. Mary n'était la chouchoute de personne. Comme la plupart des habitants de Miles City, elle fréquentait régulièrement l'église et appartenait à la droite conservatrice, mais elle ne s'arrêtait pas là. Elle prenait de haut ceux qui ne partageaient pas ses opinions, prêchant sans discontinuer à qui voulait bien l'entendre, tout comme à ceux qui n'y tenaient pas. Pas besoin de préciser qu'elle n'était pas Miss Populaire. Mais comme elle était le seul agent immobilier en ville, qu'ils le veuillent ou non, les gens étaient obligés d'être en contact avec elle.

— Pauvre gosse, marmonna Joey en me tendant ma monnaie. Malade et obligée de rester avec « Mary, Mary, quite contrary[1] *».*

— Tu t'es trompé, dis-je en lui montrant mon ticket de caisse. Tu me dois encore trois dollars, regarde...

La cloche de la porte retentit bruyamment. Je jetai un coup d'œil par-dessus mon épaule, m'attendant à moitié à découvrir Marty, l'ivrogne du village, entrer en vacillant pour quémander ses aumônes matinales.

Au lieu de cela, un jeune homme vêtu d'un treillis militaire pénétra dans la petite boutique. Il portait un large sac marin vert. Une fois à l'intérieur, il marqua une pause, repoussa son couvre-chef et balaya la boutique des yeux. Lorsqu'ils rencontrèrent les miens, j'en eus le souffle coupé.

Il était superbe. Ses iris étaient d'un bleu profond, vif ; ses cheveux châtain clair étaient coupés court. Il avait les traits durs et ciselés, tannés jusqu'à atteindre une teinte dorée parfaite. Sa silhouette s'effilait depuis ses larges épaules jusqu'à ses hanches minces. Cet homme était absolument sublime. J'étais pétrifiée.

En plus, je ne le reconnaissais pas, alors que nous étions à Miles City, État du Montana, où tout le monde connaissait tout le monde. Pour ce que j'en savais, il n'y avait pas eu de nouvelles arrivées dans notre petite ville.

— Les toilettes ? demanda-t-il, sourcils levés.

En réponse, Joey indiqua du doigt l'arrière de la boutique. L'homme mit son sac à son épaule et traversa le magasin sous nos regards.

— D., arrête de baver, m'intima Joey d'une voix haut perchée, comme s'il se retenait de rire. Tu ressembles à un lutin aux yeux globuleux. Et ça te va pas.

---

1. Comptine enfantine anglaise. *(N.d.T.)*

Joues rouges, je secouai la tête.

— Je me demandais juste qui il était, c'est tout.

— C'est un des gars de Deuce. Muté depuis le chapitre des Horsemen du Wyoming, à ce que j'ai entendu dire. Il s'appelle Jason Brady. Selon les gars de Deuce qui bossent au garage en ville, il est réserviste chez les marines.

Les gars de Deuce.

Deuce, le président du club de motards local, était l'un des hommes les plus terrifiants, et en même temps l'un des plus intrigants que j'aie jamais rencontrés. Et quand je dis « rencontré », je m'emballe un peu. Je n'avais eu que peu de contacts avec le chef des Hell's Horsemen. Je l'avais croisé à l'occasion. Deuce était très discret, et pour ce que j'en savais, c'était quelqu'un de bien.

Contrairement à son père, Reaper, le précédent président du club, Deuce s'occupait de Miles City. Il avait pris en charge plusieurs commerces en faillite pour leur éviter la banqueroute. Il donnait constamment aux écoles publiques et à la bibliothèque. Lorsque, quelques années auparavant, la femme d'un voisin de mes parents était décédée d'un cancer et que le pauvre homme s'était retrouvé près de perdre sa ferme à cause des factures médicales exorbitantes qu'il avait à payer, Deuce s'était chargé de l'addition.

Même ainsi, des rumeurs circulaient selon lesquelles Deuce était impliqué dans des affaires frôlant l'illégalité. Mais lui et ses hommes étaient bons envers nous. Résultat, personne n'y accordait beaucoup d'attention, au-delà des cancans et des bavardages sans intérêt entre commères.

— Vous vendez des clopes ici ?

Jason Brady émergea des toilettes. Son allure n'avait plus rien de celle d'un héros américain. Avec ses bottes et son pantalon en cuir, un tee-shirt noir près du corps sous sa jaquette des Hell's Horsemen, en cuir elle aussi, il avait maintenant tout d'un des hommes de Deuce. Sauf qu'il était de loin le biker le plus soigné que j'aie jamais vu. Et on aurait aussi dit qu'il sentait bon.

Ce qui n'était que pure assomption de ma part. Ou peut-être un espoir. Parce que, pour une raison ou pour une autre, j'avais vraiment envie de m'approcher assez de lui pour vérifier.

— J'm'appelle Brady, dit-il en souriant à Joey par-dessus ma tête. Jase Brady.

— Joe Weaver, répondit celui-ci avant de me montrer du doigt. Et voici la petite Dorothy Kelley Matthews, notre naine rousse.

Le regard amical de Jase descendit jusqu'à moi, avant de m'évaluer avec lenteur. Ses yeux parcoururent mon mètre cinquante, de la tête aux pieds, et retour.

Je sentis mon visage s'enflammer. Non seulement mon jean troué et mon tee-shirt uni portaient les traces d'une matinée consacrée aux tâches ménagères, mais en plus mes cheveux étaient ramassés au sommet de mon crâne en un chignon sans allure. Sans oublier que je transpirais dans la chaleur de la mi-journée.

— Ravi de te rencontrer, ma belle, dit Jase qui afficha un sourire.

De manière totalement délibérée, il caressa sa lèvre inférieure charnue du bout de sa langue.

Résultat, mon visage n'était plus le seul en feu : mon corps aussi. J'avais brusquement le sentiment d'être droguée, que mes pensées étaient confuses. Je pressai la main contre mon ventre et déglutis.

— Pareil… murmurai-je.

— Tu as un surnom, petite Dorothy Kelley Matthews ? demanda-t-il. Parce que c'est bien long à dire.

J'expirai avec difficulté. Qu'est-ce qui clochait chez moi ? Pourquoi étais-je incapable de parler ? Ou de bouger ?

Le sourire de Jase s'épanouit encore.

— Non pas que je trouve désagréable de passer du temps avec une jolie fille…

Oh mon Dieu. Et que répondait-on à ça ?

Derrière moi, Joey laissa échapper une toux bruyante qui semblait amusée, me ramenant à la réalité. Et à un Jase à l'air connaisseur, qui avait pleinement conscience de l'effet qu'il produisait sur moi.

— Excusez-moi, marmonnai-je.

J'attrapai mes achats sur le comptoir pour me diriger rapidement vers la porte du magasin que je poussai à l'aveuglette.

Mais qu'est-ce qui m'avait pris ? J'avais flirté ! Avec un total inconnu en plus !

Pire encore, j'étais mariée. Peut-être que l'amour n'était pas au rendez-vous entre Pete et moi, et qu'il était plus souvent sur la route qu'à la maison, mais nous avions une fille et financièrement, il subvenait à nos besoins. Ça méritait le respect. Pourtant, je me conduisais comme une ado en plein coup de cœur, berçant des pensées dont j'aurais dû me détourner. Consternée, je secouai la tête et laissai échapper le souffle que j'avais retenu. Cela n'atténua en rien le rythme endiablé des battements de mon cœur.

Je rejoignis mon pick-up et jetai mes emplettes sur le siège par la fenêtre ouverte. J'étais sur le point d'ouvrir la portière lorsque je sentis qu'on me touchait l'épaule gauche. Je sursautai, pivotai et me retrouvai nez à nez avec… Jason Brady.

— Tu as oublié ta monnaie, dit-il.

Lorsque j'arrachai mon regard à son large sourire pour me concentrer sur sa main tendue, j'y découvris trois billets de un dollar froissés. Pour autant, mon intérêt ne se portait pas sur cet argent, mais sur l'homme face à moi. Il se tenait près de moi, si près, et m'observait trop intensément pour que je me sente à l'aise.

Et oui, bon sang. Il sentait bon. Un parfum discret mais néanmoins un peu épicé émanait de sa peau, accompagné par une légère odeur de transpiration et l'effluve net du cuir.

J'avalai difficilement ma salive. De mes doigts légèrement tremblants, j'attrapai ma monnaie. Sa main libre vint alors recouvrir la mienne, qui se retrouva emprisonnée entre les siennes. Son contact me statufia sur place.

— Tu devrais passer me voir au club un de ces jours, dit-il, le regard paresseux, le sourire révélateur d'une intention tout sauf honorable.

Un sourire qui me retourna le ventre.

Je m'éclaircis la gorge et parvins à émettre un :

— Je suis mariée.

Le sourire de Jase ne flancha à aucun moment.

— Ma belle, je n'essaie pas de te passer la bague au doigt.

Il me lâcha pour m'agiter sous le nez l'annulaire de sa main gauche. Son alliance, mince anneau de platine, scintillait de manière menaçante sous la lumière du soleil.

— J'ai aussi les cicatrices pour prouver mes dires, ajouta-t-il.

Je ne le quittai pas des yeux tandis que des pensées s'infiltraient dans mon esprit, des images de lui et moi nus, en sueur, nos corps se rencontrant. Je vis des baisers enfiévrés, des pelotages sauvages et…

Immédiatement dégoûtée, plus par moi-même que par son audace, je fis volte-face et ouvris rapidement ma portière. La claquant derrière moi, je plantai ma clé dans le contact, passai la marche arrière et appuyai sur l'accélérateur. Après avoir laissé la gomme des pneus sur le parking, je jetai un coup d'œil dans mon rétroviseur. Jase n'avait pas bougé de là où je l'avais laissé.

Il riait.

Quel salaud.

Absolument, parfaitement dessiné, sentant merveilleusement bon... mais un salaud.

Dans la mesure où j'étais jeune et malheureuse en couple, Jason n'eut à me courtiser que quelques mois avant que je ne succombe. Tomber follement amoureuse de lui me demanda encore moins de temps. Un amour que je choisis de faire passer en premier – mon mariage se brisa et ma famille me devint étrangère, voyant en moi une femme adultère, l'ultime déshonneur.

Ma dignité ? Elle aussi, je l'avais sacrifiée.

Et pourquoi ? Pour devenir une brebis de club ?

Même si j'étais zone interdite pour les autres hommes, n'appartenant qu'à Jase, la malheureuse vérité était que lui ne serait jamais mien. Des années s'étaient écoulées, il était toujours marié, toujours armé d'une litanie d'excuses expliquant pourquoi il ne pouvait pas déjà quitter sa femme, tout en promettant qu'un jour cela arriverait.

Promesse que j'avais récemment cessé de croire.

Soit j'acceptais mon destin et mon statut dans la vie de Jase – pour toujours une fille facile de club, jamais une régulière, attendant les petites miettes qu'il me jetterait –, soit je le quittais.

Mais comment rompre avec lui ? Après tout ce que j'avais abandonné, tout ce que j'avais sacrifié pour lui, tout le temps que j'avais passé à me convaincre qu'un jour je serais la seule et unique femme dans sa vie, comment pourrais-je tout simplement m'en aller ?

La vérité était que cela m'était impossible.

Le quitter signifiait perdre la sécurité qu'il m'offrait, l'appartement qu'il payait pour moi en ville et ma seule source de revenus : mon emploi au club.

Alors, je m'étais apprêtée pour un barbecue pour lequel je n'éprouvais aucun intérêt, et mon expression réjouie répondait à la sienne (j'espérais que, de loin, elle semblerait sincère et que, contrairement à Eva, il ne verrait pas derrière les apparences).

Je n'aurais pas dû m'en inquiéter. Comme toujours, Jase était hermétique à mes désirs et à mes besoins, ne se concentrant que sur les siens. À tel point qu'il n'avait même pas conscience de mon plus grand secret.

Celui que je portais en moi.

J'étais la seule à savoir que la vie qui grandissait en moi n'était pas le fruit de la relation que Jase et moi entretenions. C'était la conséquence d'une liaison avec un autre membre des Hell's Horsemen. Cela avait commencé comme une échappatoire avinée, une nuit de réconfort si nécessaire passée dans les bras d'un autre, pour devenir quelque chose d'entièrement différent au fil du temps. Même après des années, c'était quelque chose que j'avais encore du mal à comprendre, à analyser, mais en même temps… j'en étais venue à me reposer sur cette relation. À en avoir même besoin.

Cet homme m'offrait une évasion que rien d'autre dans ma vie ne me permettait de vivre. Lorsque j'étais avec lui, je n'étais jamais dévorée par le sentiment de ne pas être à ma place, ou par la peur que le moindre de mes mouvements soit comparé à ceux d'une autre femme. Avec lui, je me sentais presque libre.

Je me détournai de Jase. Je serrai fort les paupières, me représentant facilement *l'autre,* une bière dans une main, une cigarette dans l'autre, aussi stoïque et silencieux qu'à son habitude.

Jase était la lumière quand la peau de James « Hawk » Young était légèrement basanée, ses traits plus frappants, presque éthérés. Même sans les centimètres supplémentaires que lui offrait sa crête, il était plus grand que Jase, plus large d'épaules, avec des muscles saillants et une stature générale qui pouvait très facilement être perçue comme intimidante.

Au début, il m'impressionnait trop. Après notre première nuit ensemble, il était revenu, en voulant encore. Lorsque j'avais refusé, il m'avait menacée de tout raconter à Jase. Terrifiée à l'idée de perdre le seul homme que j'eusse jamais aimé, j'avais accepté.

Au bout du compte, j'avais été bien loin de me montrer timorée.

Au bout du compte... je m'étais retrouvée amoureuse de deux hommes.

Une erreur de plus.

Mais alors même que cette pensée me venait à l'esprit, je pouvais entendre Hawk, sa voix exceptionnellement profonde, son expression toujours ferme quand il me regardait et disait : « Les erreurs, ça n'existe pas, Dorothy. Y a juste des trucs qui arrivent et d'autres pas. »

Je ravalai un sanglot, cillant violemment pour refouler les larmes qui me montaient rapidement aux yeux. Quoi que pense Hawk, je savais au fond de mon cœur que ce que nous avions fait était mal. Hawk avait trahi les liens fraternels. Quant à moi, j'avais trahi Jase en autorisant un autre homme à se glisser dans mon lit. Pire encore, j'avais permis à Jase de croire que l'enfant que je portais était le sien.

Mais quel choix avais-je ? Si je reconnaissais mes péchés, je perdrais tout. Les choses étant ce qu'elles étaient, j'avais déjà perdu Hawk.

Je le voyais encore, une expression joyeuse sur le visage, quand je lui avais appris ma grossesse. Et la souffrance qui avait réduit son bonheur en miettes lorsque je lui avais dit que l'enfant n'était pas de lui.

Hawk avait pris cette déclaration pour ce qu'elle était vraiment, un mensonge éhonté attisé par la peur née dans l'esprit embrouillé d'une femme perdue. Même ainsi, il ne s'était pas battu. Il était parti.

Je ne lui en voulais pas de s'en être allé, d'avoir choisi la vie de nomade plutôt que de poursuivre la nôtre, pleine de mensonges et de secrets. Seulement, je ne m'étais pas rendu compte à quel point ma vie changerait avec son départ. Je ne m'étais pas rendu compte à quel point j'en étais venue à m'appuyer sur lui, et à quel point il me manquerait.

Mon Dieu, qu'est-ce qui ne tournait pas rond chez moi ? À presque trente-sept ans, mère d'une fille adulte et enceinte d'un autre enfant, je continuais de bien des manières à me comporter moi-même comme une gamine. Je n'avais pas de but, je n'avais toujours pas confiance en moi et en mes sentiments, dispersant mon amour aux quatre vents, tout en traversant ma vie en voletant et en m'agitant en tous sens... si on pouvait appeler une vie cette comédie délirante que je m'étais inventée.

Le léger contact d'une main sur mon ventre me ramena de mes rêveries déprimantes à la jeune femme qui s'était avancée jusqu'à moi. Blonde, superbe, dotée des mêmes fossettes qui creusaient le visage de tous les enfants de Deuce. Danielle « Danny » West me souriait gentiment.

Je laissai échapper mon souffle pour m'assurer que ma voix ne tremblerait pas, puis posai ma main sur la sienne et serrai légèrement ses doigts.

— Encore quelques semaines seulement, Danny, dis-je. Je suis impatiente de voir naître ce bébé. Je suis trop vieille pour être enceinte.

Le sourire de Danny s'emplit de sympathie, mais ce qu'elle aurait pu dire se trouva interrompu par l'homme qui s'était approché derrière elle. ZZ, son petit copain, l'enlaça et l'attira fermement contre lui.

— Hé, ma belle, murmura-t-il.

Danny pivota contre lui, lui rendant son étreinte, et déposa un baiser sur son torse.

C'était bon de la voir de nouveau heureuse. Il n'y avait pas si longtemps que cela, elle était déprimée, constamment à broyer du noir. Son comportement destructeur avait démenti sa personnalité normalement extravertie et enjouée.

ZZ l'avait sortie de son cafard pour la ramener sur la terre des vivants. Au départ, Deuce n'avait pas été emballé par leur relation, mais même lui ne pouvait nier le changement significatif chez sa fille, ou réfuter que ZZ était quelqu'un de bien. Intelligent, doux, loyal, ZZ était l'homme qu'il fallait à la fille de son président.

Même si j'étais très heureuse pour Danny, je n'arrivais pas à détourner mon esprit de ma propre fille, Tegen.

À peine plus jeune que Danny, Tegen étudiait en ce moment à l'université à San Francisco. Elle téléphonait le moins possible, ne revenait pratiquement jamais à la maison. Même si elle ne s'était jamais vraiment intéressée à Miles City, toujours dans l'attente de quelque chose de plus grand, de meilleur, je ne pouvais m'empêcher de penser que c'était la déception qu'elle éprouvait à mon égard et envers les choix que j'avais faits dans ma vie qui avait précipité son départ. C'était aussi la raison qui la rendait réticente à revenir pour de courts séjours.

— Oh mon Dieu, couina Kami. Oh Seigneur Jésus, il la demande en mariage !

Brutalement arrachée à mes réflexions, je dressai la tête, à la recherche de la raison de l'éclat de Kami. J'avais été tellement perdue dans mes réflexions que je n'avais pas remarqué le silence qui s'était installé, ni vu que le couple à mes côtés quelques instants auparavant se trouvait maintenant au centre de la cour, attirant l'attention de tous.

Le genou au sol, ZZ tenait une petite boîte qu'il tendait vers Danny. Cette dernière avait les yeux baissés vers lui. Ses traits reflétaient sa totale surprise.

Ma gorge se serra, soudain sèche et irritée. Je déglutis à plusieurs reprises, essayant de l'humidifier, de garder mon calme.

Cela ne serait jamais moi. *Cela ne serait jamais moi.*

— Je vais pleurer, murmura Adriana, une main sur la bouche.

Mick roula les yeux tout en souriant, la prenant par les épaules pour la rapprocher de lui.

Même Kami, cynique née, toujours à se chamailler avec son époux, avait les cils humides.

— Mon bébé !

Mon regard dériva jusqu'à Eva et Deuce. Côte à côte, tous deux offraient à Danny un sourire plein de joie.

— Prononce ce putain de mot, hurla Deuce, et je passe toute la semaine prochaine à tabasser ce salaud ! De toute manière, quelle que soit ta réponse, il se prendra mon poing dans la gueule !

Eva lui donna un coup amical dans le ventre. En réaction, il l'attrapa par la nuque et l'attira contre lui dans une étreinte amoureuse.

Seigneur, j'en étais entourée. Tant d'amour et d'affection. Tant de couples heureux, que leurs relations soient éprouvées ou balbutiantes. L'amour était partout, m'encerclant littéralement, sauf là où je le voulais, là où j'en avais besoin plus que tout.

Cette fois-ci, impossible de retenir mes larmes. Ma grossesse était trop avancée, l'émotion me submergeait. À maintes reprises, lors d'anniversaires ou de barbecues au club, alors que j'étais obligée de voir Jase avec sa femme et ses enfants – mourant intérieurement un peu plus chaque fois –, j'avais trouvé Hawk qui me regardait depuis l'autre côté de la pièce ou de la cour. Nos yeux se rencontraient, ce qui suffisait à m'empêcher de m'écrouler. Je me recentrais sur le désir qu'il avait de moi. Il me réchauffait, me rendait des forces. Encore et encore, d'un seul regard, il me sauvait de moi-même.

J'avais besoin de cela maintenant, de sa force, de lui.

Mes larmes se mirent à couler. Je me détournai précipitamment de mes amis, à la recherche du chemin le plus rapide pour rejoindre la solitude et la sécurité émotionnelle du club.

Je la remarquai alors.

Elle se tenait à l'extrême opposé de la pelouse, à l'extérieur du cercle qui s'était formé autour de Danny et ZZ. Chrissy, la femme de Jase.

Mes pleurs s'asséchèrent immédiatement. Je hoquetai. Une pierre me tomba sur l'estomac. Elle n'était pas là pour la fête.

Ce n'étaient pas les larmes qui sillonnaient son visage qui la trahissaient, ni ses cheveux en bataille, ni ses vêtements froissés. Ce n'était même pas l'éclat sauvage de son regard. Mais le simple fait que ses yeux rencontrent les miens, me voyant vraiment et complètement pour la première fois. Elle n'avait jamais fait preuve d'intérêt à mon égard auparavant, seulement quelques coups d'œil, pour au bout du compte finir par m'ignorer.

Elle savait. Elle savait tout.

Toutes ces années à être fourrées ensemble, à vivre dans la même ville, à nous rendre aux mêmes fêtes, à aimer le même homme, et pourtant, à être encore des étrangères l'une pour l'autre.

Ce n'était plus le cas.

Son attention se porta sur mon ventre tendu. Dans une réaction intuitive irréfléchie, mes mains vinrent le couvrir. Pour protéger d'une manière ou d'une autre la vie en moi de ce que je savais sur le point de se produire, pour faire bouclier aux horribles secrets qui étaient sur le point d'être arrachés aux ombres et balancés, hurlant et saignant, en pleine lumière.

Avec hésitation, je reculai d'un pas. Je m'apprêtai à recommencer lorsque Chrissy eut un mouvement sur le côté qui attira mon attention.

Un éclair de lumière.

Une lueur métallique.

Je poussai un cri perçant et pivotai pour me mettre à courir, mais un craquement explosif me parvint, recouvrant mon cri. Ma tête partit en arrière, comme si on m'avait frappée. Je perdis l'équilibre.

Puis je tombai. Des gens hurlaient. C'était une telle cacophonie que je ne pouvais rien entendre d'autre. Pourtant, tout cela me semblait venir de loin, très loin.

— Dorothy !

Des voix se répercutaient tout autour de moi.

Des mains m'attrapèrent.

Un visage se pencha directement au-dessus du mien.

Je connaissais ce visage, je la connaissais, c'était ma… elle était…

Je voyais ses joues inondées de pleurs, sa bouche bouger, sans entendre ce qu'elle disait. Je ne pouvais plus rien entendre. Pourquoi ?

J'essayai de lui poser la question, mais mes lèvres refusaient de bouger.

Un autre visage, celui d'un homme avec de beaux yeux bleus, fit son apparition à côté de celui de la femme. Il secouait vivement la tête d'avant en arrière.

Je le connaissais aussi. Mais j'étais incapable de me rappeler qui il était, ou comment je le connaissais.

Tout comme la femme, il pleurait et ses lèvres s'activaient, mais encore une fois, aucun son ne me parvenait. Je tentai de lever le bras, de le toucher, de...

Ma vision se brouilla, distordant et déformant les traits de ceux qui m'entouraient. Je cillai vivement, essayant de voir, de comprendre.

Il se passait quelque chose d'horrible. Ça, c'était évident. Quelque chose d'horrible. Et ces gens, qu'importe qui ils étaient, je voulais les aider.

Mais bouger, entendre, était impossible. Des points noirs flottaient au-dessus de moi, grossissant rapidement, envahissant ma vision.

J'étais fatiguée. Si, si fatiguée.

Je n'avais qu'à... fermer les yeux... pour une seconde...

L'obscurité m'enveloppa.

Puis il n'y eut plus rien.

Pas même l'obscurité.

2

Sept ans plus tard

La neige me manquait. Dans le Montana, il neigeait toujours à Noël.

Au lieu de cela, à San Francisco, il pleuvait. Et pleuvait. Et pleuvait encore.

Lovée sur le canapé de mon salon, une tasse de café dans une main, mon portable dans l'autre, je regardais l'averse qui ruisselait sur la vitre, distordant et mêlant toutes les couleurs du monde extérieur au point qu'elles ne formaient plus qu'une masse grise uniforme.

Une sorte de symbolisme en rapport avec ma vie, une vie un peu trop pleine de couleurs, méditai-je, une moue sardonique aux lèvres. Une vie qui avait commencé sous le signe de la naïveté, pleine de roses et de bleus, mais qui, au fur et à mesure que je vieillissais, s'était emplie de rouges et de jaunes vifs, pour plus tard se changer en des gris tristes, orageux.

Depuis ma guérison, j'avais fait tout mon possible pour balayer la plus grande partie de cette couleur, laissant derrière moi ma vie chaotique de Miles City,

Montana, pour tout recommencer à San Francisco, Californie.

Une étape nécessaire dans le lâcher prise, dans la renonciation au clinquant pour des couleurs plus douces, neutres, des teintes relaxantes. Parce que lorsque vous aviez frôlé la mort, vous appreniez à apprécier les tons tendres, plus calmes, de l'existence.

Je laissai tomber mon portable sur mes genoux, levai la main et repoussai mon épaisse crinière rousse ondulée pour suivre du doigt la longue et mince cicatrice qui courait le long de mon crâne.

La balle tirée pour nous tuer, mon enfant et moi, n'avait pas atteint son but. Mon fils, Christopher, et moi-même avions heureusement survécu. Christopher s'en était sorti indemne, mais le traumatisme m'avait laissée face à une feuille blanche. Pendant une longue période, je n'avais plus rien su de ma vie, qui étaient mes enfants, ou même comment je m'appelais.

Grâce à des médecins fantastiques, à une thérapie et à une bonne dose de chance, j'avais fini par retrouver mes souvenirs perdus. Et lorsque c'était arrivé, je l'avais regretté.

On dit que ce qui ne vous tue pas vous rend plus fort. Bien que cela soit vrai pour certains, cela a eu sur moi l'effet opposé. Au début, je ne parvenais pas à assumer mes actes, la souffrance que j'avais infligée à tant de gens, sans parler de regarder en face ceux qui avaient directement eu à pâtir de mes actions.

Parce qu'elle m'avait tiré dessus, Chrissy avait été jugée pour tentative de meurtre au premier degré et condamnée à de la prison ferme. Jase avait failli mettre un terme à sa vie, pris dans les affres de sa douleur. Résultat, leurs trois filles s'étaient retrouvées sans mère, avec un père inapte, obligées de franchir seules le cap de l'enfance à l'âge adulte.

Hawk, quand il avait su que j'avais été victime d'une fusillade, avait été pris d'une crise de rage en public qui avait jeté la lumière sur la véritable filiation de Christopher. Une fois dévoilé le comportement déloyal qu'il avait eu envers un frère, Hawk s'était encore plus renfermé sur lui-même. Ses visites dans le Montana s'étaient espacées.

Incapable de gérer la tristesse accablante et la culpabilité paralysante que j'éprouvais, ni d'imaginer comment passer à autre chose, je m'étais simplement cachée, allant jusqu'à feindre l'ignorance même après que la mémoire m'était revenue.

Il avait fallu qu'on frôle de nouveau le drame, et que cette fois Tegen soit impliquée, pour que je voie enfin au-delà du bout de mon nez. J'avais pris conscience que j'avais passé ma vie entière à me soustraire. À mon passé, à mon présent, et à quelque futur que je puisse avoir un jour.

Refusant de laisser l'histoire se répéter, mettant un terme à la dissimulation, j'avais déménagé à San Francisco avec mon fils. À l'occasion de ce nouveau départ, j'avais été témoin de la passe difficile que traversait ma fille.

Je souhaitais que nous devenions tous les trois la famille forte et solide que nous aurions toujours dû être, que nous vivions de manière à ne blesser personne, et que nous ayons l'opportunité de nous fabriquer de nouveaux souvenirs, qui mériteraient cette fois-ci d'être retenus.

Cela prit du temps, mais mon souhait finit par être exaucé.

Depuis, Tegen était repartie à Miles City, heureuse femme du fils de Deuce, Cage. Christopher, lui, vivait la vie paisible et sans souci d'un enfant de sept ans. Malgré les ressentiments qui existaient encore entre

Hawk et moi, ce dernier était une présence régulière dans la vie de son fils ; c'était tout ce qui comptait.

Notre fils avait cet effet sur nous, qu'importe à quel point la situation pouvait être tendue. Christopher était notre Suisse, une étendue de terre vierge couverte de fleurs sauvages qui s'étirait entre deux villes en train de s'écrouler.

Mes deux enfants étaient en sécurité, heureux et entourés de ceux qui les aimaient. Une mère ne pouvait pas demander grand-chose de plus.

Mais lorsqu'un verre s'était brisé, même si vous en recolliez les morceaux, il n'était plus jamais comme avant.

J'étais un verre brisé et rafistolé. Et mes enfants, bien que leurs blessures aient cicatrisé, s'étaient coupés à mes bords irréguliers.

Je soupirai et abandonnai la fenêtre pour me concentrer sur le portable.

C'était Noël. Christopher serait bientôt levé et pourtant Hawk n'était toujours pas arrivé. Son dernier SMS datait de quelques jours, m'informant qu'il serait là le 25 au matin. Depuis, rien. Il n'avait répondu à aucun de mes coups de fil.

Quelles qu'aient été les tensions entre nous, il n'avait jamais ignoré mes appels, et il n'avait jamais raté une occasion de passer du temps avec son fils.

Quelque chose n'allait pas.

Je posai mon café sur l'appui de la fenêtre pour taper rapidement un message :

Je m'inquiète, appelle-moi, s'il te plaît.

J'appuyai sur « ENVOYER » et attendis.

Au bout de dix minutes, je n'avais toujours pas reçu de réponse.

Je jetai un coup d'œil à l'horloge murale, ce qui était stupide puisque mon téléphone m'avait indiqué l'heure exacte, mais les vieilles habitudes ont la vie dure et j'avais regardé des horloges bien avant d'avoir un portable pour me donner l'heure.

Six heures trente du matin. Ce qui voulait dire qu'il était sept heures trente dans le Montana. Deuce et Eva avaient deux jeunes enfants. Compte tenu de la date, ils étaient peut-être déjà levés.

J'écrivis un nouveau message, cette fois-ci destiné à Eva :

Des nouvelles de Hawk ? Il n'est pas ici. Il n'a pas répondu à mes appels. Suis inquiète.

Puis je patientai, agrippée à l'appareil, fixant avec une telle intensité le petit écran que lorsqu'il s'illumina, affichant un INCONNU accompagné par la sonnerie ridiculement bruyante et odieuse que je n'étais pas encore parvenue à changer, je faillis avoir une attaque.

— Allô ?

— Dorothy. (La voix profonde et grondante de Deuce se déversa dans mon oreille.) Qu'est-ce qui te prend de balancer des SMS pareils sur une ligne non sécurisée ?

— Joyeux Noël à toi aussi, répondis-je sèchement, ne me souciant pas des protocoles d'envoi de messages de Deuce. Maintenant, où est Hawk ? Pourquoi n'a-t-il répondu à aucun de mes appels ?

— Qu'est-ce que tu veux dire, il n'a pas répondu à tes appels ?

Pour un homme intelligent, Deuce pouvait être vraiment bouché parfois.

— *Juste ça*. Je n'ai eu aucune réponse à mes appels ou SMS. Pas depuis avant-hier.

Un silence s'ensuivit, ce qui ne fit que resserrer le nœud à mon estomac.

— Deuce ?

— Je suis là. Je réfléchis… Une autre longue pause, puis : Faut que j'y aille, Eva t'appellera si j'ai des nouvelles.

— Attends ! criai-je.

Mais trop tard. Il avait déjà raccroché.

— Merde ! hurlai-je.

Frustrée, je serrai le portable dans ma main.

Pourquoi avais-je même pris la peine d'appeler ? Je n'avais jamais été dans les secrets des Hell's Horsemen et de leurs affaires. De plus, essayer de soutirer une information à Deuce, c'était comme exiger des réponses d'un mur de briques. Complètement impossible.

— Maman ?

Mon regard se tourna vivement vers l'autre bout de la pièce. Appuyé de tout son poids contre le mur de l'entrée, Christopher m'observait d'un air endormi, un sourire en coin aux lèvres.

Jetant le téléphone, je sautai du canapé.

— Joyeux Noël, mon bébé, dis-je avec douceur.

J'eus un geste en direction du sapin et des présents aux emballages vifs qui s'empilaient dessous.

Son petit visage, encore ensommeillé, s'illumina. Ses yeux verts s'ouvrirent plus grand, puis il fonça sur le plancher. Alors que je pensais qu'il allait me dépasser, il s'arrêta dans un dérapage, pivota et se jeta sur moi.

Je le rattrapai, mais de peu. Il n'avait que sept ans, mais la force et la carrure d'un ourson. Tout comme Tegen, la seule ressemblance qu'il avait avec moi était ses cheveux et ses yeux. Il était par ailleurs le portrait craché de son père.

— Joyeux Noël, maman, dit-il en me serrant à la taille.

En réaction, mon cœur manqua un temps. Il ne m'avait pas appelée maman depuis des années.

Je ne me rappelais peut-être pas ma grossesse quand on me l'avait présenté la première fois, mais cela ne m'avait pas empêchée de l'aimer sur-le-champ.

Malgré toute ma confusion, ma douleur à la tête, l'opération que j'avais subie et la césarienne pratiquée en urgence, à l'instant où j'avais posé les yeux sur lui, je m'étais sentie immédiatement liée à lui. J'avais su qu'il était mien.

Quand autour de moi tout m'avait semblé inconnu et nouveau, alors que ma famille et mes amis essayaient désespérément de forcer les souvenirs à me revenir, Christopher restait une exception. Il était aussi neuf au monde que moi, n'attendant rien d'autre de ma part que de l'amour.

Je lui avais retourné les mêmes sentiments au centuple, reconnaissante pour cela, et pour lui.

— Joyeux Noël, murmurai-je, en passant mes mains dans la masse indisciplinée de ses longs cheveux roux qu'il insistait avec véhémence pour laisser pousser.

Il pencha la tête en arrière et me rendit mon sourire.

— Où est papa ?

Mon sourire fermement rivé aux lèvres, je repoussais avec douceur quelques boucles de cheveux qui lui étaient tombées dans les yeux.

— Il est en route, mentis-je. Il a dit de ne pas l'attendre.

— Mais il va venir, hein ?

Ne sachant que lui répondre, je préférais changer de sujet.

— La grosse boîte là-bas est de la part de ta sœur.

Je le lâchai et le poussai légèrement en direction de l'arbre tout en lui indiquant le cadeau ridiculement imposant que Tegen et Cage avaient envoyé quelques semaines auparavant.

Sur un cri excité, l'absence de son père momentanément oubliée, Christopher bondit en avant. Attrapant le grand nœud rouge qui ornait le paquet de Tegen, il le jeta par-dessus sa tête et commença à se débarrasser rapidement du papier d'emballage aux couleurs criardes. Connaissant Tegen et Cage, je m'attendais au pire. Une batterie, un vélo tout-terrain, quelque chose qui rendrait sans aucun doute Christopher extatique et moi misérable.

— Maman ! Regarde !

C'était encore pire que ce que je craignais. Comme un phare dans une nuit brumeuse, les mots « Méga set de paintball tactique » me regardaient d'une manière qui ne présageait rien de bon. Je renvoyai au paquet son regard noir, me promettant silencieusement de me venger de ma fille et de mon gendre. Un jour, ils auraient un enfant et je serais la grand-mère gâteau, lui achetant tous les cadeaux qui laisseraient ses parents aussi horrifiés que je l'étais à la minute présente.

Posant la boîte sur le côté, Christopher se mit à ouvrir ses paquets avec un abandon heureux. J'attrapai mon café, retrouvai ma place sur le canapé pour le regarder, souriant quand il souriait, opinant avec enthousiasme chaque fois qu'il me montrait un cadeau tout juste découvert.

Mais le cœur n'y était pas. Je vérifiais mon téléphone toutes les trente secondes, espérant y lire un message de Hawk, ou de Deuce. En vain.

Je m'étais tellement habituée à notre vie calme, à notre routine fiable que ce *bug*, ce changement inattendu, était plus que déstabilisant.

En fait, c'était même bien pire que cela. L'anxiété et l'inquiétude qui s'étaient emparées de moi… étaient bien trop familières.

— C'est pour toi, maman. De ma part, ajouta-t-il fièrement.

Christopher s'était matérialisé devant moi, une petite boîte emballée posée dans sa main tendue.

Le café amer qui clapotait dans mon estomac se transforma en une dure boule de terreur. Un cadeau de la part de Christopher signifiait un cadeau de la part de Hawk, très certainement quelque chose qu'ils avaient acheté ensemble lors de sa dernière visite.

Je posai mon mug et pris l'écrin d'une main tremblante. Tandis que je l'examinai, dans son emballage mal ficelé, un sourire sincère commença à étirer mes lèvres.

— Merci, dis-je avec douceur tout en m'appliquant à retirer le papier cadeau sans le déchirer.

C'étaient les petites choses comme l'emballage bâclé de mon fils que je voulais savourer et ne pas oublier. Ce que je n'avais jamais fait avec Tegen.

J'avais été trop concentrée sur mes propres soucis, désespérant d'être aimée, incapable de voir au-delà de tout ce que je n'avais pas pour remarquer ce que j'avais – Tegen et son amour inconditionnel.

Maintenant, je gardais chaque dessin, chaque petit mot, chaque babiole ou souvenir. Ils étaient tous rangés avec soin dans le tiroir sous mon lit.

De bien des manières, Christopher représentait ma rédemption en tant que mère, mais encore plus en tant qu'être humain. Sans lui, sans la situation que sa conception avait entraînée, j'aurais pu ne jamais me rendre compte de l'étendue de mes erreurs, et par conséquent, ne jamais avoir la chance de rectifier tout ça.

Une fois le papier retiré, je découvris un petit écrin en velours. Étonnée, je levai les yeux vers le visage souriant de mon fils.

— Un bijou ? demandai-je, perplexe.

Je ne possédais qu'une paire de créoles en or qui avait appartenu à ma grand-mère. J'avais toujours été quelqu'un de simple de ce côté-là, pas une femme qui se souciait vraiment de vêtements voyants ou de parures.

Christopher haussa les épaules.

— Papa a dit que cela te plairait.

Je soulevai avec hésitation le couvercle doux comme la soie. Quand je découvris ce qu'il cachait, mes yeux s'embuèrent.

Bien sûr que Hawk avait su que cela me plairait. Il m'avait toujours connue mieux que personne. Il m'avait vue sous mon meilleur jour, au plus bas et à tous les échelons intermédiaires.

Alors qu'aucun autre homme, ni mon ex-mari ni même Jase, n'avait jamais vraiment pris le temps de prêter attention aux petits détails, Hawk m'avait longuement observée. Que nous soyons ensemble en secret dans les ombres, allongés côte à côte au lit, ou séparés par une pièce, son regard était en permanence dirigé sur moi.

Du bout de l'index, je caressai doucement la délicate chaîne en argent jusqu'au petit cœur qui y pendait. « Maman » était gravé en de jolies lettres courbes au centre du bijou. C'était beau, et simple. C'était parfait.

— Tu l'aimes ? s'enquit Christopher.

Je m'éclaircis la gorge, posai la petite boîte sur mes genoux et tendis les bras pour y attirer mon fils.

— Je l'adore, répondis-je d'une voix rauque.

Comportement typique à son âge, notre câlin ne dura pas longtemps. Après quelques secondes, il se libéra de mon étreinte, son attention de nouveau rivée sur les cadeaux qui l'attendaient.

Je ramenai mes jambes sous moi, m'appuyai confortablement contre le grand coussin à mes côtés, heureuse de me contenter pour l'heure de le regarder profiter de son Noël.

Il n'y était peut-être pas sensible maintenant, mais un jour, il regarderait en arrière et se rappellerait que sa mère avait toujours été là pour lui, toujours armée d'un câlin et d'un sourire. Il se souviendrait de cette époque, et à son tour, sourirait.

Tegen n'avait pas eu cette chance, et vu que j'avais constamment déçu mes parents, moi non plus. Mais Christopher l'aurait. Je m'en assurerais.

Je jetai un coup d'œil au portable et sentis ma gorge se serrer. L'anxiété me prenait de nouveau. J'espérais juste que mon fils éprouverait les mêmes sentiments envers son père qu'envers moi.

Seigneur Dieu, pourquoi personne ne m'informait-il de ce qui se passait ?

Ce ne fut qu'en début d'après-midi que mon téléphone sonna enfin. Le nom de Tegen s'afficha sur l'écran.

— Maman, dit-elle avec douceur, trop de douceur.

Jamais ma fille ne s'exprimait sur ce ton, à moins que quelque chose n'aille mal.

Je resserrai ma prise sur l'appareil, ravalant une vague de peur.

— Qu'est-ce qui ne va pas ? murmurai-je. Où est Hawk ?

— Maman, répéta-t-elle, la ligne n'est pas sécurisée. Il faut que tu rentres à la maison.

3

Trois jours plus tôt

Avec l'autoroute qui s'étendait devant lui et rien de plus dans son dos, James « Hawk » Young pouvait enfin respirer.

Le trou du cul du monde dans lequel il était resté terré pendant un mois lui avait très vite été pesant. Du coup, quand Deuce l'avait appelé en lui demandant de ramener ses fesses à Vegas, il avait été plus que ravi de lui rendre service et de laisser derrière lui la serveuse collante à en être obscène dont il avait tenté de se débarrasser dès le premier jour. Être jeune et sexy ne suffisait pas pour être une compagne idéale. Après quelques séances de jambes en l'air, il en avait plus que soupé d'elle.

Il en était enfin libéré et de retour sur la route, le seul endroit où il avait le sentiment de pouvoir juste… respirer.

Non, c'était un mensonge. Il y avait eu un autre endroit, ou plutôt une autre personne, qui lui avait procuré la même sensation. Qui d'un simple sourire avait balayé le vide qui l'étouffait.

Ce n'était dorénavant plus le cas, mais à une époque, lorsque la femme qu'il aimait était encore atteignable, ce sacré sourire… avait été magique.

Généralement, lorsqu'il se trouvait sur la route si tard dans la nuit, une route vide à part lui et une voiture de temps à autre, il pensait à ce sourire, à ces yeux, à ce petit nez couvert de taches de rousseur. Pendant un bref instant, le vide commençait à s'estomper.

Il revivait son souvenir préféré, celui du seul et unique matin où il s'était éveillé à côté d'elle…

— Bonjour, dit Dorothy en s'étirant.

Hawk était déjà réveillé, il était toujours debout avec le soleil. Il avait passé les deux heures précédentes à se contenter de regarder le corps nu de la jeune femme, à l'observer dormir.

C'était la première nuit qu'ils passaient ensemble. Entre sa fille et sa relation ridicule avec Jase, Dorothy trouvait difficilement du temps pour eux. Mais exceptionnellement, il n'y avait qu'elle et lui ; le club était désert. Pour la première fois, ce qu'il éprouvait pour elle, la profondeur de ses foutus sentiments, semblait réel.

— Tu m'as entendue ? rit-elle.

Il adora ça. Rien qu'entendre son rire. Que c'était bon !

— J'ai dit bonjour, répéta-t-elle.

Au lieu de lui répondre, il la poussa sur le dos, se repaissant de sa vue, de son petit corps à la peau douce, crémeuse. Dorothy essaya immédiatement de se couvrir, mais il lui épingla les bras et roula rapidement sur elle.

Puis il la chatouilla.

Pendant qu'elle se tortillait sous lui, hurlant de rire, il murmura :

— Bonjour.

Hawk approchait de sa destination. Il actionna son clignotant et inclina sa moto vers la sortie pour le centre-ville de Las Vegas. Le souvenir s'évanouit et le vide revint rapidement.

Quinze minutes plus tard, il se garait devant un vieil entrepôt de marchandises abandonné. Il coupa le moteur et jeta des regards anxieux sur ses anciens lieux de vagabondage. Chaque fois que Deuce avait besoin que l'un de ses gars se rende à « Sin City », il se portait volontaire. Hawk pouvait bien avoir l'air très différent du gosse qu'il avait été, et s'exprimer différemment, Vegas lui donnerait toujours le sentiment d'être chez lui.

Parce que, techniquement, Vegas *était* son foyer. Quant à lui, il n'était pas vraiment celui qu'il prétendait être depuis vingt-cinq ans.

Ouais, il était biker. Juste un écusson de plus sur un totem recouvert de bikers délinquants et vêtus de cuir. Ni l'argent ni même le plaisir ne les motivaient. Ils ne connaissaient rien d'autre, voilà tout. C'était ainsi qu'ils survivaient, qu'ils payaient leurs factures et se chargeaient de leur famille. Il n'était pas question d'avidité ou d'excès, mais d'adopter un certain mode de vie, d'être le genre d'hommes qui n'avaient pas à courber l'échine face à la loi et le gouvernement qui l'imposait. C'était une fraternité, une camaraderie. Il s'agissait de vivre la vie que vous vouliez vraiment, sincèrement vivre.

Il s'agissait de…

Liberté.

Mais les choses étaient différentes pour Hawk. Elles le seraient toujours.

Comme de nombreux frères, Hawk était un déchet de plus ramassé par Deuce dans les égouts. En revanche, contrairement à Cox ou à Dirty, il n'avait pas vécu à la dure dans les rues. En tout cas, pas au début. Pour autant, l'éducation qu'il avait reçue ne ressemblait pas non plus à celle de Ripper. Ce dernier avait eu une existence stable, honnête. Il avait connu le rêve américain jusqu'à la mort de ses parents, survenue à ses dix-sept ans.

Non. Hawk était né avec une cuillère d'argent dans la bouche, un salaud de privilégié. Sa mère était une danseuse de music-hall accro à la cocaïne. Elle était morte d'une overdose lorsqu'il avait trois ans. Son père était un membre célèbre des Bratva, un patron de la mafia russe, le seul et unique Avgust Polachev, du cartel Polachev.

Durant dix-huit ans, Hawk avait été un enfoiré vorace qui s'abandonnait à une vie de complaisance, de séduction et de péché. Dire qu'il était pourri gâté était un euphémisme. Il avait disposé de plus d'argent qu'il n'aurait pu en dépenser en dix vies, il avait eu des voitures, des drogues, de l'alcool et des femmes, le tout à sa disposition autodestructrice. Il avait tout eu.

Jusqu'à ce qu'il perde tout.

L'été de ses dix-huit ans, son père fut abattu à son propre domicile durant une descente du FBI. Il s'était montré gourmand, ce qui l'avait rendu négligent. Conséquence de son laisser-aller, son équipe avait été infiltrée par un agent sous couverture. Plusieurs agents, en fait.

Après que les agents du FBI, armés jusqu'aux dents et engoncés dans leurs gilets pare-balles, avaient fracassé leur porte et envahi leur maison, ils avaient informé le père de Hawk de la montagne de preuves dont ils disposaient contre lui. Ils lui avaient annoncé qu'il ne reverrait jamais la lumière du jour, et qu'une injection mortelle serait le dernier souvenir qu'il emporterait avec lui.

Hawk n'oublierait jamais ce qui s'était ensuite passé. Son père, sa seule famille, s'était tourné vers lui et avait articulé silencieusement un unique mot.

« *Begi*. »

« Fuis. »

Puis il avait pivoté vers les agents. Il avait saisi son arme, comme tous les autres hommes présents dans la pièce. Un déluge de balles s'était abattu. Hawk n'était pas resté là à attendre de voir ce qui se passerait ensuite. Il avait sorti son propre flingue et s'était échappé de la maison aussi rapidement que possible.

Il avait pris la tangente. Comme il était recherché, aucun des anciens associés de son père n'avait voulu se charger de lui. Il était un poids mort. Sa photo s'étalait à la une des journaux. Sa tête était mise à prix. Il avait donc continué sa cavale, vivant dans les ombres pendant deux ans, jusqu'à ce que Deuce le trouve. Ce jour-là, Hawk se cachait et fouillait dans la benne à ordures d'un casino à la recherche de son dîner.

Hawk avait reconnu Deuce, tout comme Deuce l'avait reconnu, car ils s'étaient rencontrés à plusieurs occasions dans le passé. Le président des Hell's Horsemen n'avait pas été un ami du père de Hawk, mais un acheteur loyal. Et parce que Deuce était au courant de ce qui était arrivé à la suite de l'avidité du mafieux, il avait pris Hawk en pitié et l'avait emmené avec lui.

Les contacts de Deuce avaient fourni à Hawk un faux certificat de naissance et un permis de conduire, lui offrant une nouvelle identité. Il était devenu James Alexander Young, un New-Yorkais superbement anonyme. Deuce avait brûlé ses empreintes, lui avait offert une Harley, une coupe de cheveux et le surnom de « Hawk ». Il l'avait installé à Miles City, Montana, où Hawk avait entamé le deuxième chapitre de son existence.

Son accent russe avait été la première chose à disparaître. Heureusement, il était léger comparé aux lourdes intonations slaves de son père et de ses amis. Il ne l'avait acquis que parce qu'il avait grandi dans cet environnement. Malgré cela, sa transformation de prince de la mafia en SDF avait été facile comparée à sa transition de SDF à biker.

Apprendre à piloter une moto n'avait pas été le plus dur ; non, le plus dur avait été d'apprendre à vivre et à respirer cuir et chrome, à parler et à marcher comme les autres. Les Hell's Horsemen, bien qu'étant une organisation criminelle hautement rentable, se situaient dans les bas-fonds du monde dont était issu Hawk. Alors que son père s'était un jour trouvé au sommet de la chaîne alimentaire et avait considéré des hommes comme Deuce et ses troupes comme des rebuts nécessaires, Hawk était dorénavant à leur merci. Marrant comme la vie fonctionnait parfois.

En tant que prospect chez les Hell's, il avait courbé l'échine, serré les dents, s'était renfermé et avait obéi aux ordres. Cet instinct de survie extrêmement développé auquel il s'était accroché lui avait permis de vite s'adapter, de gagner des amis loyaux au sein du club, et d'être accepté à l'unanimité comme frère de plein droit.

Seul Deuce savait qui il était vraiment. Il lui avait expliqué que c'était pour sa propre protection : les autres MC pourraient chercher à se faire de l'argent rapide ou à les affaiblir. Résultat, personne, pas même les mecs en qui Deuce avaient le plus confiance, n'était autorisé dans le secret. Ce qui allait très bien à Hawk, dans la mesure où même le plus loyal des frères pouvait se retourner contre vous.

Raison pour laquelle il se trouvait à Vegas.

Le matin même, Deuce avait reçu une info concernant ZZ, ancien membre des Hell's Horsemen qui, si Deuce obtenait ce qu'il voulait, ne serait plus longtemps encore de ce monde.

Durant l'année écoulée, ZZ avait été repéré à de nombreuses reprises à travers le pays. Il appartenait maintenant au circuit des combats clandestins. On l'avait vu quelques fois à Vegas, mais le temps que la nouvelle parvienne aux bonnes oreilles, les combats étaient terminés et ZZ volatilisé depuis longtemps.

Pas cette fois-ci.

Laissant échapper un long soupir, Hawk donna un coup à sa béquille et descendit de bécane. Il ne voulait pas être le frère qui trouverait ZZ, ne voulait pas être l'homme qui l'éliminerait.

ZZ avait tiré sur Cage, le fils de Deuce, ce qui était moche. Mais ce dernier avait de lui-même reconnu que ZZ n'avait pas pointé son arme en premier. Cage était allé jusqu'à prendre la défense de ZZ.

Pour autant, Deuce ne se laisserait pas influencer. ZZ avait logé une balle directement dans la poitrine de son fils. À deux reprises. Puis il s'était enfui, tournant le dos à la fois à ses actes et au club. Maintenant, il n'était pas seulement recherché par les forces de l'ordre, mais aussi par Deuce. Le président des Horsemen voulait voir couler le sang, et lorsqu'il avait quelque chose en tête, discuter ne servait à rien. Vous obtempériez, ou vous risquiez de vous retrouver dans la même situation poisseuse que ZZ. Poisseuse de votre propre foutu sang.

Un sang que Hawk allait devoir répandre. Foutu joyeux Noël. Sa seule compensation était qu'après cela il se rendrait à San Francisco pour les vacances, pour voir son fils… et Dorothy.

Il sentit à point nommer son portable vibrer contre sa poitrine. Il sortit l'appareil de son gilet pour y lire un message de cette dernière :

Christopher se demande quand tu seras là.

Il aurait dû y être habitué maintenant, mais le refus de Dorothy de reconnaître qu'ils avaient un jour partagé plus que leur enfant lui fit froncer les sourcils.

Tous ses SMS, toutes ses conversations téléphoniques, même les moments qu'ils passaient ensemble, se concentraient autour d'un seul point : Christopher. Même après tout ce temps, elle s'entourait de toutes les précautions nécessaires pour qu'il ne se fasse pas de fausses idées.

Qu'est-ce qu'il ne donnerait pas pour la prendre par la gorge et la secouer un bon coup. Contrairement à ce qu'elle pensait, il n'était pas un débile complet s'accrochant à l'espoir enfantin de la voir un jour se rendre compte qu'elle avait des sentiments pour lui. C'était peut-être le cas au début, lorsqu'elle était venue à lui, en quête désespérée de ce que Jase ne lui offrirait jamais. La liberté. Un laisser-aller impossible à atteindre avec Jase. Avec Hawk, elle n'avait pas essayé de remporter le premier prix, n'avait pas eu la sensation de ne pas être à sa place. Elle n'avait pas non plus eu l'impression qu'une menace permanente planait au-dessus de sa tête, cette sensation que si elle n'était pas aussi bien que Chrissy, aussi belle, aussi généreuse et aimante, alors Jase la quitterait.

Toute cette tristesse refoulée, tout ce désespoir, toute cette colère dissimulée et ce ressentiment entretenu, il en avait subi le plus gros. Une fois que Dorothy s'était rendu compte qu'il était son abri, elle n'avait jamais réprimé ses pleurs et ses cris, et les avait déversés sur lui… et sur son sexe.

Mais c'était avant, et on était maintenant. Les choses avaient changé. Et pas qu'un peu.

Il avait très bien compris ce qu'elle voulait vraiment, pas de doute, le jour où elle lui avait annoncé être enceinte de Jase, même si tous deux savaient sacrément bien qu'elle était une foutue menteuse.

Ouais, il avait merdé. Il avait pris ce qui n'était pas à lui, forçant la main de Dorothy, la menaçant de chantage pour l'attirer dans son lit. Ce n'était pas la bonne manière pour séduire une femme que vous désiriez. Mais même aujourd'hui, plus âgé et plus sage, il ne parvenait pas à se dire qu'il regrettait une seule seconde de tout ça. Pas quand le résultat en avait été la naissance de son fils. Entendre ce petit garçon l'appeler papa, voir ses grands yeux se lever vers lui pour… tout. Non, pas question, bon Dieu, qu'il regrette un seul instant ayant conduit à Christopher. Jamais.

Malgré tout, il avait gardé ses sentiments, ses attentes et ses déceptions pour lui. Sauf… quand il avait annoncé à tout le monde que Christopher était certainement de lui. Après avoir découvert qu'on avait tiré sur Dorothy, ne sachant pas si elle allait vivre ou mourir, il n'était absolument pas question qu'il laisse un merdeux menteur et infidèle comme Jase Brady élever *son* fils.

Et il avait eu bien raison, dans la mesure où Jase ne semblait pas faire grand-chose d'autre que porter une bouteille à ses lèvres depuis ces événements.

Je serai là demain.

Tout en tapant son message, il sentit son humeur sombre s'alléger. La situation n'évoluait peut-être pas entre la femme qu'il aimait et lui, mais cela ne signifiait pas qu'il n'était pas reconnaissant pour le temps qu'ils passaient ensemble dans ce semblant de famille. Lorsque vous viviez sur la route, vous appreniez à apprécier les petites choses.

— Frère.

Hawk reconnut la voix de Hammer avant que l'homme sorte des ombres. Hammer était le président du chapitre des Hell's Horsemen à Las Vegas. Tête rasée, bouc natté, la carrure d'un tank, Hammer était une bête sauvage à l'allure terrifiante. Il avait acquis son surnom après avoir réduit un homme en bouillie uniquement à l'aide de ses deux poings[1].

---

1. *Hammer* signifie « marteau » en français. *(N.d.T.)*

Si Hawk n'avait pas eu une totale confiance en ses propres réflexes, n'avait pas su que son index sur la gâchette était aussi ferme qu'un roc et qu'il faisait mouche chaque fois, il aurait pu craindre cet homme.

— T'as une gueule de déterré, lui lança Hammer en s'approchant de lui. La route a été longue ?

Hawk glissa son portable dans son gilet et secoua la tête.

— C'est la vie qui est longue, frère. Une putain de longue vie.

Hammer eut un reniflement méprisant.

— J'te comprends. C'est l'enfer avec ma régulière. J'ai engrossé une brebis, la garce exige de l'argent… j'suis sur le point de mordre la poussière.

— J'suis sur la 66 depuis un moment maintenant, répondit Hawk dont le regard tomba sur les sacoches accrochées à sa moto. À l'intérieur se trouvait son blouson noir de Miles City, les couleurs auxquelles il avait renoncé en devenant nomade. Ça commence à me peser.

L'expression de Hammer s'assombrit.

— Tu m'étonnes. J'adore râler, mais y a nulle part au monde où j'aimerais mieux me trouver qu'ici avec mes gars. Tu rentres chez toi après ce job ?

Hawk haussa les épaules. Il n'avait pas de chez lui, pas vraiment. Malgré les sentiments qu'il portait à Deuce et au club, après tout ce qui s'était passé, il n'était plus capable de rester très longtemps en place. Il commençait alors à s'appesantir sur les innombrables choses qu'il ne pouvait changer, à en espérer d'autres qu'il ne pourrait obtenir. La route valait mieux pour lui. Passer d'un boulot à l'autre aux quatre coins du pays, se garder occupé, trop même pour se poser et réfléchir au fait que sa vie était bousillée. Mais Hawk n'avait jamais discuté de ses problèmes, ou pire, de ses sentiments, avec qui que ce soit. Et il n'allait pas s'y mettre maintenant, en particulier avec un salopard comme Hammer.

— Bon, ce truc n'est pas bidon, alors ? demanda-t-il en indiquant du menton l'entrepôt délabré. ZZ est vraiment à l'intérieur ?

— C'est pas du bidon, confirma Hammer. Je l'ai vu de mes yeux vu. Pour le moment, il attend son tour, y a deux gars avant lui. J'aurais pu lui foutre cinquante balles dans le corps à la minute où nous parlons.

L'expression de Hammer se durcit.

— J'en crevais d'envie. Ce type doit payer.

Hawk aurait aimé que le biker soit passé à l'acte, que l'affaire soit déjà réglée et par n'importe qui d'autre que lui. Mais ZZ avait été autrefois l'un des proches de Deuce. À cause de cela, il revenait à l'un des siens de l'abattre. C'était les règles de la route et le code qu'ils avaient tous juré d'adopter.

Hawk sortit son paquet de cigarettes de sa veste en cuir, en alluma une et surveilla l'entrepôt.

— Combien de sorties ? demanda-t-il.

— Tout le foutu bâtiment est plein de trous et prêt à s'écrouler.

— Merde, marmonna Hawk.

— Ouais. J'ai trois de mes gars avec moi, un devant chaque issue. Mais ce salaud est une vraie anguille. Combien de fois a-t-il été repéré et s'en est-il sorti ?

— Trop souvent, répondit Hawk gravement.

Une intense vague de fatigue déferla sur lui, s'infiltra en profondeur dans ses muscles. Il tira une nouvelle bouffée de cigarette, dans l'espoir que la nicotine le réveille un peu. Après une journée complète sur la route, il était plus qu'épuisé. Il approchait presque d'un état comateux.

Recrachant la fumée, il se débarrassa de son mégot d'une pichenette.

— Finissons-en, dit-il.

D'un même pas, Hammer et lui se mirent en route vers l'entrée de l'immeuble. Tandis qu'ils s'en approchaient, le vacarme qui s'en échappait s'amplifia, les cris excités maintenant plus discernables.

Hawk dépassa la porte en acier tordue pour découvrir une large pièce vide. N'y restaient que quelques morceaux de machines rouillées et des déchets éparpillés qu'on voyait à peine. Comme il l'avait supposé, le bruit venait d'au-dessous, du sous-sol. Ce qui ne le rendit que plus conscient de ce qui l'attendait.

En silence, les deux hommes avancèrent lentement vers l'escalier, le volume sonore augmentant à chaque marche qu'ils descendaient. Une fois tout en bas, il était devenu assourdissant.

Hawk échangea un regard avec Hammer. À en juger par l'expression de ce dernier, il était plus que prêt à faire bouffer son bulletin de naissance à ZZ. Hawk agrippa le montant de la porte déjà entrebâillée et poussa. La salle, emplie de fumée et à la lumière tamisée, était bondée. D'un mur à l'autre, des femmes et des hommes se pressaient les uns contre les autres. Ils hurlaient à pleins poumons.

Ce n'était pas le premier combat à mains nues en cage auquel Hawk assistait. Le circuit clandestin de lutte était célèbre à Vegas. Dans sa jeunesse, il avait lui-même participé à des paris illégaux dans des entrepôts abandonnés très similaires à celui-là.

Mais tandis qu'il se frayait un chemin à travers la foule des spectateurs, son oreille commençant à s'ajuster au tintamarre, les cris lui parurent plus proches de hurlements de guerriers assoiffés de sang que d'encouragements enthousiastes.

— À mort ! À mort ! À mort ! scandait le public encore et encore, à l'unisson ou pas.

Ce fut comme s'il avait été percuté par un train : il ne s'agissait pas d'un combat ordinaire, mais d'une lutte à mort. Tout autour de lui, les corps se bousculaient, les bras se tendaient en l'air. Argent à la main, les spectateurs continuaient de se piétiner, cherchant à mieux voir le spectacle sanglant.

Avec une appréhension croissante, Hawk jeta un coup d'œil par-dessus son épaule, cherchant dans la foule la silhouette de Hammer. Il y avait tant de monde que le président du chapitre local s'était retrouvé distancé. Ce ne fut que grâce à sa taille que Hawk parvint à le repérer. Il dégageait violemment les gens de son chemin en avançant vers lui.

Lorsqu'il l'eut rejoint, tous deux restèrent côte à côte avant de charger vers l'avant. Leurs statures combinées créèrent un bélier humain qui leur permit de facilement rentrer dans les gens qui restaient. Ils s'ouvrirent un passage jusqu'au premier rang.

Une cage en acier qui courait du sol au plafond avait été érigée au centre de la pièce. Son plancher était marron, taché par le sang des combats précédents, et rendu glissant par le sang frais répandu durant celui en cours.

— Le voilà ! hurla Hammer en indiquant ZZ du menton.

Ou en tout cas, quelqu'un ressemblant à ZZ – si ZZ et Terminator s'étaient envoyés en l'air pour donner naissance à un bâtard nommé « Warmonger » qu'on aurait uniquement nourri d'œufs crus et de stéroïdes.

L'homme était tout en muscles meurtriers. Ses poings volaient, animés par un seul objectif : tuer.

Un, deux, gauche, droite, gauche. Hawk regardait ZZ marteler de ses doigts serrés gonflés et ensanglantés le ventre de son opposant, puis sa poitrine et son visage, dans cet ordre précis, envoyant le sang et les dents voler à chacun de ses punchs à briser les os.

Comme une machine, ZZ ne s'arrêta pas une seule fois pour reprendre son souffle, n'interrompit pas son rythme. Il continuait encore et encore, tabassant sans répit son adversaire tout en esquivant ses attaques avec dextérité.

En l'observant, Hawk sentit tous les poils de sa nuque se hérisser. Ce n'était pas ZZ qu'il avait sous les yeux. Ce n'était même pas un homme, mais un bloc de chair recouvert de peau, une carcasse capable de marcher, parler et respirer.

Mais il n'avait pas le temps de s'attarder sur cette pensée. ZZ venait d'acculer son adversaire contre la paroi de la cage dans une manœuvre rapide. Il attrapa une pleine poignée de ses cheveux, l'obligeant à baisser la tête et à plier le corps. Puis, levant son propre genou, ZZ y écrasa le visage de l'homme, avant de brutalement lui rejeter la tête en arrière, lui brisant la nuque.

Tandis que le perdant s'écroulait au sol, ses yeux sans vie écarquillés, la foule laissa éclater sa joie dans une explosion de cris enthousiastes et de hurlements. Seuls Hawk et Hammer restèrent immobiles, figés au milieu du chaos.

Bon sang, à quoi donc venait-il d'assister ?

Voir son ancien frère ainsi, un homme qui autrefois était si facile à vivre, toujours un sourire aux lèvres et une blague à raconter, aujourd'hui fantôme de celui qu'il avait été, transformé en un tueur au visage de pierre…

Eh bien, cela ne l'emplissait pas vraiment de tendresse et de chaleur humaine. Plutôt carrément l'opposé, en fait. Et Hawk aurait bien pu rester ainsi, les yeux dans le vague, risquant d'être remarqué par ZZ, si Hammer ne s'était pas saisi de lui pour le tirer en arrière dans la foule. Les gens qui poussaient des hourras déferlèrent autour de lui, le dissimulant à la vue de ZZ au moment même où ce dernier se redressait avant de se tourner vers ses fans.

Il ne leur accorda qu'un bref regard avant de pivoter rapidement. Une fois hors de la cage, ZZ prit un paquet de billets des mains d'un sale type à l'air obséquieux, attrapa une veste sur une chaise proche puis partit. Il repoussa les pauvres âmes qui osaient s'approcher de lui avant de disparaître par une porte que Hawk n'avait pas remarquée jusque-là.

— Suis-le ! hurla Hammer. Je remonte couvrir l'entrée.

Hawk jura. Il se força à passer à l'action et commença à se frayer un chemin à travers la masse des corps en direction de la sortie prise par ZZ. Une fois hors de la salle, il glissa la main dans son gilet et libéra son arme de son holster.

Il n'avait parcouru que quelques pas dans le couloir sombre quand la porte claqua bruyamment derrière lui. Il fit volte-face, doigt sur la gâchette, pour découvrir Hammer et deux de ses hommes.

Perplexe, il baissa son arme.

— Pourquoi n'êtes-vous pas…

Il s'interrompit quand quelque chose de dur et froid, sans aucun doute le canon d'une arme, pressa contre sa nuque.

— Tu croyais avoir mis la main sur moi, hein ?

Le ton de ZZ et son rire étaient si froids et dépourvus d'émotion que Hawk en eut des frissons dans le dos. Pire encore, Hammer refusait de rencontrer son regard.

Eh bien… merde. Impossible d'avoir confiance en qui que ce soit, hein ? La loyauté n'existait pas entre criminels. Le seul homme qu'il ait jamais rencontré à faire exception à la règle était Deuce.

Le canon de l'arme de ZZ s'enfonça plus profondément dans sa chair.

— Laisse tomber ton flingue.

Hawk remit la sûreté en place et ouvrit la main, laissant échapper son arme. Elle cliqueta en atteignant le sol, dans un bruit sourd et triste qui se répercuta sur les murs du couloir vide.

ZZ l'attrapa par le bras, le tourna sans ménagement et le colla nez contre le mur. Sans avoir besoin qu'on le lui dise, Hawk prit position. Il posa les mains à plat puis écarta les jambes.

La fouille à laquelle le soumit ZZ fut rapide mais néanmoins consciencieuse. En quelques minutes, les couteaux et le portable de Hawk avaient rejoint son flingue par terre.

Hawk laissa silencieusement échapper un soupir frustré. Ce n'était qu'un téléphone, mais il contenait les seules photos qu'il avait de son fils. Vivre sur la route ne lui offrait pas le luxe d'emporter plus que le strict nécessaire. Non pas que quoi que ce soit aurait la moindre importance s'il ne sortait pas de cet entrepôt le cerveau intact.

— Quoi que tu envisages de faire, dit-il calmement, fais-le vite. Autrement, on m'attend ailleurs.

— Ah ouais ? répondit ZZ avec un reniflement méprisant. D'autres missions débiles pour ton prés' ?

— C'était aussi le tien autrefois.

— Il veut ma peau, du coup, il représente que dalle pour moi.

— T'as tiré sur Cage, rétorqua Hawk, ce qui signifie que tu as tiré sur nous tous. Tes frères. Tu peux pas être assez con pour penser que le prés' allait laisser passer ça.

— Cage me tenait en joue ! hurla ZZ.

— Assez !

Hawk se tourna en direction de la voix tandis que Hammer et ses gars s'écartaient, permettant à quatre nouveaux arrivants de les rejoindre. Vêtus de costumes onéreux, leurs coupes de cheveux parfaites, ils n'appartenaient clairement pas à l'équipe de Hammer.

L'homme à leur tête, qui comptait vingt bonnes années de plus que Hawk à en juger par sa chevelure blanche et ses rides, s'arrêta juste devant lui et sourit. Ce n'était pas un sourire amical, mais féroce. Un sourire qui titilla ses souvenirs.

— Luca, dit le vieil homme, qui s'exprimait avec un fort accent. C'est si bon de te revoir… vivant.

Hawk cilla. Ce nom, son nom, son foutu vrai nom, et cet accent russe marqué. Cela voulait dire… que l'homme appartenait à la mafia. Taillé exactement dans le même moule que Hawk.

Derrière lui, ZZ éclata de rire.

— Penser que durant toutes ces années j'ai vécu aux côtés d'un membre royal de la mafia.

Hawk resta silencieux. Il ne bougeait pas, ne respirait pas, trop occupé à tenter de comprendre ce qui se passait. Ou mieux encore, pourquoi cela se passait.

— Tu te souviens de moi, non ? demanda le vieil homme.

Hawk ne quittait pas des yeux ce visage, ces traits, essayant désespérément de le reconnaître, mais même si sa vie en dépendait, il n'y parvint pas. Pas avant d'avoir plongé le regard dans celui de son vis-à-vis, dont les iris étaient d'un marron profond, à tel point que sa pupille ne s'en distinguait pratiquement pas. Ils étaient non seulement le miroir de ceux du père de Hawk, mais aussi des siens.

— Yenny, dit-il d'un ton plat.

Le sourire de l'homme s'épanouit, tout comme la colère de Hawk.

Yevgeniy Polachev était son oncle, avait été le second de son père. Hawk avait cru que Yenny était décédé, comme tous ceux qui se trouvaient avec son père ce jour-là.

Mais Yenny n'était pas mort, il avait survécu. Et à voir ses vêtements de prix et les hommes armés qui l'encadraient, il avait prospéré.

— Toi, cracha Hawk. Tu as vendu mon père, c'est ça ? Tu t'es emparé de tout ce qu'il avait construit !

En réponse, Yenny se contenta de hausser les épaules.

— Ton père était gourmand, Luca. Il aurait fini par tomber.

Hawk ne pipa mot. Le silence se prolongea, pesant. En arrière-fond, on parvenait encore à entendre les cris des spectateurs, ainsi que le bourdonnement bas d'un avion qui les survolait. Mais ce qui prédominait, c'était le bruit du cœur de Hawk, aux battements rapides et erratiques. Son sang tambourinait violemment dans ses veines tandis qu'il luttait contre le désir intense d'étrangler à mains nues celui qu'il avait un jour appelé « oncle ». Ce qui finirait sans aucun doute mal pour Hawk, étant donné qu'il était le seul homme désarmé dans une pièce emplie de flingues.

— Luca ! reprit ZZ qui n'avait pas cessé de rire. J'arrive toujours pas à croire à ces conneries.

L'ignorant, Hawk se concentra sur Hammer.

— Tu m'as piégé ? C'est toi qui as organisé ça ?

Bien que chaque chapitre des Hell's Horsemen ait son propre président et traite de ses propres affaires à sa propre manière, Miles City était le chapitre mère et Deuce chapotait le tout. L'implication de Hammer dans tout ça n'était pas seulement déloyale. C'était une trahison. Quand Deuce l'apprendrait, le chapitre du Nevada serait rasé et reconstruit de la base au sommet – s'il était reconstruit.

Un corps s'écrasa de manière inattendue contre Hawk, qui se retrouva collé à plat ventre contre le mur. Il sentit qu'on appuyait une arme contre sa joue et la peau tendre à l'intérieur de sa bouche s'écrasa douloureusement contre ses dents.

— C'est moi qui ai monté ce piège, siffla ZZ dont le souffle chaud passait sur le visage de Hawk. Deuce achète de moins en moins de quincaillerie aux Russes depuis qu'il s'est allié à Preacher et à ces enculés de Chinois.

Hawk balança un regard tranchant à Yenny.

— Deuce n'a pas diminué ses commandes. En fait, il ne s'agit pas de Deuce, n'est-ce pas ? Tu veux Preacher. Tu veux la côte Est.

— T'as toujours été un gosse futé, Luca. C'est tellement triste ce qui t'est arrivé...

Yenny parcourut le corps de Hawk du regard, lorgnant ses cuirs et son gilet avec un dégoût total. Autrefois, Hawk aurait fait de même, à l'époque où il s'appelait encore Luca. Mais il n'était plus Luca dorénavant. Il était ce foutu James Hawk Young. Il était un gars de Deuce, à qui il vouait une loyauté totale.

— Je ne t'aiderai jamais, lança-t-il entre ses dents serrées.

Soudain, il sentit qu'on le forçait à se tourner. Il se retrouva nez à nez avec un ZZ souriant. Non, ZZ ne souriait pas, il se foutait de lui, avec un sourire cruel et atroce.

— Frère, dit-il, un rictus aux lèvres. Tu l'as déjà fait. Maintenant, on va attendre de voir si ton prés' en a quelque chose à foutre de toi.

— Ça suffit, intervint Yenny. La voiture attend. Tire-lui dessus.

La déclaration prit Hawk par surprise, mais il eut peu de temps pour y réfléchir. Une déflagration retentit. Sa jambe gauche se plia brusquement avant de le lâcher complètement. Une douleur lancinante se déploya le long de son membre tandis qu'il reculait en chancelant pour aller s'écraser contre le mur derrière lui. Puis il tomba en avant, son corps s'effondrant sur le sol dans une position peu naturelle.

Il cilla, les yeux embrumés par les larmes, essayant de prendre la mesure de sa blessure. Son tibia était presque apparent. La balle était entrée sur le côté gauche de sa jambe, l'avait déchirée en la traversant, pour en ressortir en emportant avec elle de l'os, du muscle et un bon paquet de sang. À la vue de la plaie béante, des fragments d'os brisés qui dépassaient de la masse sanglante de muscles et de veines, son estomac se retourna.

Il tremblait. Il commença à frissonner tandis que le froid s'immisçait dans ses entrailles. Il leva les yeux vers ZZ, et, malgré sa douleur, esquissa un sourire. Pas question que ces salauds l'utilisent contre Deuce. Il mourrait d'abord.

— J'ai jamais vu Danny te regarder comme elle regarde Ripper, murmura-t-il d'une voix rauque. Ça doit te mettre en rage de savoir qu'elle aime poser les yeux sur un truc que Frankie le cinglé a sculpté, plus qu'elle n'en a jamais eu envie avec toi.

Les narines de ZZ s'évasèrent largement. La main qui tenait son arme se mit à trembler.

— Et Tegen, poursuivit Hawk tandis que ses dents se mettaient à claquer. Merde, frère... tu fais mal tes bagages... p'ce que t'arrêtes pas de semer tes nanas à droite et...

Hawk tressauta quand une arme fut vidée sur ZZ qui valdingua en arrière. Mais avant qu'il puisse déterminer à quel point son ancien frère était blessé, Yenny envahit son champ de vision, lui bloquant la vue.

— Luca, Luca, Luca, soupira-t-il en faisant des *tss-tss-tss*. Tu m'as obligé à tirer sur mon meilleur lutteur.

— Ouais, répondit Hawk d'une voix grinçante.

Vaincu, il laissa sa tête retomber contre le mur.

— J'suis... pas... vraiment désolé... pour ça.

4

Veille de Noël

— Jason, contente-toi de signer les papiers.

Dans une salle sécurisée et surveillée au fin fond de la prison pour femmes du Montana, Jase était assis à côté de sa fille aînée, Maribelle. Il fixait les grands yeux bleus de son épouse par-dessus la terne table métallique. Des yeux qui autrefois se levaient vers lui avec un amour et une dévotion complets, mais qui reflétaient maintenant le dard amer du ressentiment.

Chrysanthemum « Chrissy » Montgomery avait été du genre qu'on remarquait. Jamais, au grand jamais, un homme n'avait manqué de se retourner sur elle. Ce n'était dorénavant plus le cas. Elle avait atteint la quarantaine, mais accusait bien plus. Elle s'était endurcie au point de devenir une femme que Jase reconnaissait à peine.

Il en était responsable, il l'avait détruite, comme il avait détruit leur famille et...

Deux jolis yeux verts et un visage couvert de taches de rousseur envahirent ses pensées, un visage encadré d'épaisses mèches rousses ondulées. Il baissa les paupières, repoussant ainsi la vision de Chrissy face à lui. À la place, il se souvint de Dorothy, celle qui lui avait donné autrefois le sentiment d'être si sacrément vivant.

Ces yeux verts aussi l'avaient regardé avec amour.

Jase ouvrit les siens avant de s'affaler sur sa chaise. Il aurait aimé être ivre. En fait, la seule raison expliquant qu'il ne le soit pas était qu'on ne l'aurait jamais autorisé à pénétrer dans la prison s'il avait empesté l'alcool. Mais dès qu'il serait sorti de ce satané endroit et serait de retour au club…

Il s'y voyait déjà. Il se verserait un grand verre de « noyer ses soucis » parce qu'il ne lui restait rien qui vaille le coup.

— C'est vraiment ce que tu souhaites ? demanda-t-il calmement.

Il avait été moins surpris par sa demande de divorce que par son exigence de le rencontrer en personne. Chaque fois qu'il avait tenté de lui rendre visite auparavant, elle avait refusé. Puis Maribelle lui avait téléphoné la semaine précédente, un appel plus qu'inattendu et une surprise supplémentaire dans la mesure où aucune de ses filles n'avait rien voulu avoir à faire avec lui depuis qu'elles avaient acquis leur indépendance. Elle avait informé Jase des souhaits de Chrissy.

— Votre femme est susceptible d'être libérée sur parole dans quelques années, monsieur Brady. Ses liens avec vous et votre club ne pourront que lui être préjudiciables.

Jase porta son attention sur l'avocat au visage poupin assis à côté de Chrissy.

— Vous voudriez bien la fermer ? C'est pas vos oignons.

Il n'était pas opposé au divorce. En même temps, même s'il détestait l'admettre à voix haute, la pensée de trancher toute attache avec sa femme et probablement, par voie de conséquence, avec ses enfants, le terrifiait. Le club mis à part, il ne lui restait qu'elles. Ce n'était pas beaucoup. Certes, c'était en piteux état, réduit en poussière, mais il n'avait rien d'autre.

S'il se montrait honnête envers lui-même, il lui faudrait admettre que c'était ses propres peurs et insécurités qui l'avaient poussé là où il se trouvait. Lui, ainsi que tous ceux qui l'entouraient. Et s'il continuait à ignorer les besoins et les désirs de ses proches, à prolonger l'inévitable, la tragédie frapperait de nouveau.

— Contente-toi de signer les papiers, Jason, répéta Chrissy d'une voix neutre. Tu ne veux pas de moi. Tu n'as jamais voulu de moi.

Il la fixa, l'estomac retourné, tandis que sa culpabilité, à laquelle échapper était impensable, doublait de volume. Ce n'était pas vrai. Il l'avait désirée. Autrefois, à l'époque où tous deux étaient des ados avec une vie aux possibilités infinies devant eux, il l'avait voulue, et pas qu'un peu.

Il avait adoré regarder son corps tendu qui sautait sans relâche dans son uniforme de pom-pom girl du lycée, son visage superbe, sans défaut, où s'affichait un sourire épanoui tandis qu'elle l'encourageait depuis les lignes de touche. Mais cela n'avait pas signifié qu'il souhaitait être père à dix-sept ans, marié à dix-huit, obligé de passer le reste de sa vie à l'écouter jacasser sur des conneries débiles et insipides dont il n'avait rien à cirer. Elle avait embrassé la vie de femme mariée et la maternité comme si elle était née pour ça, et lui…

Il s'était engagé chez les marines, comme réserviste, pour échapper à l'enfer qu'était devenue sa vie. Il s'était aussi mis à boire trop. C'était durant l'une de ses trop nombreuses nuits d'ivresse passées dans un bar du coin qu'il était tombé sur le président du chapitre local des Horsemen.

Peu de temps après, il s'était retrouvé membre de plein droit de l'un des clubs les plus célèbres du pays, et soldat de première classe réserviste.

Jase avait su qu'il était une anomalie – marine le jour, biker la nuit – mais la vérité était qu'il n'avait jamais trouvé de juste milieu. Constamment insatisfait et toujours démangé par l'envie de bouger, à la recherche permanente de quelque chose de nouveau, il avait besoin de cette dualité. Le corps des réservistes le maintenait les pieds sur terre, l'obligeait à rester en place, à être l'homme qu'il devait être pour sa famille. Mais le club lui offrait l'excitation qui lui manquait par ailleurs.

Malgré cette double vie, il se retrouva en quête de quelque chose de plus. Qu'il découvrit à l'endroit le plus improbable.

Son chapitre avait merdé dans les grandes largeurs. Deux membres avaient été arrêtés. Selon la rumeur, ils s'apprêtaient à retourner leur veste et à tout balancer au procureur. Tout le monde devait se disperser. Lui, en particulier, n'avait pas le choix. En tant que marine, il était impensable qu'il coure le risque d'avoir des problèmes avec les représentants du maintien de l'ordre. Il avait eu de la chance. Être ramassé par Deuce n'arrivait pas tous les jours. Au début, le changement l'avait comblé, jusqu'à…

La petite Dorothy Kelley Matthews.

Il aurait dû la laisser tranquille ; il n'avait pas eu l'intention de tomber amoureux d'elle, mais il était difficile de faire autrement. Tous craquaient pour elle, chacun à sa manière, jusqu'au dernier membre du club, et même le flot continu de brebis ne dérogeait pas à la règle. Il était dans la nature de Dorothy de prendre soin des autres. Elle était une mère pour tous. S'empêcher de graviter autour d'elle ? Impossible.

Tous attendaient leur tour pour être enveloppé de cette lumière superbe qui émanait d'elle.

Quant à lui, suivant son *modus operandi* habituel, il avait placé ses propres besoins et désirs avant ceux de tous les autres et en retour, les avait tous détruits.

À sa gauche, Maribelle se pencha en avant, retenant le regard de son père de ses yeux durs.

— T'as pas causé assez de dégâts ? demanda-t-elle d'un ton acide. Le moins que tu puisses faire est de signer ces papiers et de lui donner la plus petite chance qui soit de sortir d'ici.

Contrairement aux jumelles, Megan et Marissa, Maribelle était le portrait craché de sa mère dans sa jeunesse avec ses yeux bleus et ses longs cheveux auburn, son teint mat naturel et sa peau parfaite. Elle possédait aussi le même corps élancé, à la fois mince et musclé. On aurait pu les prendre pour des sœurs si la différence d'âge n'était pas si visible. Mais les points communs entre la mère et la fille s'arrêtaient là. Alors que Chrissy avait toujours aimé s'amuser, frôlant la plupart du temps un comportement loufoque, Maribelle était totalement amère. Encore une chose dont il était responsable.

Le regard de Jase passa de sa fille à sa femme. Elles ne cillaient pas, leur regard inébranlable le brûlait. Il sut qu'il n'avait pas le choix. Et donc, pour la première fois depuis qu'il l'avait rencontrée, Chrissy passa avant lui-même. C'était la moindre des choses après tout... ce qu'il n'avait pas fait.

— Où est-ce que je signe ? demanda-t-il.

Sa voix se brisa avant la fin de sa phrase.

L'avocat poussa un dossier en papier kraft sur la table.

— Je vous ai facilité les choses, expliqua-t-il. Chaque fois que vous voyez une languette rouge, vous signez de votre nom complet, de vos initiales et vous datez.

Jase marmonna qu'il était inutile de lui demander en même temps son nom complet et ses initiales, mais ouvrit le dossier dont il passa rapidement en revue la première page. Tout était net. Elle ne voulait rien de lui, ni la maison ni un seul dollar. Quant aux trois enfants, elles étaient toutes majeures.

Bon sang, il avait besoin d'un verre.

Le stylo lui semblait froid entre ses doigts moites. Sa première tentative de signature se solda par un gribouillis à peine lisible. Quand il en arriva à la fin du document, il tenait fermement le stylo et sa main sèche ne tremblait plus. Il ferma le dossier, le repoussa sur la table où l'avocat l'attrapa avant de rapidement le ranger à l'emplacement qui lui était réservé dans son attaché-case.

— Merci, monsieur Brady. Je vous contacterai si nous avons besoin de quoi que ce soit de votre part.

Jase opina. Que pouvait-il faire d'autre ? Que dire ? C'était officiel, Chrissy en avait fini avec lui. Toutes ces années qu'ils avaient gâchées ensemble, lui ne restant que pour les enfants, elle qui l'aimait, aveugle à ses fautes, pour qu'au bout du compte cela lui explose au visage de la pire manière qui soit... De tout cela, il ne restait rien.

Quel foutu gâchis.

— Vous voudriez bien nous accorder une minute ? demanda Chrissy en s'adressant à son avocat et à sa fille.

La surprise le prit au ventre. Jase ne s'était pas attendu à ce qu'elle souhaite lui parler en tête à tête, mais il supposait que cela s'expliquait, puisqu'elle avait requis sa présence.

L'avocat ne voyait rien à y opposer. Il rangea ses dernières affaires et s'en alla. Quant à leur fille, elle n'avait pas bronché. Elle restait assise, le visage fermé, fusillant sa mère du regard.

— Belle, insista Chrissy en utilisant le surnom d'enfance de Maribelle. Je t'en prie.

Lèvres pincées, les yeux lançant des éclairs, Maribelle secoua la tête avec insistance.

— Non, dit-elle fermement. Je n'arrive pas à imaginer ce que tu pourrais avoir à dire à l'homme qui a ruiné ta vie.

L'homme qui a ruiné ta vie...

Pas « papa ». Il n'était plus « papa » depuis longtemps. Il était juste l'homme qui avait ruiné la vie de sa mère. Bon sang, il parvenait presque à goûter sur ses lèvres l'alcool dont il avait si désespérément besoin.

— Belle, répéta Chrissy d'un ton plus autoritaire.

Les deux femmes s'affrontaient silencieusement pendant que Jase attendait de voir qui l'emporterait.

Lorsque Maribelle plaqua ses mains sur la table suffisamment bruyamment pour attirer l'attention de la gardienne, Jase sut que Chrissy avait gagné la bataille. La femme courtaude, râblée, à l'allure masculine, qui se tenait devant la porte se tourna vers eux, sourcils froncés. Jase lui adressa un faible sourire qui eut pour unique résultat de renforcer son air renfrogné.

Putain de bonnes femmes. Elles le détestaient toutes. Même celles qui avaient de la moustache.

Maribelle repoussa sa chaise théâtralement.

— Bien, lança-t-elle avec brusquerie. Très bien. Mais ne prenez pas toute la journée. La météo annonce une nouvelle tempête de neige épique et la dernière chose dont j'ai besoin est de me retrouver coincée dans cette ville pourrie.

Jase suivit du regard sa fille qui sortait comme une furie de la pièce avant de reporter son attention sur Chrissy. Quand ses yeux fatigués rencontrèrent les siens, une vague de regret le submergea. Il suffoquait sous son intensité. Il voulait se détourner, s'enfuir de là, échapper à ce qu'il avait fait subir à son ex-femme. Mais comme une voiture arrivant sur une plaque de verglas, il était impuissant, ne pouvant que constater que le rail de sécurité se précipitait vers lui pour venir s'écraser sur son visage.

Chrissy prit une profonde inspiration avant de lentement relâcher son souffle.

— Dorothy, commença-t-elle.

Jase sursauta.

— Je veux savoir comment elle va, poursuivit-elle. Et l'enfant ? Les filles sont incapables de me répondre, elles n'ont que des informations parcellaires…

— Chris, l'interrompit-il. Pourquoi mettre ça sur le tapis ?

L'irritation creusa ses traits.

— Parce que, Jason, j'ai tiré sur une femme, une femme enceinte. J'aurais pu les tuer, elle et son bébé innocent. Et je vis avec cela chaque jour, chaque année qui passe depuis que c'est arrivé. Il n'y a rien que je regrette plus que cela.

Il supposait que c'était logique. Malgré tout, il ne tenait pas à discuter de Dorothy avec Chrissy. Mais il ne s'agissait pas de lui. Il lui devait bien ça.

Haussant les épaules, il répondit :

— Pour ce que j'en sais, elle va bien.

— Tu ne la vois pas ? demanda Chrissy. Plus du tout ?

Même après tout ce temps, il se sentait incroyablement gêné de parler de son ex-petite amie avec sa femme, ou ex-femme. Il secoua la tête.

— Pas vraiment. Elle vient parfois en ville, pour voir Tegen ou Eva. Elle ne reste jamais longtemps.

— Pas pour te voir toi.

Ce n'était pas une question, mais une constatation.

— Non, pas moi, confirma Jase.

Même avant que les souvenirs lui reviennent, Dorothy avait refusé à maintes reprises de s'adresser à lui, malgré ses nombreuses tentatives. Et après, quand Cage s'était fait tirer dessus, quand Dorothy avait menacé Jase de le tuer s'il s'approchait d'elle, il avait renoncé.

— Tu as tout perdu, commenta Chrissy.

Il l'étudia. Elle ne semblait pas se moquer de lui. Elle n'exprimait ni colère ni amertume. En fait, à la surprise de Jase, elle paraissait s'être attendue à sa réponse.

— Effectivement, confirma-t-il, avant d'ajouter rapidement : et à cause de moi, toi aussi.

Cette fois-ci, ce fut Chrissy qui secoua la tête.

— Il me reste mes filles.

Jase ne savait comment répondre à cela, autrement qu'en opinant. C'était la vérité, dure et froide. Quand tout était parti à vau-l'eau, les filles avaient pris le parti de leur mère. Elles n'avaient accordé que peu d'attention à leur père, même avant d'avoir quitté la maison. Aussi douloureux que cela ait été, il ne le leur avait pas reproché. Lui, plus que quiconque, haïssait ce qu'il avait fait.

— Pendant très longtemps, je t'ai tout mis sur le dos, poursuivit Chrissy. Je te détestais de m'avoir menti, d'avoir trahi notre mariage. Plus encore, je te détestais d'avoir détruit notre famille.

» Mais j'ai eu beaucoup de temps pour réfléchir à… tout ça. Et j'en suis arrivée à la conclusion que ce n'était pas uniquement ta faute. Les autres femmes, Dorothy… j'ai fermé les yeux. Je savais que tu n'étais pas heureux, je l'ai toujours su. Malgré tout, j'ai décidé de l'ignorer au lieu de prendre le taureau par les cornes. Cela n'a été qu'après que j'ai découvert qu'elle était enceinte…

Elle s'interrompit, les yeux embués de larmes, et se détourna de lui.

— Chris, dit-il avec douceur, tu n'as pas à...

Elle se redressa, s'essuya les yeux.

— Non, insista-t-elle, il le faut. J'ai besoin que tu saches à quel point je suis désolée. J'ai demandé à Maribelle de venir ici pour une raison : que vous ayez un peu de temps ensemble. J'avais espéré...

Elle déglutit avant de reprendre la parole.

— Noël approche, Jason. J'avais espéré que cela vous aiderait de vous rencontrer, d'une manière ou d'une autre.

— Les filles n'ont pas besoin de moi.

Il s'étouffa presque en prononçant ces mots, luttant pour ravaler la violente vague d'émotion qui s'élevait en lui. Seigneur, il était si sensible dernièrement. Il espérait que cela n'avait rien à voir avec l'âge, parce qu'autrement, arrivé à soixante ans, il serait une foutue pleurnicheuse. Pire qu'une nana.

Chrissy tendit le bras par-dessus la table et le surprit en venant couvrir sa main gauche de la sienne. Pendant un moment, il ne fut capable que de regarder leurs mains, jointes, mais sans qu'aucune ne porte plus son alliance. Une nouvelle vague de regrets s'écrasa sur lui.

— Si, murmura-t-elle en serrant ses doigts. Et ton boulot est de le leur montrer.

Jase se tourna pour regarder à l'extérieur de la pièce, là où sa fille se tenait. Bras croisés sur la poitrine, son visage un masque de pierre impénétrable, elle aurait pu facilement passer pour une des gardiennes de prison. L'une de celles qui n'avaient pas l'air si masculines.

— J'essaierai, promit-il en reportant son attention sur Chrissy.

Elle eut un sourire triste.

— C'est tout ce qu'on peut faire.

— Ne perds pas ton temps à me ramener à ma voiture, marmonna Maribelle en accélérant l'allure. Je ne suis pas une gamine.

Jase avança à son tour plus vite sur le parking. Il n'avait pas envie de se disputer avec elle. Malgré tout, quoi qu'il dise, cela tournerait à l'affrontement. C'était toujours le cas. Frottant sa joue mal rasée de sa main calleuse, il essaya de trouver quelque chose qui ne provoquerait pas d'explosion chez sa fille.

— Y a une plutôt grosse tempête qui s'annonce, l'interpella-t-il, et t'as une longue route à faire. T'as des pneus neige sur le tas de boue que tu conduis ?

Maribelle s'arrêta si brusquement qu'il lui rentra presque dedans. Il recula de quelques pas et se prépara à ce qui s'annonçait.

— Arrête ! siffla-t-elle. Arrête de faire semblant d'en avoir quelque chose à foutre de moi !

À la fois exaspéré et épuisé, il leva les mains en geste d'apaisement.

— Belle, plaida-t-il, j'essaie juste de te parler, c'est tout. On est à la veille de Noël, ma puce. Lance à ton vieux père un os à ronger, bordel.

Son visage se tordit en une horrible grimace.

— T'as raison ! hurla-t-elle. C'est le 24 décembre ! Et comme d'habitude, je vais passer les fêtes sans ma mère ! À qui la faute ? Hein ? À qui la foutue faute ?

Jase ouvrit la bouche, n'ayant aucune idée de ce qu'il allait dire, mais sachant que quelque chose, n'importe quoi, devait l'être pour désamorcer la colère de sa fille avant que les personnes en charge de la sécurité des lieux ne leur tombent dessus. Maribelle le coiffa au poteau.

— La tienne ! brailla-t-elle, poings serrés. Tu as bousillé ta famille, tu as tout détruit, et maintenant t'es qu'un vieil ivrogne qui s'imagine que parce que c'est Noël il a le droit de me parler de mes pneus neige ? Comme si tu te sentais concerné ! Le seul truc qui t'ait jamais intéressé, c'est ton foutu club et ta salope !

— Baisse d'un ton, murmura-t-il durement, sinon tu vas te retrouver avec les menottes aux poignets et je vais devoir payer une caution pour te sortir du trou.

Malgré la colère de sa fille, il lisait sur son visage la tristesse et la déception qu'elle tentait de lui cacher. Cela lui rappela quand, enfant, elle apprenait à monter à bicyclette sans les roulettes. Elle tombait et retombait, éraflant ses tibias et ses genoux, mais elle était déterminée. Même lorsqu'il avait été prêt à renoncer, ne souhaitant pas la ramener à sa mère couverte de sang, elle avait serré les dents, séché ses larmes et était remontée sur son satané vélo. Le souvenir assombrit encore un peu plus son humeur. Il n'en avait même pas suffisamment en stock parce qu'il n'était jamais là.

— Belle, dit-il en soupirant bruyamment, j'ai tout endossé, il y a sacrément longtemps. Je ne suis jamais revenu là-dessus, pas une seule fois. Mais changer le passé m'est impossible. Tout ce que je peux changer, c'est le présent, et j'essaie. Je n'arrêterai pas d'essayer. Tu es ma fille, ma petite fille. Ça veut dire quelque chose pour moi. Ça a toujours été le cas.

Maribelle continuait à le fusiller du regard, apparemment résolue à s'accrocher à son ressentiment, même si sa lèvre inférieure tremblait.

Voyant là une ouverture, Jase avança d'un pas et posa les mains sur les épaules de sa fille.

— Je sais que je n'ai pas le droit de te demander quoi que ce soit, pas après ce que je vous ai enlevé, à toi et à tes sœurs, mais tant pis.

Maribelle leva la tête pour planter ses yeux dans ceux de son père.

— Et qu'est-ce que tu demandes exactement ?

Il verrouilla son regard au sien, à l'image renvoyée en miroir de sa femme vingt ans auparavant, se rendant compte pour la première fois que s'il ne tentait pas de rectifier les choses maintenant, vraiment, les yeux de sa fille deviendraient de plus en plus froids, perdraient leur éclat, comme ceux de sa mère.

— Je demande que pour Noël tu sois à la maison.

En fait, il voulait ses trois filles avec lui, mais les jumelles copiaient leur attitude sur celle de leur sœur aînée. Belle s'était chargée d'elles, avec l'aide des parents de Chrissy. Jase était *persona non grata*. S'il parvenait à avoir Belle chez lui, les jumelles suivraient sans aucun doute.

De longues minutes s'écoulèrent dans un silence gênant, durant lequel la neige se mit à tomber. Jase jeta un coup d'œil au ciel qui s'assombrissait, s'inquiétant de la longue route qui attendait Maribelle. Elle profita de sa distraction pour lui échapper.

— Je ne peux pas, dit-elle en reculant rapidement. Je suis désolée… (Elle secoua la tête.) Non, je ne le suis pas, mais… je ne peux pas.

Puis elle pivota et s'éloigna d'un pas vif.

Jase resta où il était, la regardant se débattre avec ses clés, attendant qu'elle soit en sécurité dans sa voiture et qu'elle ait parcouru la moitié du parking pour enfin baisser les yeux.

— Retour au club, marmonna-t-il.

Parce qu'il n'était foutrement pas question qu'il rentre dans une maison vide ce soir-là. Il n'y avait ni sapin de Noël, ni décorations, ni cadeaux à emballer, ni dinde au four, ni gloussements s'échappant de la chambre des enfants à l'étage. Il n'y avait rien d'autre que quatre murs, des meubles empoussiérés, et un sol sale.

Depuis le départ des deux cadettes, il avait passé encore plus de temps au club, incapable de supporter le vide incessant qui avait pris racine non seulement chez lui, mais aussi en lui.

Si seulement il avait réalisé plus tôt que ce n'était pas une maison, quatre murs et un toit, qui faisait un foyer. C'étaient celles qui avaient vécu entre ces murs, sa femme et ses filles, les vraies poutres qui soutenaient l'édifice. Sans elles, le toit avait flanché, les cloisons s'étaient écroulées, et la fondation s'était effritée.

Tandis qu'il reprenait le chemin de son camion, il se prit à souhaiter pour la millionième fois depuis que Dorothy s'était fait tirer dessus que Cox n'ait pas retiré de ses mains l'arme qu'il s'apprêtait à retourner contre lui-même.

5

Mon grand-père avait pour habitude de dire, lorsqu'il pleuvait, qu'il tombait des cordes. Dans mon cas, lorsqu'il pleuvait, c'était comme San Francisco à Noël. Le ciel sembla se déverser sur moi jusqu'à me submerger. Je frappais des mains et des pieds à la recherche d'un souffle d'air dont je savais déjà qu'il me serait refusé.

Après l'appel de Tegen, j'avais passé trente-six heures à me débattre sous un déluge de problèmes. On aurait dit que l'univers entier, mère Nature incluse, était déterminé à m'empêcher de me rapprocher de Miles City.

Tout d'abord, je devais trouver où laisser Christopher. Ne sachant pas ce qui m'attendait au club, rien n'aurait pu me convaincre d'emmener mon fils avec moi pour qu'il se retrouve au milieu d'une situation potentiellement dangereuse, ou pire, dévastatrice.

Cela s'avéra être un problème dans la mesure où je ne comptais que peu d'amis à San Francisco. En raison de quelques soucis mineurs liés à ma blessure au cerveau et de mon faible niveau d'étude, je n'avais pas été capable de trouver un emploi qui m'aurait assuré un revenu plus substantiel que mes indemnités maladie. Résultat, je n'avais aucune collègue avec qui me lier. J'avais sympathisé avec les mères à l'école de Christopher, et j'avais eu quelques rendez-vous amoureux au fil des ans, mais jamais rien de sérieux et certainement pas avec des hommes à qui je confierais mon bien le plus précieux.

Ce fut Tegen qui suggéra Hayley, l'une de ses amies les plus proches, et je m'envoyai mentalement des claques pour ne pas avoir pensé à elle plus tôt. Hayley et son mari étaient des gens biens, pleins d'énergie positive, et eux aussi parents d'un jeune enfant.

Hayley avait déjà accepté. Il me restait à convaincre Christopher. Il fallut du temps pour lui expliquer pourquoi sa mère devait le laisser, et en plus, le jour de Noël. Je finis par lui mentir, chose que je m'étais promis de ne jamais faire, et lui dis que son grand-père était malade.

Dans la mesure où je n'avais aucun contact avec ma famille depuis mon divorce d'avec le père de Tegen, ce dont Christopher était tout à fait conscient, je me rendais bien compte qu'il était sceptique. Il avait le sentiment d'être mis sur la touche, à être ainsi abandonné en arrière. Mais quel choix avais-je ? Impossible de lui expliquer que son père était en danger, ou pire. Au bout du compte, il accepta la situation sans sourciller, prouvant encore un peu plus à quel point il ressemblait à Hawk. Moi, je me sentis encore plus mal de lui avoir menti.

Une fois Christopher installé chez Hayley, tout un tas d'autres problèmes me tombèrent dessus. Une tempête s'était abattue sur le Middle West et s'étendait aux États limitrophes. Les vols pour le Montana étaient soit retardés, soit supprimés.

J'attendis pendant des heures à l'aéroport, mon anxiété grimpant chaque fois qu'un nouvel avion était annulé, jusqu'à ce que je finisse par renoncer. Je louai une voiture.

Je passai les vingt-quatre heures suivantes sur la route. Je ne m'autorisai qu'un court somme de quatre heures sur une aire de repos.

Quand j'atteignis le Montana, au cœur de la tempête, j'étais incapable de discerner quoi que ce soit au-delà du bout de mon nez. Je ne dépassai pas les cinquante kilomètres à l'heure pendant un bon moment. Mon seul soulagement était que les routes étaient virtuellement désertes et que j'étais déterminée à atteindre ma destination.

Je finis par me garer devant le portail hérissé de fils barbelés tranchants. Ma prise de fer sur le volant se détendit, je relâchai une bonne partie de l'air que j'avais bloqué dans mes poumons et observai le bâtiment face à moi.

L'entrepôt blanchi à la chaux était imposant. Le logo des Hell's Horsemen était peint sur sa devanture, immense et intimidant. Rien dans l'apparence des lieux n'était douillet ou accueillant, ce dont j'étais sûre que Deuce s'était assuré à dessein.

Je m'étais déjà rendue ici à des milliers de reprises, même après mon déménagement en Californie, mais cette fois-ci, c'était différent.

J'avais le sentiment de me tenir au bord d'un précipice menaçant qui se disloquait rapidement. Une fois que j'aurais passé ces portes, ma vie tranquille, mon existence dorénavant paisible et tout ce que j'avais reconstruit seraient désintégrés. Je serais renvoyée en chute libre dans l'abysse infini de l'inconnu.

Cette pensée, la peur qu'elle provoquait en moi, suffisait presque à me pousser à faire demi-tour et à retourner en Californie.

Mais il ne s'agissait pas de moi. Il s'agissait de Hawk et du petit garçon que j'avais laissé derrière moi.

Je pris une profonde inspiration, ravalai mes peurs et avançai. Je baissai ma vitre, tendis la main dans le froid et appuyai sur le bouton de l'interphone.

Il bourdonna et une voix rocailleuse s'échappa du haut-parleur.

— J'me demandais combien de temps t'allais rester là sans bouger.

Je reconnus immédiatement Worm, un frère de longue date. Malgré ma nervosité, un sourire vint étirer mes lèvres pincées.

— Je me préparais uniquement pour tes mains baladeuses, lançai-je malicieusement.

— Bienvenue à la maison, petite D., répondit-il en gloussant.

Après une journée entière de route et d'inquiétude, j'accueillais avec plaisir son rire devenu rauque après des années passées à fumer à la chaîne.

Le loquet cliqueta. Le portail s'ouvrit lentement. À travers le lourd voile de neige, Je parvenais à peine à distinguer la porte du club qui s'ouvrait. Comme un phare au milieu de l'obscurité ambiante, une douce lumière s'en échappa, se déversant dans le noir.

Tandis que j'avançai, une silhouette apparut sur le seuil. D'une taille imposante, elle occupait presque tout l'espace. Malgré l'absence de soleil et la neige qui brouillait ma vue, j'aurais reconnu ces épaules n'importe où. Elles portaient généralement le poids du monde, et pourtant, se débrouillaient pour ne jamais fléchir.

Je me garai. Mon bagage à la remorque, j'entrepris le trek à travers le parking recouvert de neige, bataillant à la fois contre le froid mordant et le vent cinglant. Quand j'atteignis la porte, je n'étais plus qu'une masse de chair tremblante et des dents qui s'entrechoquaient.

Deuce me prit ma valise des mains. Il la souleva sans difficulté, comme si elle ne pesait pas plus qu'une plume, et la jeta sur son dos avant de m'inviter rapidement à entrer. Une fois la porte refermée derrière nous, il m'étreignit maladroitement de son bras libre. Je restai momentanément sans réaction, figée par le choc. Son geste était si exceptionnellement doux. Deuce ne prenait pas les gens dans ses bras, en tout cas quand il pouvait l'éviter. Il réservait ses preuves d'affection à sa femme et à ses enfants.

— Bienvenue chez toi, Dorothy, dit-il d'une voix bourrue.

Il me tapota affectueusement le dos et si son corps imposant n'avait pas fait écran, j'aurais volé à travers la pièce.

À travers les flocons qui collaient encore à mes cils, j'observai son corps couvert de cuir dont je prenais pleinement la mesure – les dragons tatoués sur ses avant-bras nus, l'insigne de président sur son gilet, l'odeur de cigarette et d'alcool qui semblait toujours s'accrocher à lui –, avant de m'arrêter à ses yeux d'un bleu de glace.

Son sourire n'était pas amical, il ne l'avait jamais été. Deuce avait toujours plus grogné que souri. Mais son regard était doux et généreux. Engageant, même. Il avait un peu vieilli depuis notre dernière rencontre. Il devait avoir la soixantaine, maintenant, et cela commençait à se voir. Ses longs cheveux blonds et sa barbe avaient grisonné, les rides sur son front et autour de ses yeux s'étaient étirées, creusées.

Je retirai mon bonnet de ski et secouai mes cheveux humides.

— Je vois que ma fille t'a donné quelques cheveux blancs de plus, dis-je en souriant.

Son sourire s'accentua, provoquant l'apparition de plusieurs fossettes. Et instantanément, les changements dans son apparence semblèrent s'effacer. Face à moi, je retrouvais le jeune homme superbe et n'ayant peur de rien de ma jeunesse. Insaisissable et terrifiant, intrigant malgré tout, il avait pris les commandes du club de motards de son père et avait changé les vies de tant de gens.

— Je vais avoir une nouvelle attaque avec ta fille et sa grande gueule, marmonna-t-il en secouant la tête. Elle et mes propres filles, mes fils, ma petite-fille et… Seigneur, Cox, ce sale…

Il s'interrompit, grimaçant.

— Hum, hum, murmurai-je.

Je jetai un coup d'œil autour de moi. Le club était calme. Mis à part Worm, installé derrière le bar en train de se servir un en-cas liquide, je ne voyais personne d'autre. Lorsque mon regard revint sur Deuce, il m'observait, toute trace de bonne humeur disparue. Mon sourire s'évanouit.

— Ces merdes avec Hawk, c'est pas bon, D., déclara-t-il. En règle générale, je ne dis rien de mes gars à leur régulière avant d'avoir obtenu plus d'informations, mais je vais faire une exception. D'abord, parce qu'il s'agit de Hawk, et qu'il y a des trucs que tu dois savoir. Ensuite, parce qu'il s'agit de toi, et que tu es de la famille.

» Allons dans mon bureau, poursuivit-il en se détournant. Et je te raconterai ce que je sais.

Je me contentai de rester sur place pendant un moment, le regardant s'éloigner. Il tenait toujours ma valise sur ces colonnes qu'il appelait des épaules.

La famille. Il avait déclaré que j'appartenais à la famille. Vrai, nos enfants étaient mariés, auraient probablement un jour leurs propres enfants, mais malgré tout, je n'avais jamais pensé à moi-même comme membre de la famille de Deuce.

Non seulement ça, mais il avait aussi dit que j'étais une régulière.

Celle de Hawk. Cela s'expliquait, dans la mesure où j'étais la mère de son enfant, et vivais dans le seul autre endroit où, le club mis à part, il avait planté ce qui ressemblait à des racines.

Mais quand même... Je ne m'étais jamais rendu compte...

Une larme chaude s'échappa d'entre mes paupières pour glisser le long de ma joue froide.

La maison.

6

Jase était content d'être ivre. Si cela n'avait pas été le cas et qu'il ait eu à écouter Deuce expliquer que Hawk n'était en fait pas Hawk, mais Luca Bordelchev ou un truc du genre, fils d'un dirigeant de l'un des cartels de drogue et d'armes les plus dangereux de l'histoire des cartels, il aurait pu être furieux que Deuce ait gardé ce secret pendant si longtemps. Ce qui était visiblement le cas de tous les autres.

Au lieu de quoi, il trouvait toute cette histoire plutôt marrante. En particulier la partie où Hawk se prenait des balles. Mais selon les Russes qui le retenaient en otage, Hawk était toujours en vie et le resterait tant que Deuce et Preacher donneraient une suite favorable à leurs exigences.

Exigences dont il n'avait pas complètement conscience dans la mesure où il ne prêtait pas totalement attention à Deuce. Ça avait quelque chose à voir avec des flingues et la côte Est, Preacher et son club, les Silver Demons, un truc avec Hawk qui serait tué si Deuce ne convainquait pas Preacher, ou encore une guerre avec le cartel, blabla, blabla.

Ce n'était pas que Jase veuille que Hawk meure, pas vraiment. À une époque, quand tout avait volé en éclats, qu'il avait découvert que le bébé dont il pensait être le père n'était pas le sien et que Hawk et Dorothy entretenaient une relation intime juste sous son nez, ouais, il avait bien pu souhaiter qu'il crève une fois ou deux.

Mais c'était avant et on était maintenant. Maintenant, il était tout juste divorcé, sans ses enfants. Il avait passé un nouveau Noël complètement ivre au club à regarder Bucket et sa nana baiser comme des lapins sur le canapé à côté de lui. Du bon temps.

Donc non, il ne se souciait pas vraiment que Hawk vive ou pas. À son avis, s'il fallait choisir entre le club et Hawk, ce dernier pouvait aller rôtir en enfer. Ses sentiments personnels mis à part, ce salaud n'était même pas l'un d'eux. En plus, il avait utilisé le club pour échapper à la loi.

— Preacher est en route pour ici, annonça Mick. Il est partant pour notre plan. Il vient avec son VP et trois de ses gars comme preuve de bonne foi envers les Russes.

Deuce remercia Mick d'un mouvement de tête et en réponse, Mick évita son regard.

— Quoi ? exigea de savoir Deuce. C'est quoi, ton foutu problème ?

Mick haussa les épaules.

— Je suis ton vice-président, et ce depuis le premier jour. Même si on s'est pris la tête à quelques reprises, je t'ai toujours soutenu. Merde, je me suis même retrouvé en taule à ta place, prés', et tu ne pouvais pas me confier ça ? (Mick secoua la tête.) Je ne sais plus quoi penser maintenant.

— Je ne t'ai jamais demandé de porter le chapeau pour moi ! s'emporta Deuce. T'as intérêt à te reprendre, et vite !

Mick sauta de son siège et écrasa ses poings serrés contre le plateau de la table.

— Mais j'ai quand même atterri derrière les barreaux ! Parce que ton vieux venait juste d'avaler son bulletin de naissance et que ce foutu club avait besoin de stabilité pour une fois, et pas d'un autre président en cellule !

— C'était il y a presque quarante ans ! rétorqua Deuce, en insistant volontairement sur chaque mot. Pourquoi tu mets ça sur le tapis maintenant ? Tu veux que je te suce ?

Agrippant le bord de la table de réunion, il se penchait en avant, le nez presque collé à celui de Mick.

Normalement, un tel commentaire aurait provoqué le rire des gars. S'en serait suivie une nouvelle salve de commentaires ou de gestes grivois, ce qui ne fut pas le cas ce jour-là. La tension était élevée. Même les frères les plus enjoués avaient le visage fermé.

— Il ne m'a jamais rien dit, marmonna soudain Ripper. Mais bordel...

Parmi tous ceux qui s'entassaient dans le bureau de Deuce, Ripper semblait le plus atteint, encore plus que Mick. Probablement parce qu'au sein du club il était plus proche de Hawk que quiconque.

Dorothy mise à part, pensa amèrement Jase. Pas de doute, elle avait été bien plus proche de Hawk que Ripper.

Le regard courroucé de Deuce passa de Mick à Ripper pour ne plus quitter ce dernier.

— Il obéissait à mes foutus ordres de ne rien vous dire ! Ça vous arrive de faire ce que je vous demande ou...

Il s'interrompit et ferma les yeux.

— Laissez tomber, soupira-t-il. Bien sûr que vous passez outre mes ordres.

Cox, assis à côté de Ripper, donna un coup de coude dans les côtes de ce dernier.

— C'est une allusion au fait que tu as sauté sa fille, murmura-t-il de manière à être entendu de tous. On n'était pas supposé agir ainsi, et tu n'as pas écouté.

Ripper repoussa Cox, qui lui rendit la pareille. Tandis que tous deux se mettaient à se chamailler comme des filles (c'était souvent leur façon de se comporter), le reste de la salle explosa de rire. L'épaisse tension qui avait retenu en otage les occupants de la pièce pendant bien une heure sembla s'évaporer. Même Deuce et Mick qui, Jase mis à part, étaient les seuls membres du club à ne pas rire, semblaient plus détendus que quelques minutes plus tôt.

Brusquement, Jase ne se sentit plus amusé, mais carrément hors de lui. Il frappa la table des paumes, repoussa sa chaise et se leva vivement. Bien sûr, comme il était complètement ivre, il dut se retenir à la table quelques secondes supplémentaires histoire de s'assurer qu'il ne retomberait pas sur son séant.

Les têtes se dressèrent dans sa direction de toutes parts tandis que ses frères lui adressaient des regards curieux, sourcils dressés. Il ne leur accorda aucune attention, avança en vacillant vers la sortie, plus que prêt à en terminer avec cette réunion pourrie.

— Jase ! beugla Deuce.

Il s'arrêta, main sur la poignée de la porte.

— Je ne t'ai pas autorisé à t'en aller, poursuivit Deuce du même ton. C'est une réunion et un vote. Je crois avoir été assez clair à ce sujet.

Jase jeta un coup d'œil à son président par-dessus son épaule et étrécit le regard.

— J'en ai rien à cirer de ce que vous décidez pour Hawk, cracha-t-il méchamment. Ou Luca, ou quel que soit son nom. Mon vote va au club.

Il tira brutalement sur l'une des doubles portes et s'obligea à avancer. Il se débrouilla pour rester droit suffisamment longtemps pour franchir le seuil. Il claqua le battant derrière lui avec assez de puissance pour que les murs en tremblent.

Ayant pour seule intention de se rendre directement au bar et vers la copieuse quantité d'alcool qui lui faisait signe depuis les étagères, il s'éloigna de la porte qui tremblait encore.

— Jase ?

Il reconnut cette voix. Il se figea à mi-pas ; il chancelait encore et manqua tomber. Il avait appris que Dorothy était là, ou en tout cas en ville, mais il s'était déjà imaginé qu'il ne la verrait pas, puisqu'elle s'était donné beaucoup de peine pour s'assurer de ne jamais se retrouver au même endroit que lui en même temps. Il n'aurait jamais deviné qu'elle s'était rendue au club.

Il se tourna lentement pour lui faire face, plissant les yeux car la distance qui les séparait était considérable. Elle se trouvait juste devant le couloir menant à la cuisine. Il l'étudia de haut en bas, se repaissant de sa vue pour la première fois depuis bien trop longtemps.

La fille au teint frais dont il était tombé amoureux avait disparu. Elle n'avait plus cette aura d'innocence et de naïveté qui la caractérisait entre vingt et quarante ans. Non, Dorothy ressemblait enfin à la femme adulte qu'elle était. Ses traits avaient mûri, s'étaient accentués. Elle n'était plus mignonne, mais avait acquis une sorte de beauté raffinée.

— Dorothy, dit-il calmement, se concentrant sur elle et sur ses superbes grands yeux verts. Ils n'avaient pas changé et pour une raison ou pour une autre, cela le rasséréna. Je n'avais pas réalisé…

— Le vote, l'interrompit-elle laconiquement. Vous avez déjà voté ?

Il ferma la bouche et remarqua pour la première fois le léger tremblement qui agitait les lèvres de Dorothy, sa posture rigide et la manière dont ses mains étaient accrochées l'une à l'autre tandis qu'elle les tordait.

Elle avait peur.

Pour ce foutu Hawk.

Évidemment. Après tout, elle avait roulé depuis la Californie uniquement pour savoir ce qui lui était arrivé. Jase avait tout d'abord cru qu'elle s'inquiétait pour le père de son fils. Or, cela semblait être quelque chose d'entièrement différent.

Seigneur Jésus, avait-elle encore des sentiments pour cet homme ? Est-ce qu'il se passait de nouveau quelque chose entre eux deux dont personne n'était au courant ?

Il se sentit soudain embarrassé. Il se frotta la nuque, utilisant la manœuvre pour détourner le regard. Il espérait qu'elle ne remarque pas la déception qui le submergeait soudain, qui agrippait son cœur.

— Je... Heu...

Il bafouillait, essayant de formuler une réponse qui n'inclurait pas de lui dire qu'il venait juste de déclarer à quel point il se foutait que Hawk vive ou meure, vu à quel point elle paraissait, elle, s'en soucier.

— Pas de vote encore, dit-il en s'éclaircissant la gorge. J'allais seulement aux chiottes.

Elle opina, lèvres serrées. Ses yeux s'écarquillèrent de manière notable. Il connaissait ce regard, l'avait croisé des centaines de fois auparavant. C'était le visage qu'elle affichait lorsqu'elle se retenait de pleurer. En voyant ça, quelque chose lui secoua douloureusement la poitrine. Son ventre se serra de manière désagréable. Il détestait cette expression, la haïssait grave... principalement parce qu'il en avait toujours été la cause.

— Ne t'inquiète pas, dit-il rapidement, nous le ramènerons à la maison.

— D'accord, murmura-t-elle, opinant plus pour elle-même que pour lui. Je serai… je serai dans la cuisine.

Il la regarda disparaître à l'angle du couloir, entendit les portes battantes de la cuisine couiner quand elle les poussa, puis le bruit des casseroles et des marmites qui s'entrechoquaient.

Quelque chose de chaud se répandit dans ses entrailles, assouplissant la pression gênante qui y avait pris naissance. Dorothy était de retour, non seulement à Miles City, mais au club, et même dans la cuisine, rien que ça !

C'était si sacrément familier, et, qu'il soit maudit, si incroyablement réconfortant. Après tant d'années à ne recevoir rien d'autre que de la froideur de la part de Dorothy et de sa propre famille, retrouver cette illusion de son passé, où il avait été heureux et comblé, était plus que bienvenu.

Il ne voulait pas perdre ça.

Il pivota pour se précipiter dans le bureau de Deuce. Il ignora les regards noirs que tous lui envoyaient et poussa Anger de la chaise que ce dernier s'était appropriée après son départ pour la revendiquer de nouveau.

Lorsque son tour de voter arriva, il planta les yeux dans ceux, étrécis, de Deuce, leva deux doigts en l'air et répondit.

— Oui. Ramène-le à la maison.

Ce que le retour de Hawk provoquerait, en plus de placer Deuce et Preacher à la merci d'un cartel russe, Jase n'en savait rien. Tout ce qu'il savait, c'est que Dorothy resterait dans le coin, même si ce n'était pas pour longtemps… et qu'elle ne pleurerait pas.

À tout le moins, il lui devait bien ça.

7

Plus les choses changent, plus elles restent les mêmes.

Jean-Baptiste Alphonse KARR

— Bizarre, non ?

Je détachai le regard de ma fille et du groupe de jeunes femmes qui l'entourait pour le reporter sur Eva, assise à côté de moi sur un canapé en cuir. De l'autre côté d'Eva se trouvait Kami, tandis qu'à ma gauche était installée Kajika, une Indienne de la réserve voisine qui avait travaillé chez Cox et Kami comme nounou. Maintenant, elle occupait mon ancien poste au club. Elle était donc chargée de préparer les repas et de faire le ménage pour les garçons. Chose que je n'avais découverte qu'après avoir été réprimandée pour avoir perturbé son système de rangement hautement organisé. Qui savait que les assiettes devaient être empilées en fonction de leur taille et de leur forme ?

— Qu'est-ce qui est bizarre ?

Eva enleva ses oreillettes et afficha un petit sourire suffisant.

— Elles, expliqua-t-elle avec un geste en direction de Tegen et des autres. Et nous. On était elles, jeunes et sexy, le centre de l'attention au club, et maintenant ce n'est plus le cas. Nous sommes devenues les vieilles régulières à proprement parler.

» Assez étonnamment, continua-t-elle en haussant les épaules, ça m'est égal. J'ai le sentiment que c'est l'évolution naturelle des choses, que nous sommes toutes exactement ce que nous sommes supposées être.

Je savais très bien ce qu'elle avait en tête : elle tentait de me distraire pendant que nous attendions tous l'arrivée de Preacher de New York. Je décidai d'entrer dans son jeu plutôt que de m'appesantir sur la douloureuse question de savoir ce qu'il se passerait ensuite, ou pire, si Hawk y survivrait.

Ou… qui était vraiment Hawk, chose à laquelle je ne parvenais pas à réfléchir pour le moment. J'étais restée assise dans le bureau de Deuce à l'écouter calmement, absorbant l'histoire folle qu'il me racontait sur le fils d'un mafieux qu'il avait découvert vivant dans la rue. Deuce ne lui avait demandé qu'une seule chose pour le remercier de lui avoir sauvé la vie et de lui avoir accordé sa protection… sa loyauté.

Maintenant, Hawk avait été kidnappé par un oncle que tout le monde avait cru mort ou en cavale et qui menaçait à son tour soit de tuer Hawk, soit de le balancer aux instances fédérales si Deuce et Preacher ne cédaient pas.

C'était un peu trop à avaler en une seule fois. D'autant plus que Hawk n'était pas là pour confirmer quoi que ce soit, ou pour me laisser le réprimander pour m'avoir menti pendant toutes ces années.

Même si je comprenais enfin pourquoi il n'avait jamais insisté pour que Christopher porte son nom. Young ne l'était pas vraiment.

Pour une raison quelconque, savoir que c'en était la raison, qu'il se cachait et n'avait pas pu donner son vrai patronyme à son fils, me brisait le cœur. J'en souffrais physiquement.

— Moi aussi, cela m'est égal, dis-je à Eva.

Pour dire vrai, je n'avais jamais été sous les feux de la rampe, même durant ma jeunesse. Alors que la plupart des autres femmes qui traînaient au club avaient toujours essayé de se damer le pion entre elles lorsqu'il était question de sex-appeal, je n'avais pour ma part jamais rien tenté de ce genre. Je n'aspirais pas à être désirée par de nombreux hommes, malgré le chemin pris par ma vie.

— Parlez pour vous, rétorqua Kami.

Elle s'appuya au dossier du canapé, ses bras osseux croisés sur sa poitrine, mettant volontairement en avant le décolleté de sa chemise en dentelle noire.

— Je suis toujours sexy, affirma-t-elle. La quarantaine, c'est la nouvelle vingtaine, les filles.

Je haussai les sourcils et ne pus réprimer le rire qui m'échappa.

— T'es sérieuse ? m'exclamai-je.

Être dans la quarantaine, pour moi, n'avait définitivement rien à voir avec mes vingt ans. La plupart des matins, j'étudiais mon reflet dans mon miroir, me demandant en me dénigrant où était passée ma jeunesse. Non pas que je me trouve laide ou manquant de quoi que ce soit. Mis à part les légères marques que le temps avait imprimées autour de mes yeux, j'avais la chance d'être dotée d'une peau aux nombreuses taches de rousseur qui avait joliment conservé son élasticité à travers quatre décennies et deux grossesses, même si tout mon corps ne tenait pas aussi bien la route qu'avant. Non pas que cela importât puisque je n'avais plus de vie sexuelle. Je n'étais pas allée plus loin que quelques baisers sans importance après des rendez-vous embarrassants avec des hommes qui ne suscitaient que légèrement mon intérêt, depuis... depuis la dernière fois avec Jase.

Je regardai en direction du bar, où j'avais remarqué sa présence pour la dernière fois. Il était là, à m'observer. Il posa son verre et me sourit gentiment. Cela me mit mal à l'aise. Je me détournai rapidement, envahie par un sentiment d'inconfort.

— Ignore-la, me dit Eva en riant. Elle raconte n'importe quoi. Depuis qu'elle s'est rendu compte qu'elle était maintenant mère d'un adolescent, elle tente chaque année quelque chose de nouveau et de ridiculement cher pour essayer de stopper le passage du temps. Cette année, elle a laissé tomber le sexe.

J'en restai bouche bée. Encore sous le coup de la surprise, je cillai en direction de Kami.

— Tu ne couches plus ? bafouillai-je. Tu fais de nouveau chanter Cox ?

Cox et Kami étaient célèbres pour deux choses (autres que leurs deux superbes garçons) : les engueulades et le sexe. Tout le temps. S'ils n'étaient pas pris par l'un, c'était par l'autre, voire les deux en même temps.

Kami croisa les jambes, mettant en valeur ses bottes noires à talons de prix, et renifla impérieusement.

— Que ce crétin aille au diable. Quarante-trois ans, et il se comporte encore comme un marteau-piqueur sous crack chaque fois qu'il en a l'opportunité. Il m'épuise ! C'est sa faute si j'ai des rides !

Eva roula les yeux.

— Tu n'en as pas.

— Si ! protesta Kami. C'est juste que tu ne peux pas les voir parce qu'elles sont cachées par le Botox ! Et plein de petits poils bizarres apparaissaient aux pires endroits ! C'est uniquement à cause de Cox !

J'étais toujours coite, incapable de détacher mon regard d'elle.

— Attends, dis-je, désolée, mais je n'arrive pas à me faire à l'idée que toi et Cox n'avez plus de vie sexuelle.

Eva se tourna vers moi, ses grands yeux écarquillés, et articula silencieusement :

— *Kami* n'en a plus.

Puis elle plissa le nez et secoua légèrement la tête.

Je compris exactement quel message elle tentait de me faire passer. Bien que nous ayons grandi dans des milieux très différents, Eva avait passé sa vie entière au sein d'un MC et de ses normes sociales, là où, moi aussi, j'avais vécu une bonne partie de la mienne. Je comprenais parfaitement les règles du jeu, mieux que la plupart.

— Il s'adapte, ajoutait Kami. Récemment, j'ai de moins en moins souvent utilisé mon Taser pour passer une bonne nuit de sommeil.

À côté de moi, Kajika laissa échapper un soupir éprouvé, l'expression de son visage en révélant beaucoup sur la relation dingue entre Cox et Kami.

— On pourrait penser que travailler pour une bande de motards serait plus difficile qu'être nounou, dit-elle, mais après avoir habité avec toi et ta famille... je sais maintenant qu'il n'y a rien de pire sur terre.

— Je ne te le reproche pas du tout, rit Eva.

— Je t'en prie, Eva, intervint Kami, comment *peux-tu* me juger ? Au moins, mon mari n'est pas grand-père.

— Et quel âge a la fille de Cox maintenant ? demanda Eva en m'adressant un clin d'œil. Il pourrait être grand-père plus tôt que tu ne le penses.

Kami se renfrogna.

— Je ne suis pas sûre de son âge. Sa mère a dit à Cox que j'avais une mauvaise influence sur elle et du coup, on ne la voit plus beaucoup.

Serrant les lèvres, Eva roula contre moi et enfouit son visage contre mon épaule. Tandis qu'un rire silencieux la secouait, je fus incapable de réprimer le reniflement qui m'échappait. Je laissai tomber mon visage dans la masse de longs cheveux sombres d'Eva et me mis à glousser.

— Quoi ? hurla Kami. Vous êtes des garces ! Je n'ai pas mauvaise influence !

— Non, rétorqua Kajika sèchement. Tu es le pilier de l'émancipation féminine, un modèle auquel toutes les jeunes filles aspirent à ressembler.

— Va te faire voir, grogna Kami. C'est pas parce que je ne me trimbale pas partout en déversant des proverbes indiens à une bande de crétins de motards et à leurs coups du jour dans l'espoir d'améliorer leurs vies que je suis complètement inutile !

— Oh mon Dieu, intervint Eva, dont le rire silencieux lui avait coupé le souffle. Arrête… je t'en prie, Kami, t'as tellement besoin d'une bonne nuit de sexe… mince, je vais me faire pipi dessus… arrête…

— Vas-y, pisse, lança hargneusement Kami. Comme ça, on pourra jeter ton jean infâme ! Et cet horrible tee-shirt. Qui porte les fringues de son mari, Evie ? Qui, nom de Dieu ?

— Qu'est-ce qui est si drôle ?

Je levai la tête pour découvrir Tegen et Danny qui s'étaient approchées. Les cheveux de Tegen pendaient en deux longues nattes le long de sa poitrine. Danny était comme toujours vêtue de rose, sa chevelure blonde étonnamment courte, coupée en un adorable carré dégradé. Les yeux baissés vers nous, leurs expressions allaient de l'amusement curieux à la perplexité la plus totale.

— Rien qui ne regarde vos visages sans rides, lança Kami avec un geste théâtral de la main pour les congédier. Vous êtes trop jeunes pour comprendre nos souffrances.

Hurlant de rire, Eva vacilla vers l'avant. Elle tomba presque du canapé, moi à sa suite. Je m'écroulai sur elle. L'expression abasourdie de Tegen ne fit que décupler notre crise d'hilarité, au point que j'abandonnai tout contrôle sur moi-même. Je ris et ris encore, à en avoir mal au ventre.

Assis au bar de l'autre côté de la pièce, Jase regardait Dorothy basculer sur Eva, souriant pour lui-même. Quand pour la dernière fois l'avait-il vue rire ? Il ne se souciait dorénavant plus que Hawk soit la raison de sa présence ici, parce que tout ce qui comptait était qu'elle soit là et ne l'évite pas. Dans son esprit, c'était un progrès.

— Tu veux entendre un truc gore ?

Il ne prit même pas la peine de se tourner vers Cox.

— Non.

Personne ne voulait jamais écouter ce que Cox considérait comme gore. Cela atteignait généralement un niveau inégalé, trop répugnant pour être simplement considéré comme crade.

— Ouais, donc tu sais la nana qui traîne dans le coin dernièrement ?

Jase regarda Cox.

— La jeune ? demanda-t-il. Grassouillette ?

Cox confirma.

— Ouais, celle-là. La replète petite salope. Je l'ai prise par-derrière l'autre jour, et tiens-toi bien, elle m'a chié dessus. Attends, pas qu'un peu. C'était les chutes du Niagara.

Jase fixa Cox, grinçant mentalement des dents à l'idée de ce qu'il venait d'évoquer, souhaitant avoir la possibilité d'effacer de son esprit ne serait-ce que la moitié des conneries que Cox lui avait racontées. Mais voir Cox, un homme recouvert de la tête aux pieds des tatouages les plus crus et les plus violents qui soient, un homme percé presque partout où cela était humainement possible, les yeux écarquillés, hochant la tête en tous sens et ayant l'air si désemparé par cette histoire ridicule, poussa Jase à rire malgré son dégoût.

— Frère, c'est carrément immonde.

Cox soupira et frissonna à la fois.

— Ouais, mec, je sais, dit-il avant d'avouer plutôt piteusement, mais Kami ne couche plus avec moi, et si je ne vidange pas Popol régulièrement, je vais mourir !

— Bon sang, marmonna Jase, pourquoi tu me racontes toujours des trucs pareils ?

Cox se tourna vers lui et le regarda bien en face, le visage soudain sérieux.

— Pour que t'arrêtes de fixer Dorothy, et de souhaiter des choses que tu as perdues il y a super longtemps et qui ne se reproduiront plus jamais.

8

Preacher et ses hommes arrivèrent dans la soirée. Le club s'était pratiquement vidé. Seuls quelques Horsemen étaient encore présents. Tegen et moi mises à part, toutes les autres femmes étaient rentrées chez elles avec leurs enfants.

À ma plus grande consternation, Preacher s'était précipité dans le bâtiment, couvert de neige et l'air absolument furieux. En voyant cela, je craignis le pire. Je pensais qu'il avait changé d'avis et n'était plus d'accord avec le plan élaboré par Deuce pour ramener Hawk sain et sauf à la maison. J'avais le ventre douloureusement noué. Résultat, au lieu d'aller vers lui pour le saluer, j'attendis à l'arrière, le souffle court, pendant que Deuce et ses hommes accueillaient les nouveaux arrivants.

— Bon sang, quel est le type sain d'esprit qui penserait à installer un foutu MC au milieu de l'Alaska ? beugla Preacher. Vous devez être complètement timbrés ! Vous montez à moto à quelle fréquence dans le coin ? Deux mois par an ?

Cage rit, Deuce se rembrunit et Mick adressa un doigt d'honneur à Preacher. Les insultes fusèrent de part et d'autre en même temps que les poignées de main et les claques dans le dos, tandis que sous le coup du soulagement, l'air coincé dans mes poumons s'échappait enfin. Soudain suffisamment détendue pour agir, j'avançai pour dire bonjour à Preacher.

— Preacher, l'interpellai-je, main tendue.

Son sourire était celui d'un vieux cochon qui avait le plaisir présent à l'esprit. Il prit ma main et m'attira contre lui dans une étreinte qui lui permit de se saisir de mes fesses et de les serrer.

— T'es libre ce soir, ma belle ? me murmura-t-il à l'oreille. J'ai toujours adoré les rousses.

Je ris et me dégageai d'entre ses bras.

— Je n'ai que deux ans de plus que ta fille, le réprimandai-je.

Son sourire s'élargit encore. Il pencha la tête sur le côté, étudiant mon corps de haut en bas.

— Je n'ai plus été avec une femme de mon âge depuis…

Un de ses gars, plus âgé, répondant au nom de Tiny et dont l'apparence était à l'opposé de son surnom[1], lui asséna une claque dans le dos.

— Eh mec, t'as jamais été avec une nana de ton âge.

Preacher ouvrit largement les bras dans un geste d'excuse et haussa les épaules.

— Voilà ta réponse.

Le père d'Eva approchait des soixante-dix ans. Le poids d'années passées à fumer et à boire commençait à marquer ses traits autrefois beaux. Ses longs cheveux, bruns à l'origine, étaient maintenant d'un gris foncé. Les rides profondes qui creusaient son visage étaient plus prononcées qu'avant, mais le changement le plus marqué concernait sa stature. Il se tenait dorénavant mal, il avait perdu en masse musculaire et

1. *Tiny* signifie « minuscule » en français. *(N.d.T.)*

cela se voyait. Le tout donnait l'impression qu'il avait rétréci.

Tandis que je l'étudiais, je ne pouvais m'empêcher de me rappeler que mes propres parents avaient plus ou moins son âge, ce qui me ramena au mensonge dit à Christopher. Je me retrouvai à me demander comment ils s'en tiraient, s'ils étaient malades ou avaient besoin d'aide supplémentaire. Presque immédiatement, je repoussai mes pensées. Ce n'était pas le bon moment pour regarder en arrière. Cela ne ferait qu'alourdir le poids déjà excessif des émotions que je ne parvenais à contrôler qu'à grand-peine.

Cage apparut sur ma droite, son bras atterrissant lourdement sur mon épaule.

— Garde tes sales pattes éloignées de ma mère, dit-il en plaisantant.

Tegen, qui s'était matérialisée sur ma gauche, mains sur les hanches, épingla Preacher d'un regard noir.

— Sérieusement, siffla-t-elle, ne la touche pas.

Les sourcils de Preacher frétillèrent.

— C'est les cheveux roux, expliqua-t-il en lançant à Tegen une œillade grasse. Elles s'enflamment toutes. Sacré petit veinard.

Avant que Tegen ait le temps d'ouvrir sa grande gueule et de s'attirer des ennuis, je glissai mon bras sous le sien, envoyai un sourire resplendissant aux gars et entraînai ma fille à l'autre bout de la pièce.

Les hommes se retirèrent dans le bureau de Deuce et j'installai Tegen sur l'un des canapés.

— Quels porcs, marmonna-t-elle quand je me laissai tomber à côté d'elle.

Elle s'installa confortablement, posant ses jambes sur moi avant de laisser échapper un soupir irrité.

Je la parcourus rapidement du regard, passant de ses longues nattes à ses lunettes à épaisse monture qui encadraient ses yeux de chat, descendant sur ses bras lourdement tatoués et ses longues jambes fines, jusqu'à ses orteils eux aussi tatoués, qui reposaient pour le moment sur mes genoux.

Tandis que je l'observai, je ne pouvais m'empêcher de penser qu'elle était aussi lumineuse que les œuvres d'art colorées sur son corps. Tegen était un arc-en-ciel, avec ses défauts et tout le reste. Une vague de fierté me submergea. J'avais fait cette femme forte, belle, pleine de vie. Qu'importe comment les choses avaient tourné entre son père et moi, qu'importe qu'elle ne soit pas le fruit de l'amour, je l'aimais, moi, sauvagement.

— Tu as l'air en forme, songeai-je à voix haute en pinçant légèrement sa cheville. Heureuse et en bonne santé.

Elle souleva une paupière et tordit la bouche.

— C'est une façon polie de me dire que je suis grosse ?

— Non, répondis-je en riant (même si sa silhouette autrefois trop mince s'était joliment arrondie, elle était loin d'être grasse). C'est une façon polie de te dire que ton jean taille 38 te va mieux qu'un 34.

— 40, marmonna-t-elle. Je porte du 40 maintenant. Ça fait de moi une grosse.

— Une heureuse, répondis-je en lui caressant affectueusement le mollet. Cage te rend heureuse. C'est une grande différence.

Elle eut un reniflement méprisant, afficha un air amusé, mais son expression changea rapidement. Elle se redressa brusquement et retira ses jambes de mes genoux.

— Il veut des gosses, tu sais, murmura-t-elle. Mais je... mais moi, je ne crois pas. Il est si chouette avec eux, et s'il en veut, il devrait en avoir mais... heu, maman, je ne pense pas pouvoir y arriver.

Une peur à l'état brut se lisait dans les yeux de ma fille, quelque chose que je savais pouvoir m'attribuer, à moi et au fait de ne pas avoir été une bonne mère. Je n'avais jamais été là quand elle avait eu le plus besoin de moi. Elle ne savait pas comment être mère, parce qu'elle n'en avait jamais vraiment eu une en grandissant.

— Tegen, commençai-je avant d'être immédiatement interrompue.

— Non, maman, je sais ce que tu vas dire. Il ne s'agit pas de ça. Devenir mère ne m'effraie pas, et je n'ai pas peur d'être une mauvaise mère. En fait, je crains que la maternité ne me fasse perdre tout ce qui me rend… eh bien, moi. Mais plus encore, j'ai peur de perdre Cage.

Elle semblait avoir honte de cet aveu. Son regard tomba sur ses mains qu'elle tenait serrées sur ses genoux.

— C'est sacrément égoïste, marmonna-t-elle. J'en ai conscience. Mais je ne veux pas être comme ces autres femmes qui ont des gosses et qui soudain n'intéressent plus leur homme. Parfois, j'ai le sentiment que si on reste ensemble, Cage et moi… c'est parce qu'il ne sait jamais à quoi s'attendre de ma part, parce que, merde, la plupart du temps, je ne sais pas moi-même à quoi m'attendre avec moi. Mais si nous avons des enfants, il faudra qu'on puisse compter sur moi. Je ne serai plus moi, et qu'est-ce qui arrivera si…

— Arrête, la coupai-je brutalement. Tegen, Cage West était la personnification du mec facile, certainement pas le genre d'homme à épouser une femme parce qu'il la trouve *intéressante*. Il t'a épousée parce qu'il a enfin trouvé celle qui lui a permis de réévaluer sa manière de se comporter et lui a donné envie de jeter au feu ses attitudes de type disponible. Et, ajoutai-je rapidement, je suis sûre que cela ne l'embêterait pas si tu devenais soudain un peu moins… intéressante.

Les yeux de Tegen n'étaient plus que deux fentes étroites.

— Tu essaies de me dire gentiment que je suis trop intéressante ?

Je haussai les épaules et souris.

— J'essaie de dire gentiment à ma fille, que j'aime et que j'adore, qu'elle peut parfois être un peu trop grande gueule.

Tegen rit, un son dont je ne m'étais jamais lassée. Me laissant aller contre le dossier du canapé doux comme du beurre, je ris avec elle jusqu'à ce que nous tombions dans un silence agréable. Elle remit ses jambes sur les miennes et je les serrai étroitement contre moi. Le temps s'écoula ensuite lentement, pendant que nous attendions les hommes. Les paupières de Tegen s'abaissèrent.

Quand elle fut profondément endormie, elle se mit à ronfler légèrement. Je déplaçai ses jambes en douceur et glissai du canapé. L'oreille collée contre la porte du bureau de Deuce, je trouvais les hommes encore en pleine discussion. Ne voulant pas m'immiscer, je traînais dans les couloirs silencieux et sombres, les doigts courant sur le mur lisse jusqu'à ce que j'arrive devant une porte que je ne pensais pas chercher.

Comme la plupart des chambres des mecs lorsqu'ils n'étaient pas au club, la porte en était verrouillée. Mais je ne comptais pas regarder à l'intérieur. Mis à part le sous-sol où je n'avais jamais été autorisée à me rendre, je connaissais bien toutes les pièces, ayant passé des années à nettoyer chacune d'elles.

Celle-ci n'était pas comme les autres.

C'était la chambre de Hawk.

J'appuyai mes paumes contre le bois rainuré, posai le front contre le battant et repensai à la première fois où j'avais franchi ce seuil et où tout avait changé...

La nuit dernière était une erreur. Une stupide erreur d'ivrogne.

Alors que je sombrais dans l'alcool et l'auto-apitoiement une fois Jase rentré chez lui, Hawk m'avait surprise avec ses intentions étonnantes.

Dans mon état de tristesse, j'avais commis l'impensable.

Maintenant, Hawk semblait penser qu'il avait des droits sur moi, qu'il pouvait exiger que je le retrouve dans sa chambre.

Oh oui, je l'y retrouverais, aucun doute là-dessus. Pas pour quelque sordide rendez-vous, mais pour lui expliquer clairement où il pouvait se fourrer ses manières de penser.

Je me précipitai dans le couloir à l'arrière du club et ne pris pas la peine de frapper à sa chambre. Pour les autres, je me trouvais là uniquement pour le ménage.

J'attrapai la poignée, poussai la porte et la fermai rapidement derrière moi.

J'examinai les murs nus, le mobilier simple et fonctionnel, le livre solitaire qui traînait sur la commode, avant de m'arrêter sur l'occupant de la pièce. Il s'appuyait contre le montant de la fenêtre, une main coincée sous son aisselle tandis que l'autre portait une cigarette à ses lèvres.

— Pourquoi ? demandai-je d'une voix tremblante. Pourquoi tu te comportes comme ça ? C'est un jeu pour toi ? Un jeu pervers ?

Après avoir écrasé sa clope dans un cendrier, Hawk se détacha de la fenêtre. Bras croisés, il planta ses yeux dans les miens. Une domination brute irradiait de son regard intensément sombre et fixe. Je ne m'en sentais que plus petite, et pas seulement en taille. Comme si comparée à lui je ne valais rien.

— Femme, dit-il d'une voix profonde, comme un grondement. Je ne suis pas le genre à jouer.

— Alors quoi ? exigeai-je de savoir. Tu t'es dit que ça serait facile avec moi ? Pourquoi ? Parce que je suis une pute ?

La commissure de ses lèvres se releva lentement. S'il s'était agi de qui que ce soit d'autre, j'aurais pensé qu'il souriait, mais Hawk ne souriait pas et son expression était tout sauf légère. Elle était purement menaçante.

— Tu n'es pas une pute, grogna-t-il pratiquement. Je ne couche pas avec elles.

Son assertion m'obligea à réfléchir. Je remontai le fil du temps, essayant de me rappeler si je l'avais vu avec une des filles qui traînaient ou avaient traîné au club.

De temps à autre, il lançait un commentaire lubrique à un gars, prenait part à leurs histoires sordides, et flirtait sans aucun doute avec les nanas, ça j'en étais certaine. Elles s'asseyaient sur ses genoux, il n'était pas en reste pour les tripoter, mais je ne parvenais pas à me souvenir d'une seule qui serait sortie de chez lui. Contrairement aux autres hommes (à quelques exceptions près) dont les chambres étaient généralement littéralement jonchées des souvenirs d'une longue nuit de fête, celle de Hawk était immaculée. Toujours.

En fait, Hawk ne se mêlait généralement pas aux autres. Ses obligations au club mises à part, je l'avais juste vu partager un verre à l'occasion avec Ripper, et entretenir de calmes et rapides conversations avec Blue.

Forte de ce nouveau savoir, je me calmai. Ma colère recula pour laisser rapidement place à la confusion.

— Pourquoi ? murmurai-je en secouant la tête. Pourquoi moi ?

Je ne comprenais sincèrement pas l'intérêt qu'il me portait. Comparée aux autres femmes du club, ou même à la moitié des habitantes de Miles City, j'étais banale. Banale et ennuyeuse.

Quelques minutes s'écoulèrent en silence, puis il se dirigea vers moi. Je ne le quittai pas des yeux tandis qu'il s'approchait, remarquant que soudain tout à son sujet semblait… différent. La manière dont il me regardait, dont il se tenait. Tous ses muscles formidables me paraissaient plus volumineux, plus harmonieux. Ses mouvements étaient souples et doux.

Il s'arrêta devant moi. Peu sûre de ses motivations, je retins mon souffle. Les battements de mon cœur étaient irréguliers. Je ne savais pas à quoi je m'attendais, mais certainement pas à ce qui se produisit ensuite.

Il m'attrapa par le bras, m'attira vers lui et me poussa en avant. J'étais trop choquée pour me débattre et lui permis de me faire traverser la pièce. Il me colla contre la fenêtre. Ses bras vinrent m'encercler, son corps appuya contre le mien, m'emprisonnant.

— Regarde ton homme, grogna-t-il.

Sa chambre se trouvait au bout du couloir. Pour autant, de là je pouvais voir la fête qui battait encore son plein. Quelques personnes se tenaient en petits groupes, mais la plupart se pressaient maintenant autour des tables de pique-nique, emplissant leurs assiettes des plats que j'avais cuisinés quelques heures plus tôt.

Je me surpris à me demander si quelqu'un avait pris la peine de terminer de préparer ma salade de pâtes… jusqu'à ce que je le voie. Jase se tenait à côté de sa femme, son bras passé sur ses épaules. Il faisait de grands gestes de sa main libre, soulignant son propos. Le visage souriant de Chrissy était tourné vers son mari, entièrement concentré sur lui.

C'était réellement une belle femme. Elle était grande, mince et tonique. Sa peau était parfaitement bronzée, et ses longs cheveux auburn toujours bouclés à la perfection. Elle n'avait pas besoin de maquillage ou de vêtements moulants. Elle n'avait besoin de rien pour souligner sa beauté. Elle se contentait d'être, tout simplement.

Mais ce n'était pas sa perfection que j'étudiais. Ce qui attirait mon attention, c'était à quel point ils étaient à l'aise l'un avec l'autre. Eux deux, des spécimens humains parfaits, qui parlaient, souriaient, riaient, avec toute l'insouciance du monde.

Des larmes d'humiliation s'échappèrent de mes yeux et se mirent à rouler sur mes joues.

Où se trouvait ma place là-dedans ?

N'importe quel autre jour, j'aurais repoussé tout ça, affirmant que Jase jouait le rôle du mari amoureux dans l'intérêt de ses enfants. Je m'étais raconté ce genre de choses à de nombreuses reprises auparavant. Or, aujourd'hui, après la nuit passée, il semblait que je ne parvenais pas à me convaincre de quoi que ce soit.

Qu'est-ce qui clochait chez moi, pour que j'aie effectivement pensé avoir Jase pour moi toute seule ?

Je n'avais pas ma place dans ce tableau. J'étais l'autre femme. La fille facile. Et pourquoi Jase se préoccupait-il même de moi quand il avait tout ça – une superbe épouse, une famille heureuse ? Brusquement, cela n'avait aucun sens.

J'étais quoi pour lui ? Un passe-temps ? Il m'avait prise en pitié ?

Est-ce qu'il n'avait été qu'à la recherche d'une aventure rapide, vite conclue, avant finalement de se sentir des obligations à mon égard ? Et moi, je continuais à me forcer à vivre cet enfer, je laissais tout le monde me traiter comme un être inférieur, attendant sur le banc de touche quelque chose de mieux, qui pourrait ne jamais se produire et ne se produirait probablement jamais.

Je tentai de me détourner, de repousser Hawk, mais son poids et sa force ne souffraient aucun mouvement.

— Ça ne te met pas en rogne, D. ? demanda-t-il, le visage penché sur moi. Son souffle chaud sentait la cigarette lorsqu'il effleura ma joue. Savoir qu'il va rentrer avec elle, l'emmener au lit ?

— Arrête, murmurai-je d'une voix rauque. Ne me refais jamais ça.

— Regarde comme il la touche, poursuivit-il. On ne dirait pas vraiment un mec qui prévoit de quitter sa femme, si ?

Impossible de lui répondre. Impossible de parler. Je ne pouvais même plus garder les yeux ouverts. Les larmes montaient et s'échappaient d'entre mes cils, plus rapidement que je ne parvenais à les en chasser. Je savais que si j'ouvrais la bouche j'allais me mettre à sangloter.

Tout m'était douloureux, bien plus qu'auparavant. La nuit passée, et maintenant, ça... Seigneur, j'étais... j'étais tellement... tellement...

Tellement en colère.

Non, c'était bien plus que ça. J'étais humiliée, blessée, et cela bouillonnait en moi. Tout ce que j'avais gardé caché depuis bien trop longtemps remontait à la surface. Je ne pouvais plus me contenir. Mes peurs s'étaient transformées en fureur et ma tristesse en rage. Tout était là et Hawk m'obligeait à en être témoin. Sans rien ni personne pour me calmer, cela avait commencé à bouillir en moi, me laissant intérieurement tremblante et extérieurement à la recherche désespérée d'un exutoire.

— Arrête ! criai-je, me tordant entre ses bras. Arrête... Je ne peux pas... Je ne peux pas !

Il me laissa assez de place pour me tourner, puis son corps se pressa de nouveau contre le mien. Je paniquai. Je le repoussai, le frappant sauvagement à la poitrine. C'était une bataille inutile. Trois fois plus grand que moi et bien plus fort, Hawk n'eut qu'à attraper mes poignets pour les épingler au-dessus de ma tête.

— Je vais hurler, le prévins-je.

— Pourquoi ? demanda-t-il comme s'il s'ennuyait.

Je battis des paupières à travers mes larmes, la tête levée vers lui.

— Quoi ? murmurai-je.

— Pourquoi ? répéta-t-il. Pour que tu puisses pleurer un peu plus ? Recommencer à t'apitoyer sur ton sort ?

Je n'avais pas de réponse toute prête à lui offrir.

— Je te connais, continua-t-il. Tu veux tout, tu n'as rien. Je comprends. Merde, j'éprouve la même chose. Tu ne sais rien de moi, mais moi, je te connais. Bon sang, je te connais même mieux que toi-même.

Il me lâcha et recula. Une fois au milieu de la pièce, il attrapa le col de son tee-shirt noir, fit passer le tissu élimé par-dessus sa tête et le jeta sur le côté. Puis il retira ses bottes d'un coup de pied, les envoyant valser à travers la chambre. Elles allèrent frapper le mur avec un bruit lourd. D'un seul mouvement fluide, il se débarrassa de son pantalon de cuir et de son caleçon.

— Qu'est-ce que tu fais ? murmurai-je, le souffle soudain court.

— Je te donne quelque chose, répondit-il.

Me donner quelque chose. Il n'ajouta rien.

Je le fixai, à la fois terrifiée et fascinée.

— La nuit dernière était une erreur.

Je baissai les yeux, dernière tentative pour m'en convaincre moi-même.

— Les erreurs, ça n'existe pas, Dorothy, répondit-il. Y a juste des trucs qui arrivent, et d'autres pas.

Je redressai la tête pour constater que l'expression de son visage n'avait pas changé. Il se tenait là, nu comme au jour de sa naissance, aussi stoïque qu'à l'ordinaire. Et, Seigneur Dieu, il était énigmatique au point d'en être exaspérant. Qu'il était... nu ! Il était encore nu !

Son effronterie avait beau me choquer, je me retrouvais malgré tout à l'étudier plutôt soigneusement. Ses bras épais, son torse imposant, une paire de cuisses qui pourrait casser des noix, le tout couvert de tatouages noirs et ombrés. Je me concentrai essentiellement sur son érection qui se dressait fièrement entre ses jambes.

Il n'en avait cure. Il était là, sans rien sur le dos, s'offrant à celle qui était par essence la propriété de l'un de ses frères et pourtant… cela l'indifférait. Être à ce point imprudent, spontané, libre, c'était quelque chose que je ne comprenais pas, mais que j'enviais sans aucun doute.

Des souvenirs de notre nuit emplirent mon esprit, des choses que j'avais refoulées et qui me rappelèrent à quel point j'étais parvenue à me laisser aller. Il n'y avait pas eu d'angoisse insupportable, pas de manque de confiance paralysant. Plus précieux encore, il n'y avait pas eu d'attentes précises. J'avais pleuré et ri, abandonnant toute réflexion pour me laisser aller aux sensations. J'avais désiré et Hawk avait répondu à ce désir.

Mes ongles plantés dans son dos, lui grognant de douleur tandis que je lui labourais la peau, nos corps se rencontrant, encore et encore, claquant bruyamment l'un contre l'autre. Il m'avait donné ce dont j'avais envie.

Puis il m'avait tenue étroitement serrée contre lui pour me soulever du comptoir. Je m'étais ensuite retrouvée sur le dos, par terre derrière le bar. Le tapis dur, humide de l'alcool répandu, s'était incrusté de manière désagréable dans ma peau. J'avais eu peu de temps pour m'y attarder, il s'était mis à genoux au-dessus de moi et m'avait soulevé les jambes pour les poser sur ses épaules.

Il m'avait ensuite prise si durement, si rapidement que j'en avais oublié tout le reste – où je me trouvais, qui j'étais et plus important encore, à qui j'appartenais.

Je m'étais abandonnée à mes pulsions.

Le monde entier avait disparu grâce à Hawk.

Oh mon Dieu, étais-je en train de l'envisager ? De me montrer encore une fois infidèle à un homme ?

Que m'était-il arrivé ? La femme que j'avais été autrefois n'aurait jamais nourri de telles pensées.

Mais cette fille n'aurait jamais épousé un homme qu'elle n'aimait pas, n'aurait jamais entamé une histoire avec un homme marié pour combler le vide en elle. Je n'étais plus cette fille depuis longtemps, cette gamine pleine de rêves d'amour. J'étais une femme que les erreurs et les circonstances avaient forcée à prendre un chemin très différent. Et qui avait choisi encore et encore la mauvaise direction.

Je me trouvais une fois de plus face à un croisement. Si je prenais à droite, je pourrais rester fidèle à Jase, l'attendre et le regarder vivre depuis le banc de touche pour toujours. Si je prenais à gauche, créer une nouvelle voie, une nouvelle destination était possible ; les conséquences étaient inconnues.

— D., arrête de réfléchir, me dit Hawk.

J'en ris presque. Arrêter de réfléchir ? C'était comme me demander de cesser de respirer.

— C'est vraiment facile, reprit-il. Tu quittes cette pièce, et Jase saura tout. Tu restes, et Jase n'aura jamais à l'apprendre.

D'un coup, il rendit les choses faciles. Rien qu'en me retirant tout choix.

Je ne sus pas qui avait esquissé le premier geste, mais lorsque nous entrâmes en contact, ce fut une collision de bouches et de mains baladeuses, d'une férocité que je ne reconnaissais pas. Les choses furent d'abord maladroites, follement différentes de ce que j'avais expérimenté avec Peter ou Jase, mais en même temps étrangement rassasiantes. Des baisers frénétiques, fous, et des caresses qui n'avaient rien de tendres me com-

blaient, remplaçant mon angoisse par un sentiment submergeant de désespoir. Désespoir pour quoi, je n'en savais rien. Ce que je savais en revanche, c'est que j'étais incapable d'arrêter. J'en voulais plus.

Plus et plus, jusqu'à capituler, mon corps et mon esprit se laissant entièrement aller. Quand je faiblissais, ses bras forts me soutenaient. Lorsque mes mains hésitaient, les siennes étaient assurées et posées, et lorsque je m'écroulai, il me remit d'aplomb.

Je quittai la chambre de Hawk les jambes flageolantes, mais plus forte que je ne l'avais été depuis très longtemps.

Après ce jour-là, j'étais restée le secret de Jase, mais j'en avais eu un, moi aussi. Pour une raison quelconque, ce secret avait soudain fait toute la différence dans mon monde...

J'avais perdu tant de temps à espérer Jase, gaspillé tant d'années dans ses mensonges, et voilà qu'il y avait eu Hawk, patientant dans les ombres...

« T'attends quelque chose de moi, ma belle ? »

Ah, *Seigneur Dieu*, ces mots. Ma poitrine commençait alors à se soulever, ma respiration à adopter un rythme follement euphorique. Mon esprit se vidait de tout raisonnement basique, me laissant émotionnellement nue et vulnérable. Hawk s'était peut-être immiscé de force entre Jase et moi, mais j'avais décidé de l'y garder aussi longtemps que possible.

« Oui », murmurais-je.

Parce que j'avais toujours répondu ainsi. J'attendais quelque chose, de quelqu'un sur qui compter dans ma vie. Parce que j'avais toujours éprouvé un manque.

« Qu'attends-tu ? » murmurait-il à son tour.

« Toi, lui répondais-je. Je t'attends, toi. »

Avec un lourd soupir, je levai la tête et me détachai de la porte.

— Je t'attends maintenant, chuchotai-je contre cette dernière. Et j'ai besoin que tu ailles bien.

Je revins sur mes pas, repris ma place sur le canapé à côté de Tegen. J'arrangeai de nouveau ses jambes sur les miennes, m'appuyai contre le dossier et fermai les yeux.

Je l'éprouvai de nouveau, cette sensation bizarre et malvenue que tout était sur le point de changer. Que mon monde une fois encore allait partir en vrille, incontrôlable, que comme toujours je serais impuissante à l'en empêcher.

Mais au lieu de le craindre, de manière surprenante… je l'espérais.

9

— Humm, murmurai-je en tournant le visage contre l'oreiller doux sous ma tête.

Je pris une profonde inspiration. J'adorais le parfum de l'après-rasage de Jase. Minimal, et pourtant légèrement épicé… Il m'arrivait souvent de humer l'air autour de son visage et de son cou.

Attendez… quoi ?

L'après-rasage de Jase ?

Je cillai contre l'oreiller, perplexe et désorientée.

Pourquoi, mon Dieu…

J'ouvris brutalement les paupières tout en faisant mon possible pour m'asseoir. L'assaut brutal du soleil qui envahissait la chambre à travers les stores partiellement ouverts ramena rapidement mon esprit à l'état conscient. Je regardai en tous sens autour de la pièce, battant rapidement des paupières, essayant d'analyser ce qu'il se passait.

Car… non seulement le parfum de Jase était partout, mais j'étais dans sa chambre !

Comment… ? Mon regard tomba sur lui. Il était installé par terre, affalé contre le mur, profondément endormi.

— Oh, Seigneur Dieu, marmonnai-je.

J'envoyai valser les couvertures pour constater, soulagée, que je portais encore mes vêtements de la veille. Me trouver de nouveau dans cette pièce, près de cet homme, était la dernière chose dont j'avais besoin pour me compliquer la vie à la minute présente.

Je m'assurai que le lit ne grinçait pas, puis en sortis aussi silencieusement que possible. Je dépassai Jase sur la pointe des pieds pour me diriger vers la porte.

— Dorothy.

Je me figeai, fermant les yeux, consternée. Pourquoi ? Pourquoi ! Pourquoi ne pouvais-je jamais souffler ? Ma mère avait raison quand elle m'avait dit des années auparavant que je décevrais non seulement ma famille, mais Dieu lui-même. Il devait vraiment me détester.

Bras croisés sur la poitrine pour tenter de me protéger du violent coup émotionnel que Jase allait sûrement me balancer, je pivotai pour me retrouver face à lui.

À quelques dizaines de centimètres de moi, il frottait sa mâchoire mal rasée, tout en tentant de me sourire maladroitement. S'il s'était agi de n'importe qui d'autre, je l'aurais trouvé attirant, avec son air débraillé, ses cheveux courts emmêlés et son visage ayant besoin d'un bon rasage. Mais il n'était pas n'importe qui. Il était la seule personne sur terre dont je ne supportais pas la présence. Son visage, son corps, tout à son sujet n'était qu'un douloureux rappel de la série d'événements tragiques dont nous avions été à l'origine rien qu'en étant ensemble.

— On vous a trouvées, Tegen et toi, endormies sur le canapé, expliqua-t-il avec un geste de la tête en direction du lit. Cage l'a emmenée dans sa chambre et je n'ai pas pu me résigner à te laisser dormir dans le salon. Il y fait sacrément froid au milieu de la nuit.

J'opinai avec brusquerie.

— Merci.

Il baissa la tête et n'ajouta rien, se contentant de se tenir là, m'observant de cette manière franchement atroce qui avait toujours été la sienne.

— OK, repris-je, bon ben, heu, merci.

— Tu l'aimes ?

J'écarquillai les yeux sous le coup de la surprise.

— Pardon ?

— Hawk, dit-il, tu as prononcé son nom dans ton sommeil.

Je sentis mon visage s'empourprer, à la fois sous le coup de l'embarras et de la colère.

— Cela ne te regarde en rien, murmurai-je durement.

— Comment ça ? demanda-t-il. Tu étais à moi, je pensais que ce bébé était le mien ! ÇA ME REGARDAIT ! Et je comprends, j'ai merdé, et j'ai mérité tout ce que j'ai pris dans les dents à cause de ça, mais bordel, c'était il y a sept ans. T'as retrouvé la mémoire, pourtant tu n'es toujours pas capable de m'adresser plus de deux mots !

Abasourdie, je reculai d'un petit pas. Les sautes d'humeur de Jase avaient toujours été imprévisibles, mais depuis ma blessure et mon refus d'avoir quoi que ce soit à voir avec lui, il était par moments complètement fou, en particulier lorsqu'il avait trop bu, ce qui aggravait son tempérament.

— Ça fait sept foutues années, Dorothy ! répéta-t-il. Tu me dois une explication !

Mon choc laissa rapidement place à la colère.

— Je ne te dois rien, répondis-je, cinglante.

Narines frémissantes, il avança délibérément dans ma direction. Malgré mon envie de fuir la pièce, de le fuir, lui, je ne bougeai pas d'un pouce.

— Mais à *lui*, si, lança-t-il entre ses dents serrées. Pourquoi ? Pourquoi reviendrais-tu pour lui ? En quoi est-il différent de moi ?

— Qu'est-ce qui ne va pas chez toi ? criai-je. Tu es tellement égoïste, Jason ! Avec tout ce qui se passe en ce moment, tu en es encore à penser à toi, toi, TOI !

Je fis volte-face. Le bout de mes doigts effleurait à peine la poignée de la porte que je fus écrasée contre elle dans une position peu confortable. Jase m'immobilisait. Il baissa la tête pour l'enfouir dans mes cheveux.

— Tu l'aimes ?

Il avait parlé bas, son souffle était chaud et familier contre ma nuque. Quand il prit une profonde inspiration, se repaissant volontairement de mon odeur, je frissonnai devant l'assaut brutal de sentiments dangereux qui ne demandaient qu'à remonter à la surface.

— Va en enfer, murmurai-je.

— J'y suis déjà, rétorqua-t-il.

— Tu n'as aucune idée de ce qu'est l'enfer, lui affirmai-je d'une voix tremblante. Tu n'as aucune idée de ce qu'on éprouve à l'idée que notre égoïsme est la raison pour laquelle notre enfant aurait pu mourir ! Ou de ce que c'est de ne pas reconnaître le visage de sa propre fille, de ne pas savoir comment la réconforter quand elle essaie désespérément de faire en sorte qu'on se souvienne d'elle et qu'on échoue chaque fois. Tu n'as vraiment aucune idée de ce qu'est l'enfer !

Il me tourna vers lui. Ses mains s'abattirent lourdement sur mes épaules, pesant sur moi tandis qu'il m'obligeait à coller mon dos au battant.

— Il ne me reste rien, grinça-t-il avec colère, les larmes aux yeux. Mes filles ne me parlent plus, et mes frères pensent que je suis une merde.

— Tu projettes ta propre opinion ! criai-je en frappant ses bras pour essayer de me libérer. C'est toi qui penses que tu es une merde, pas eux !

— JE SUIS UNE MERDE ! mugit-il.

Il profita de ce qu'il me tenait pour me secouer. Ma taille, petite comparée à la sienne, ne faisait pas le poids face à sa force, et ma tête frappait de manière répétitive contre la porte, m'arrachant des cris de douleur.

D'un coup, il me lâcha. Il recula, les yeux écarquillés sous le choc, mains tendues en l'air.

— Pardon, murmura-t-il en cillant rapidement. Bon sang, je suis désolé.

Il secouait la tête.

Poings serrés, mâchoire verrouillée, poitrine haletante, je le fusillai du regard. J'étais tellement furieuse contre lui ! Mais il y avait plus que cela, bien plus. Je ne lui avais pas encore pardonné, ce qui était maintenant douloureusement évident. Plus je le regardais, plus j'étais en colère ; et plus j'étais en colère, plus je semblais capable de me concentrer uniquement sur ce que j'avais fait de mal – et presque tout ce qui entrait dans cette catégorie pouvait être attribué à l'homme face à moi. Nous n'avions pas été bons l'un pour l'autre, en aucune occasion. Nous avions tous deux été aveuglés par des choses différentes. Le temps nécessaire pour en prendre conscience avait été bien trop long.

Lui-même n'en était pas encore là.

Moi, oui.

Une fois que je réalisai tout cela, ce fut comme si un barrage avait cédé. Je me fendais intérieurement. Tout ce que j'avais gardé refoulé en moi pendant si longtemps sans m'en rendre compte explosa dans un mélange précipité d'émotions que j'étais incapable de contenir. Pas plus que je ne pouvais empêcher ce qui était sur le point de se produire.

Je me précipitai sur Jase, balançai mon poing droit puis le gauche dans sa poitrine. Je lui assénai une claque, et recommençai, encore et encore, au point d'en avoir les paumes brûlantes et lui, le visage rouge brique. Noue pleurions tous les deux, mais stopper était impossible. Jase ne bronchait pas. Il encaissait. Et plus il encaissait, plus je voulais lui faire du mal – pour m'en avoir fait, pour en avoir fait à sa femme, à nos enfants, à lui-même, à tout le monde, et pour avoir tout gâché.

— Regarde ! sanglotai-je. Regarde ce que tu as fait de moi !

— MAMAN !

Je ne les avais pas entendus entrer, je n'avais même pas entendu la porte s'ouvrir. J'étais tellement ravagée par les émotions, si perdue dans ma souffrance et ma fureur que je ne m'aperçus que nous n'étions plus seuls que lorsqu'on me tira en arrière.

— Qu'est-ce que t'as foutu ? braillait Tegen, frappant Jase à la poitrine de ses paumes, l'envoyant vaciller en arrière. Qu'est-ce que t'as foutu ?

— Non, criai-je, essayant de me libérer de la poigne de celui qui me retenait. Non, Tegen ! C'était moi ! Arrête immédiatement !

Tout parut se figer. Tous les yeux se rivèrent sur moi. Les mains qui me tenaient me lâchèrent et je me tournai pour découvrir que c'était Cage qui m'avait traînée plus loin.

— Sortez ! lançai-je du même ton, doigt tendu vers la porte. Tous les deux !

L'air perdue et bouleversée, Tegen secoua la tête.

— Maman ?

— Dehoooooors !

Le hurlement râpeux explosa depuis les tréfonds de mes poumons et résonna lourdement dans la petite chambre.

— Ma puce, dit doucement Cage en faisant un pas en avant, sa large main venant engloutir celle, petite et tremblante, de Tegen. Allons-y.

Elle répugnait à me laisser. Son regard passait de Jase à moi, l'indécision marquant ses traits. Elle s'était toujours occupée de moi lorsque je n'en avais pas la force. Lorsque j'avais été trop faible pour me défendre moi-même, Tegen avait été là, à endosser mes combats, défendre mon honneur.

Cela s'achèverait aujourd'hui.

À partir de maintenant, je ne passerais plus une seule minute à me détester pour mes péchés passés. Au lieu de cela, j'y puiserais ma force.

Aujourd'hui marquerait la fin de beaucoup de choses.

— Partez, dis-je d'un ton plus calme, plus contrôlé. Faites-moi confiance quand je vous dis que je vais bien.

Tegen n'ajouta rien, mais ne résista pas quand Cage la poussa en avant. J'attendis que la porte soit bien fermée derrière eux avant de me tourner vers Jase.

Il se tenait face à moi, aussi brisé extérieurement qu'intérieurement. Ses joues étaient rouges et marbrées par les bleus qui y apparaissaient rapidement. Sa lèvre inférieure était fendue en deux endroits. Deux minces filets de sang coulaient le long de son menton.

J'avançai, les yeux plantés dans les siens, des yeux d'un bleu profond dont j'avais autrefois pensé que je ne m'en lasserais jamais, que je ne souhaiterais jamais m'en détourner.

— Tu te souviens du jour où nous nous sommes rencontrés ? murmurai-je.

J'avais la voix rauque d'avoir tant crié.

Il acquiesça, ses larmes redoublèrent.

— À la boutique du coin, répondit-il, vaincu. À la limite du comté.

— Tegen avait la grippe, repris-je, mon regard se perdant sur le mur derrière lui. Ma sœur la gardait et j'étais passée prendre des médicaments…

— Tu avais des traces de vomi sur ta chemise, se souvint-il à voix basse.

— Tu portais ton treillis. Tu étais le plus bel homme que j'avais jamais vu.

Je fermai les yeux, me le représentant, jeune militaire dans son treillis, tenant un grand sac marin et entrant dans la petite boutique.

— Tu as dit : « Je m'appelle Brady, chuchotai-je, Jason Brady. »

Même les yeux fermés, je perçus son approche, sentis la chaleur de son corps quand il s'arrêta juste devant moi. Et lorsqu'il referma ses bras sur moi, à l'encontre de mon meilleur jugement, je m'abandonnai à son étreinte.

Je souris contre son torse.

— Je me souviens que tu m'as demandé : « Tu as un surnom, petite Dorothy Kelley Matthews ? Parce que c'est bien long à dire. Non pas que je trouve désagréable de passer du temps avec une jolie fille. »

Sous ma joue, la poitrine de Jase se souleva quand il eut un reniflement méprisant.

— J'étais un crétin.

J'opinai.

— De la pire espèce. Celui qui s'imagine être un bon gars.

À travers ma chemise, je sentais les doigts de Jase qui s'enfonçaient avec tendresse dans mon dos, la tension dans ses bras alors qu'il luttait, se retenant de me toucher plus, de manière plus intime. Seigneur Dieu, je connaissais cet homme comme le dos de ma main. Même après toutes ces années de séparation, je connaissais chaque centimètre de son corps, chaque nuance, chaque bizarrerie. Tout.

Savoir cela, et mesurer combien nous avions été déraisonnables, me dévastaient.

— Je suis désolé, Dorothy, murmura-t-il, le ton haché.

De nouvelles larmes inondèrent mes yeux.

— Moi aussi.

La main de Jase remonta lentement le long de mon dos, pour se perdre dans mes cheveux et en agripper avec douceur une pleine poignée. J'ouvris les yeux au moment où son autre main se posait sur ma joue, inclinant mon menton. Jase baissa la tête, ses lèvres descendirent sur les miennes.

Je ne me détournai pas, ne vacillai pas. J'attendis juste que nos lèvres se touchent presque, puis me mis sur la pointe des pieds pour enrouler mes bras autour de son cou et l'embrasser.

C'était un baiser tendre, rien à voir avec ceux pleins de passion que nous partagions autrefois. Une extrême différence avec les vies chaotiques que nous vivions alors.

C'était un baiser de pardon, doux et tendre.

Un baiser d'adieu.

Je reculai, goûtant son sang sur mes lèvres.

— Tu as été mon premier amour, Jason Brady, dis-je doucement, ravalant un sanglot.

Ses bras retombèrent le long de son corps, son expression découragée.

— Ne fais pas ça, dit-il d'une voix rauque. Ne me quitte pas encore.

Mon Dieu, mon cœur allait se décrocher. Qui aurait pensé qu'après tant d'années loin l'un de l'autre se dire enfin au revoir serait si douloureux ? En particulier alors qu'il serait si facile de dire oui, de l'embrasser de nouveau et de sceller mon destin. Rien ne se dressait plus sur notre chemin, rien ne nous retenait.

Sauf que si. Il y avait quelqu'un qui se trouvait en plein milieu. Continuer de l'ignorer ne m'était plus possible.

Je pris une profonde inspiration. L'air entra dans mes poumons comme des milliers d'éclats de verre.

— Je t'ai quitté il y a longtemps, murmurai-je en posant une main sur mon cœur brisé. Seulement, je ne m'en étais pas rendu compte.

Une pure souffrance tordit les traits de Jase.

— Tu l'aimes.

Ces trois mots étaient à peine un murmure, presque un souffle, comme si Jase ne pouvait les prononcer assez vite, comme si les dire à voix haute lui était physiquement douloureux.

— Je l'aime, pleurai-je doucement, réalisant alors seulement à quel point c'était vrai.

J'aimais Hawk depuis longtemps, mais je n'avais pas mesuré l'étendue de cet amour, ou à quel point il était profondément ancré en moi. Pas avant cette minute-là.

Je ne m'étais pas précipitée à la maison, désespérée de connaître le sort de Hawk, pour le bien de mon enfant. Sachant qu'il pourrait s'agir de ma dernière chance, je m'étais précipitée, désespérée de mettre les choses en ordre avec l'homme que j'aimais, et ce depuis le début.

Cette prise de conscience, cette *vérité*, était la seule expérience libératrice de ma vie entière. Et de loin, l'une des plus douloureuses.

Jase était heureux de cette douleur qui irradiait depuis ses joues et sa lèvre, franchement heureux.

Parce que si son foutu visage ne pulsait pas, il serait forcé de se concentrer sur la souffrance qu'il éprouvait dans la poitrine, ce sentiment terrible de vide, de brisure qui ne semblait jamais le quitter, mais qui venait brutalement de s'intensifier.

Cela ne devrait pas être si dur.

Non. Pas après tout ce temps.

Mais malgré le passage des ans, il avait stupidement gardé espoir, non ? Il s'était accroché aux souvenirs des moments passés avec Dorothy comme un gosse s'agrippe à son doudou, incapable de laisser tomber après que le doudou avait été tout mâchouillé, avait déteint, s'était déchiré, pour finir en lambeaux.

Même après que ce doudou ne fut plus un doudou mais juste un souvenir.

C'était tout ce que Dorothy et lui étaient maintenant. Juste un foutu souvenir.

Quand la porte se ferma derrière elle, Jase chancela, puis tomba en arrière sur son lit. Il avait besoin d'un verre, mais plus encore d'être sur la route. Dans la mesure où cette dernière était recouverte de plusieurs dizaines de centimètres de neige, il n'irait nulle part sauf dans une congère.

Seigneur, rester au club avec Dorothy était impensable, tout comme retourner dans sa maison vide. Donc, quoi ? Que faire ? Où aller ?

Durant des années, il s'était contenté d'être passif, de se vautrer dans sa vie – manger, boire, dormir, en existant à peine.

Et maintenant ?

BORDEL, ET MAINTENANT ?

Il redressa les épaules, se leva. Son regard tomba sur la veste de cuir qui pendait sur sa commode et sur les clés de son camion à côté.

— Merde, grommela-t-il.

Il n'était peut-être pas en état de monter à moto, mais cela ne voulait pas dire qu'il devait rester assis dans son coin, à s'apitoyer sur son sort, pendant une seconde de plus.

Il attrapa sa veste et son gilet, empocha ses clés. Il traversa sa chambre à grands pas, ouvrit violemment la porte et descendit le couloir à grandes enjambées.

— Jase ?

Ignorant Cage, il accéléra l'allure.

— JASE !

— Merde ! Quoi ? cria-t-il.

Il s'arrêta pour se tourner vers Cage.

Ce dernier le rejoignit à petites foulées.

— Tu vas où ? s'enquit-il.

Le visage de Cage, une réplique exacte en plus jeune de celui de Deuce, reflétait son inquiétude. Ce qui ne fit que renforcer le sentiment de Jase d'être un moins que zéro.

— Je sors.

— On est au milieu d'un sacré sac d'embrouilles, mec. T'es sûr que c'est une bonne idée ?

— T'es pas encore président, rétorqua-t-il.

L'expression de Cage ne changea pas.

— Non, mais je suis ton ami. Ton frère.

Les épaules de Jase s'affaissèrent. Il ferma les yeux.

— J'ai seulement besoin de sortir d'ici, de prendre l'air, d'être sur la route.

Un cliquètement le poussa à soulever les paupières. Cage lui tendait ses propres clés.

— Prends mon camion, mec, il tient mieux que le tien.

— Le mien est vintage, protesta Jase.

— Ouais, si tu le dis. Vintage, un tas de boue sur roues... c'est la même chose.

Jase arracha les clés de la main de Cage, et repartit d'une allure tout aussi rapide que précédemment.

— Appelle si tu as besoin de quelque chose, hurla Cage dans son dos. Et ne bois pas au volant !

— Va te faire foutre, répondit Jase du même ton, tout en souriant.

Personne ne pourrait remplacer Deuce, en tout cas selon lui, mais si le prés' finissait par passer le flambeau, Cage était...

Eh bien, même s'il était marié à l'une des garces les plus féroces de toute l'histoire des garces, Cage était un type bien et dévoué au club. Ce qui était plus que Jase ne pouvait en dire à son propre sujet.

10

Il était tôt lorsque la caravane atteignit Willard Bay Reservoir. Le soleil effleurait à peine l'horizon, et la plupart des gars étaient endormis à l'arrière des vans.

Deuce quitta la route pour s'engager sur un parking recouvert de neige. Il laissa tourner le moteur et sortit du véhicule. Quand il claqua la portière conducteur, une vague de froid portée par l'air glacé le frappa directement. Il frissonna.

Il resserra sa veste de cuir sous sa jaquette et commença à batailler avec la fermeture Éclair jusqu'à ce qu'il se rende compte que le seul résultat auquel il parviendrait serait d'être gêné dans ses mouvements si tout partait à vau-l'eau. Il avait besoin d'un accès direct aux revolvers jumeaux qu'il gardait dans des holsters sous ses bras. Libérant les armes, il en coinça une dans le creux de ses reins et l'autre dans le holster de son gilet. Enfin, il referma sa veste.

Lorsqu'il souffla l'air contenu dans ses poumons, un grand nuage blanc apparut devant son visage. Il glissa ses mains nues sous ses aisselles et s'appuya contre le van. Ils avaient conduit toute la nuit pour arriver à l'heure à leur rendez-vous avec les Russes. L'Utah avait été choisi pour deux raisons. Un : c'était à mi-chemin de Vegas. Deux : le terrain était neutre. Dans de telles circonstances, aucune des deux parties ne risquerait une rencontre sur un territoire qui ne l'était pas. Malgré tout, alors qu'il étudiait l'eau calme à sa gauche et le terrain vide qui l'entourait, il ne pouvait s'empêcher de se demander s'il n'était pas tombé dans un piège.

Bien qu'il ait par le passé traité de nombreuses affaires avec les Russes, ces derniers étaient des salauds sans cœur qui ne se souciaient pas de savoir qui frappait tant que le résultat penchait en leur faveur. Découvrir que Yenny était en fait celui qui menait la danse, qu'il était aux commandes depuis qu'il avait trahi son propre sang, renforçait le dégoût que Deuce éprouvait à leur égard.

Certes, lui-même vivait en marge de la loi. Pour autant, lui comme nombre de ceux qui lui ressemblaient avaient établi des règles qu'ils suivaient. Parce que s'ils ne maintenaient pas en place un système quelconque, une chaîne de commandement et un comportement honnête entre eux, cela serait l'anarchie totale.

Même les criminels devaient se doter d'un code. Autrement, on était bon pour la foire d'empoigne. Si avoir confiance envers votre propre frère était impossible, alors à quoi ça servait ?

Et durant tout ce temps, Deuce avait cru que c'était cet idiot de Valentin qui gérait tout alors qu'en réalité ce tas de graisse n'était qu'un homme de paille. Yenny avait été l'homme de l'ombre, se cachant pratiquement de la même manière que Hawk.

Le manque d'honneur des Russes était l'une des raisons pour lesquelles Deuce s'était acharné à les éloigner du club. Depuis qu'il travaillait main dans la main avec Preacher et les Silver Demons, il s'était habitué à acheter et à distribuer avec les Chinois. La transition avait été délibérément lente, dans la mesure où il ne tenait pas à couper brutalement tous liens avec les Russes, au cas où il aurait besoin de leur soutien à un moment ou à un autre. Mais apparemment, le ralentissement de ses affaires avec eux avait été remarqué. À l'évidence, les Russes n'en étaient pas heureux. Ils utilisaient maintenant Hawk pour obliger Deuce à revenir à l'exclusivité, et Deuce pour forcer Preacher à une distribution plus étendue, le tout pour leur bénéfice. Ces enfoirés étaient gourmands.

Preacher, mains enfouies dans ses poches, épaules voûtées, vint le rejoindre.

— Que se passera-t-il si ton gars a déjà passé l'arme à gauche ?

Il sortit ses cigarettes de son manteau, en alluma une et rejeta un long jet de fumée dans le vent.

Deuce ferma les yeux, souhaitant pouvoir faire de même. Depuis sa crise cardiaque, Eva l'avait méchamment à l'œil, elle voulait à tout prix lui interdire même les plaisirs les plus simples. Comme une foutue cigarette. Ou le sel. Oh bon sang, que le sel lui manquait.

— Ils ne prendraient pas ce risque, répondit-il. Ils veulent ton business, et ils ne l'auront pas s'ils tuent mon gars. Ils sont suffisamment futés pour le savoir. Mais si effectivement ils lui règlent son compte, on les butera. (Ses yeux revinrent se poser sur l'eau.) Jusqu'au dernier.

— Ce qui veut dire la guerre. Avec ce sacré *cartel*.

Une bouffée de colère tendit les muscles de Deuce dans sa poitrine.

— Ouais.

— Ce qui signifie que tu me places en position d'aller au combat.

Deuce reporta son regard sur Preacher.

— C'est pas moi qui t'ai foutu dans cette merde. C'est eux.

— Tu n'aurais mis aucun de nous dans ce bourbier si tu n'avais pas abrité secrètement un fugitif, qui s'avère être l'un des leurs.

Il ne répondit rien. Qu'aurait-il pu dire ? Preacher avait raison, comme toujours. Ce sale type. Mais Deuce ne regrettait pas d'avoir embarqué Hawk avec lui. Pas une seule seconde. Le garçon s'était avéré être l'un des meilleurs atouts du club.

— T'as déjà informé tes gars du vrai plan ?

Deuce grimaça. Oh que non. Preacher mis à part, seul Mick connaissait le dénouement, et uniquement parce que Deuce n'avait pas besoin que son VP se mette à pleurnicher sur son épaule. Quant aux autres, il ne pouvait pas leur en parler. Pas déjà. Il fallait que tous semblent être d'accord avec le fait de prendre plus de marchandises aux Russes. Une seule erreur, un seul regard de travers pourrait coûter sa vie à Hawk, comme à eux tous. Les répercussions de ce foutu jeu dangereux qu'ils jouaient allaient être suffisamment mauvaises. Il n'était pas nécessaire de jeter de l'huile sur le feu si tôt.

— Les Aces sont bien dans le coup pour leur part du boulot, hein ? demanda Deuce en changeant volontairement de sujet. Si ce truc n'est pas en place avec Slider avant que les Russes comprennent ce qui se passe, ça va mal tourner pour tout le monde.

La tête de Preacher s'agita de haut en bas.

— Les Hellions aussi. Roundman est plutôt excité par ce foutu deal.

Deuce laissa échapper un lourd soupir.

— C'est pas la côte Est, mais c'est quelque chose, et mieux que rien. Si le pire arrive et que les Russes ne mordent pas à l'hameçon, au moins on aura le soutien de deux clubs de plus.

Preacher opina de nouveau.

— Ce sont des types bien, tous les deux, avec des clubs forts. Ça sera une guerre foutrement sanglante, mais je ne m'inquiète pas de la perdre. Malgré tout, Deuce, il va falloir que tu informes tes gars.

— Pas déjà, grogna ce dernier. Ils sont encore furax que je ne leur aie rien dit au sujet de Hawk. J'arrive pas à comprendre pourquoi d'ailleurs, quand tu vois que ZZ était l'un d'eux et a tiré sur mon fils. Tu penses avoir un gars loyal alors que tout ce que tu as, c'est une merde qui perd la boule pour une chatte folle.

Chatte qui appartenait à sa fille, pensa Deuce en grinçant des dents. Sa fille *puis* celle de Dorothy.

À côté de lui, Preacher explosa de rire. Rire qui laissa rapidement la place à une toux douloureuse. Deuce serra la mâchoire. Qu'est-ce qu'il ne donnerait pas pour cracher ses poumons à la seconde présente, lui aussi.

— Peut-être que tu devrais arrêter de fumer, dit-il avec amertume, espérant comme un fou que le vieil homme opine et lui tende son paquet de cigarettes.

— Je suis déjà mourant, pourquoi arrêter maintenant ?

Deuce cilla en entendant cette déclaration surprenante. Il se tourna vers Preacher.

— Qu'est-ce que tu viens juste de dire ?

Ce dernier leva les yeux au ciel.

— Cancer.

Deuce ne le lâchait pas du regard.

— Où ?

— Partout.

Seigneur… merde. Qu'était-il supposé répondre à ça ?

— Y a rien que tu puisses faire ?

Avec un reniflement méprisant, Preacher secoua la tête.

— Tu vas me dire que tu laisserais un toubib cinglé te passer à la moulinette juste pour que tu crèves un ou deux ans plus tard, ratatiné comme une vieille pomme et sans plus un poil sur le crâne ?

— Ouais, crétin, cria Deuce. C'est ce que je ferais. J'ai des gosses et une femme ! Ta fille ? De grands yeux, des lèvres sexy comme l'enfer et des putains de nichons. Tu te rappelles d'elle ?

Preacher se débarrassa de sa cigarette d'une pichenette avant de se tourner vers Deuce, un sourcil dressé et un sourire aux lèvres.

— Je voyais plus des couettes et des chansons chantées faux, mais c'est sympa de savoir que tu apprécies encore ma fille.

— Ouais, marmonna Deuce qui se sentait embarrassé et aurait aimé reprendre ses paroles. Va te faire foutre.

— En parlant de ma petite fille, je ne veux pas que tu lui dises, pour moi. Je m'en chargerai quand l'heure sera venue.

Deuce se représenta Eva dévastée et en larmes. Sa poitrine se serra. Il inspira pour dissiper ce malaise et se détendit rapidement. Si Preacher voulait être celui qui lui annoncerait la nouvelle, c'était son problème, et il serait heureux de rester en dehors de ça.

— Ah, et aussi, reprit joyeusement ce dernier. Je voudrais consolider les clubs. Te passer mes gars. Et va te faire foutre, toi aussi.

Deuce s'en étouffa presque. Lorsqu'il reprit ses esprits, il vit rouge, carrément rouge. Preacher n'était pas à la tête d'un club ou deux, l'homme tenait tout un empire, à travers le monde entier.

— T'es dingue ? Moi aussi, je suis en train de crever. J'en ai assez sur les bras avec mes propres problèmes.

— T'es pas mourant.

— Si, protesta Deuce, en se frappant la poitrine de la main. Les toubibs m'ont dit que si j'avais une nouvelle attaque comme la dernière, c'en était fini de moi.

Preacher roula les yeux.

— T'es pas en train de mourir, crétin. Les mecs comme toi ne meurent pas. Ils traversent la vie à coups de pied en hurlant jusqu'à ce que quelqu'un les abatte quand ils regardent ailleurs, et même alors, ils continuent de frapper et de crier depuis leur tombe.

Preacher lui sourit.

— Le meilleur genre d'homme qui soit, dit-il. Si ton fils n'a que la moitié de cela en lui, il nous rendra fiers.

Deuce ne le quittait toujours pas des yeux, sidéré et plus que mal à l'aise.

— D'abord, tu me tires dessus, marmonna-t-il, maintenant, tu me files ton club et tu me balances des poèmes d'amour.

— Elle avait seize ans, connard. *Tu* aurais tiré sur toi.

— Non, crétin, je me serais tué.

À ces mots, Preacher se contenta de continuer de sourire. Seigneur, on était dans la quatrième dimension ou quoi ?

Le grincement d'une portière qui s'ouvrait attira l'attention de Deuce. Ripper sortait par l'arrière du van.

— On a de la compagnie, prés', annonça-t-il sur un hochement de tête.

Deuce suivit le regard de son homme. Plus loin sur la route, trois grands SUV roulaient dans leur direction.

— Pile à l'heure, grommela-t-il.

Il se tourna vers Preacher, le regard noir.

— Pas question que je me charge de tes merdes.

Parce que cela serait un sacré bazar. Il ne parvenait pas à garder le contrôle de ses propres gars aux frontières de l'État. Son chapitre du Nevada était dorénavant sous la protection de la mafia russe, et même s'il avait verbalement retiré leurs couleurs à ses membres, il ne pouvait toucher à aucun d'eux.

En tout cas... pas maintenant. Il trouverait bien le moyen de les tuer l'un après l'autre pour leur trahison.

Mais prendre en charge les Silver Demons ? Il n'était qu'un homme, plus de la première jeunesse, qui, en toute honnêteté, en avait plus que marre des tactiques politiques dont s'accompagnait le management d'hommes qui n'aimaient pas être dirigés.

Il n'avait jamais été aussi proche de transmettre le flambeau. Il était fatigué et n'avait pas honte de reconnaître qu'il désirait passer du temps avec sa famille plutôt qu'à aboyer des ordres. Même si son successeur, Cage, avait encore beaucoup à apprendre.

Ouais. Comme il l'avait dit, quel bordel.

Mais Preacher, *ce salaud*, ne semblait pas voir les choses ainsi et continuait de sourire.

Seigneur. Il avait vraiment envie d'une cigarette.

Erik « Ripper » Jacobs se tenait à l'arrière comme on le lui avait demandé, observant depuis son poste les Russes qui se déversaient de leurs véhicules. Prey, le neveu de Preacher, un Silver Demon, était resté avec lui. Ensemble, ils étudiaient les lieux à la recherche de quoi que ce soit qui semblerait déplacé, ou de potentielles menaces cachées. Que Ripper n'ait qu'un œil n'avait aucune importance. Il était aussi bon à son job qu'avant, si ce n'était meilleur. Marrant comme les choses marchaient. Pas de doute, la vie avait dressé des obstacles sur sa route, de petites montagnes qu'il aurait cru ne jamais franchir, mais il y était parvenu, et était même allé au-delà. Il avait fracassé ces obstacles, les réduisant en miettes, au point qu'il n'en restait que de la poussière sous sa botte.

— L'un de ces costumes-cravates est à vous ? demanda Trey, les yeux sur les Russes.

Ripper passa en revue les hommes alignés. Ils étaient cinq. Hawk ne figurait pas parmi eux. Cela ne voulait rien dire. On leur avait expliqué que Hawk avait été blessé par balle. Ce qui signifiait soit qu'il était mort et qu'il s'agissait d'un piège, soit qu'il se trouvait encore dans une des voitures.

— Non, répondit-il.

Il ravala la peur qui grimpait en lui, mâtinée de colère. Il était à deux doigts de péter les plombs. Cela durait depuis des jours maintenant. Découvrir qui Hawk était vraiment… eh bien, c'était un sacré truc.

Toutes ces années, des décennies, passées à croire que vous connaissiez quelqu'un pour découvrir que vous saviez que dalle à son sujet. Hawk n'était pas Hawk, tout avait été un mensonge inventé par Deuce.

Ripper ne savait pas comment affronter ça autrement qu'en balançant son poing directement dans le visage des deux intéressés. Et comme il lui était impossible de frapper Deuce sans que les foudres de Dieu s'abattent sur lui, il passerait sa frustration sur Hawk. Mais pour cela, il avait besoin que ce dernier rentre, et plus important encore, en vie. Ensuite, ce salaud serait une cible légitime.

— Écoute, dit Trey en retirant sa cigarette de sa bouche pour l'envoyer dans la neige. Preacher a évoqué la possibilité que nos deux clubs n'en forment plus qu'un.

Ripper haussa les sourcils. Il découvrait la chose.

— Évidemment, tout le monde n'est pas d'accord, poursuivit Trey, mais je ne vais pas discuter avec le prés' alors qu'il a pris sa décision. J'me suis dit que s'il doit en être ainsi, si on doit travailler main dans la main, alors il vaudrait mieux qu'on s'assure qu'entre nous c'est du solide, tous ces trucs.

Quels que soient les trucs auxquels Trey faisait référence, Ripper n'avait pas le sentiment qu'ils puissent être plus importants que la scène qui se déroulait devant lui. Ne quittant pas Deuce du regard, il émit un grognement.

Bien qu'il ne puisse entendre ce qui se disait, Deuce lui semblait agité. Il passait la main dans ses cheveux, geste généralement annonciateur de crise. Les Russes n'avaient pas vraiment l'air enchantés, eux non plus. Mick, comme toujours, faisait tampon. Pour un œil non aguerri, il aurait donné l'impression de se contenter de se tenir épaule contre épaule avec son président, dans une démonstration de solidarité, mais Ripper n'était pas dupe. Mick attendait que la bombe explose, la bombe étant Deuce, lorsqu'ils apprendraient quel sort avait été réservé à Hawk.

— Ce bordel avec Frankie, qu'il t'ait bousillé le visage, je voulais juste m'assurer que tout était OK entre toi et moi. Pas de ressentiment, hein ?

La vision de Ripper se brouilla, l'attention qu'il portait à Deuce fléchit. Pendant un moment, il eut le sentiment d'être de nouveau dans cet entrepôt, sous la lame d'un dingue. Il cilla, se concentra sur son président, prit une profonde inspiration.

— Preacher n'avait aucune idée de ce que ce timbré trafiquait dans son coin, marmonna-t-il. J'ai laissé tout ça derrière moi il y a bien longtemps.

— Content de l'entendre, répondit Trey. J'avais peur que t'en veuilles à ceux d'entre nous qui y étaient.

Ripper se figea. Tout s'arrêta et se brouilla tandis qu'il tentait d'analyser sans succès ce que Trey venait juste de déclarer.

Ceux d'entre nous qui y étaient.

Ceux d'entre nous qui y étaient.

Ceux d'entre nous qui...

Son bras se détendit pour venir agripper le col de la veste de Trey. Il tira vivement l'homme derrière le van et le colla contre la porte arrière. Il lâcha le vêtement pour serrer le cou de Trey.

— Qu'est-ce que tu viens de dire ? aboya-t-il.

Trey ne battit même pas un cil. Il était aussi calme que d'habitude, renvoyant son regard à Ripper de ses grands yeux gris qui ressemblaient tant à ceux d'Eva. En fait, Trey était la version masculine de sa cousine, seins et Converse en moins. La seule différence était le frisson étrange qui traversa Ripper tandis qu'il l'observait.

— Je pensais que tu savais, répondit Trey calmement.

— Si cela avait été le cas, je t'aurais descendu, grogna Ripper entre ses dents serrées.

La déclaration arracha un sourire à Trey, lui aussi très flippant.

— T'aurais pu essayer, dit-il d'un ton aussi froid que son regard. T'aurais pas été le premier. Tous ceux qui s'y sont collés ont échoué.

— Ah ouais ? commenta Ripper, yeux étrécis. Pourquoi ? Parce que Frankie se tapait le sale boulot à ta place ? Ça te plaisait de le voir bousiller des gens, sale malade ?

Trey tenta de secouer la tête, mais la prise impitoyable de Ripper sur sa gorge ne lui laissait qu'une faible marge de manœuvre.

— Personne ne voulait se mêler des affaires de ce salaud et de ses petits tours. Je ne suis peut-être pas le gars le plus sympa au monde, mais j'ai jamais découpé qui que ce soit comme une dinde de Thanksgiving. Si j'ai une dent contre quelqu'un, je le bute, point barre. Frankie était une catégorie à part à lui tout seul.

Ripper ne détachait pas son attention de Trey. Qu'il affirme ne pas être le type le plus sympa au monde était une manière bien douce de dire les choses. Trey avait une ribambelle de cadavres dans son sillage. Mais après tout, lui aussi.

Il le lâcha et recula. Trey se massa la gorge.

— Tout va bien entre nous ? demanda-t-il.

Ripper était sur le point de lui conseiller d'aller au diable, lorsqu'il fut distrait par un cri de colère. Il se tourna juste à temps pour voir qu'on jetait quelqu'un par la portière de l'un des SUV. Le corps inerte de Hawk atterrit au sol, la portière claqua et la file de véhicules s'éloigna rapidement. Sans accorder un second regard à Trey, Ripper s'élança. Trey n'avait aucune importance. Frankie non plus.

Parce qu'au fond ce n'était en aucun cas une jolie vie. Les corps tombaient, des gens étaient blessés. Mais vous faisiez de votre mieux pour continuer d'aller de l'avant. Vous vous trouviez une petite rustine de bonheur et vous vous y accrochiez comme si c'était là votre dernier souffle.

Ce qu'il avait fait. Il avait trouvé la paix entre les bras d'une superbe fille. Il avait trouvé la paix et bien plus encore.

Frankie était mort ; ce psychopathe avait payé pour ses péchés de la pire manière qui soit.

Et un jour, Trey récolterait ce que l'avenir lui réservait.

Ni l'un ni l'autre ne méritait qu'on s'y arrête une seconde de plus. Ils n'en valaient pas la peine.

Mais Hawk, si.

— Prends-le par les jambes, hurla Deuce en saisissant Hawk sous les aisselles pour tenter de redresser le corps imposant de son homme. Attention à ses blessures !

Ripper dégagea Dirty et Mick de son chemin, se laissa tomber à genoux et dérapa sur le sol recouvert de neige pour atteindre Hawk, toujours sans réaction. Il ne portait que son caleçon. Il était couvert de bleus, de sang séché et d'autres substances sur lesquelles Ripper ne tenait pas trop à se pencher pour deviner ce dont il s'agissait. De chaque côté de la jambe droite de son frère se trouvaient deux blessures mal recousues, toutes deux d'un rouge profond et suintantes. La peau autour avait pris des teintes noir et bleu malsaines.

Aussi délicatement que possible, il glissa son bras sous les cuisses de son ami et souleva ses jambes tandis que Deuce faisait de même avec son torse.

— Il respire ? demanda-t-il, haletant.

— Faiblement, répondit Mick. Mais oui.

11

On dit que ce qui ne vous tue pas vous rend plus fort. Eh bien, je n'en sais rien. En revanche, je n'ai aucun doute sur le fait que cela change tout.

James « Hawk » Young

La douleur est quelque chose de relatif.

Il existe des douleurs positives : la tension qui brûle vos muscles quand vous ajoutez de nouveaux poids à la barre avant de soulever ces affreux jojos dans les airs ; la sensation de la machine à tatouer, ces minuscules aiguilles qui s'enfoncent dans votre peau, encore et encore, s'y infiltrant avec une encre superbe ; ou la douleur écrasante à la poitrine quand vous pensiez ne plus jamais avoir de famille, mais qu'on dépose un bébé roux dans vos bras et qu'il lève vers vous ses grands yeux interrogateurs ; un bébé qui vous appartient totalement, une famille.

C'était le genre de souffrance que Hawk pouvait supporter.

Puis il y avait l'autre sorte. La douleur provoquée par un toubib véreux sortant des éclats d'os de votre jambe, avant de vous recoudre sans anesthésie. Celle d'un poing rageur s'écrasant sur votre visage, ou d'une paire de bottes martelant de manière répétitive votre cage thoracique. Ou la pire : voir le visage rieur de l'homme qui vous inflige toutes ces brutalités, un homme que vous appeliez autrefois « frère ».

Hawk ne se rappelait pas grand-chose après que ZZ l'avait tabassé comme un dingue. Pas de doute, c'était sa punition pour les balles que ZZ s'était prises à cause de lui. Mais même s'il était blessé au bras gauche, il semblait en forme comparé à ce que ressentait Hawk.

Il y avait une chose en revanche dont Hawk se souvenait bien : les piqûres. À intervalles réguliers, quelqu'un venait lui injecter quelque chose dans le bras pour endormir la douleur. Ce qui le rendait aussi incapable de faire grand-chose de plus que de rester là, immobile, le regard perdu dans le noir, dans l'obscurité froide et humide du sous-sol quelconque où on le gardait prisonnier. Il perdait et reprenait sans cesse conscience. Chaque fois que l'effet des drogues s'estompait, il avait droit à une nouvelle injection.

À travers tout ça, il parvenait parfois à distinguer des voix, la plupart s'exprimant en russe. Elles semblaient lointaines et vagues. Mais il avait souvent entendu prononcer le nom de Deuce et s'y accrochait. Alors qu'il frissonnait et tremblait, à la fois affamé et assoiffé, urinant et déféquant sur lui, il s'agrippait à la pensée de Deuce, de son club, et de la seule fierté qu'il lui restait encore : il n'était pas le seul à avoir attiré les Horsemen dans ce bordel, ZZ en était tout aussi responsable.

Puis l'auto-apitoiement s'était installé. Il s'était retrouvé à passer en revue encore et encore tout ce qu'il avait mal fait, toutes les erreurs qu'il avait commises. Autrefois, il ne croyait pas aux erreurs. Les choses se produisaient ou pas, c'était tout. Il savait maintenant que ce n'était pas vrai, qu'une seule décision pouvait tout changer. Et il avait accumulé les mauvais choix au fil des ans. Ils étaient trop nombreux pour être comptés. Il avait été seul, avide et, du coup, égoïste. Il avait été désespéré et par conséquent, vengeur. Et il avait été rejeté ; résultat, il s'était montré indifférent. Pire que tout, le regret lui avait fait perdre la tête et il s'était montré suffisant.

Mal. Mal. Mal.

Vous ne répariez pas une erreur par une autre. Il le comprenait maintenant.

En revanche, la personne qui devait le savoir, savoir à quel point il était désolé de toutes les erreurs qu'il avait commises, se trouvait à des centaines de kilomètres de là. Et il commençait à penser qu'il y avait peu de chances qu'il ait jamais l'opportunité de le lui dire.

Au moment où Hawk se mit à croire qu'il allait mourir, de faim ou d'overdose à cause de cette drogue, quelle qu'elle soit, dont ils abreuvaient son corps, il entendit Deuce. Pas son nom, sa voix.

Il entendit Ripper.

Il entendit Dirty.

Il entendit Mick.

Au début, il ne parvenait pas à comprendre ce qu'ils disaient, mais il reconnaissait distinctement chacune de leurs voix. Il réalisa alors qu'il n'était plus dans cette pièce, à se geler les fesses, couvert de ses propres excréments.

Au-delà des voix familières qui l'entouraient, il percevait et sentait le grondement d'un moteur, tout comme le bruit d'une musique granuleuse. Ces sons, tous merveilleusement sublimes, lui apprenaient qu'il se trouvait dans un véhicule, entouré d'hommes qui n'allaient pas s'en prendre à lui.

Pour la première fois de sa vie, il comprit le sens du mot « foyer ». Ce n'était pas là où vous grandissiez. Ce n'était pas la personne que vous aviez été autrefois.

C'était les gens dont vous vous entouriez.

— On l'a battu et drogué, entendit-il Deuce déclarer. Y a des traces d'aiguilles dans ses bras.

— Il a aussi la jambe brisée, renchérit Mick. La balle a traversé le tibia.

— Parle anglais, crétin, pas swahili !

À entendre Ripper si agité, Hawk sourit. Ou tout du moins, il essaya. Rester là, gisant comme une masse inutile, était à peu près tout ce dont il était capable.

— Je parle anglais, débile. C'est pas ma faute si tu n'as pas fini le lycée.

— Hé, les deux idiots, fermez-la. Ripper, téléphone au club, dis à Cage que nous allons avoir besoin d'un toubib.

— Tout de suite, prés', marmonna Ripper.

— Et, ajouta Deuce, on ne l'emmène pas au club. Informe Cage qu'il est sur le point d'accueillir quelqu'un dans sa chambre d'amis.

— Tegen va adorer.

— Tegen sait où est sa place.

— Cette timbrée sait à peu près aussi bien où est sa place que Ripper est capable d'identifier un foutu tibia.

— Ta gueule !

— Taisez-vous, grogna Deuce. Cette timbrée que vous pourrissez a remis mon fils sur pied.

— Elle n'en reste pas moins dingue. Totalement cintrée.

Hawk avait envie de rire, mais il était toujours aveugle, probablement parce qu'il avait les yeux gonflés, fermés. Maintenant qu'il se réchauffait, la douleur dans sa jambe commençait à le brûler sauvagement. Ses pensées s'embrouillaient.

Puis il sentit quelque chose de chaud contre sa joue. Peut-être une main.

— Tu t'accroches, frère, tu me suis ? dit Deuce à voix basse. Y a une rousse malheureuse qui a traversé un blizzard d'enfer juste pour savoir où tu étais. Elle attend sans broncher, mais va probablement t'en mettre plein la tête pour lui avoir menti pendant toutes ces années. Je t'autorise à me faire porter le chapeau, comme le font le reste de ces crétins.

Pendant un moment, Hawk resta perdu, pensant que Deuce faisait référence à Tegen. Que celle-ci soit en rogne contre lui n'avait rien de nouveau.

Puis il entendit Ripper marmonner :

— Elle est probablement juste énervée de découvrir que son petit lutin est en fait russe, propriété de la Mafia Rouge.

Hawk comprit soudain que ce n'était pas de Tegen que parlait Deuce, mais de Dorothy.

Donc, elle était revenue dans le Montana pour lui ?

En plus, elle était maintenant au courant de tout ? Et furieuse ?

Ce qui voulait dire que cela lui importait.

— Quoi ? reprit Ripper, qui paraissait offensé. Personne n'a trouvé ça drôle ? Mec, c'était drôle ! Cox aurait trouvé ça marrant. Dirty ? Non ? Merde, être propre t'as rendu foireux comme tout.

— C'était un peu drôle, concéda Mick, mais pas vraiment.

— Seigneur, marmonna Deuce. Contentez-vous de la fermer. Tous.

Si Hawk avait pu sourire, pas de doute, il ne s'en serait pas privé.

Les heures passèrent. Les jours ? Les semaines ? Il n'en avait aucune idée.

Il sombrait dans l'inconscience, reprenait pied, frissonnait, parfois pris d'un froid insupportable, parfois brûlant d'une chaleur étouffante et suant à profusion, et parfois les deux à la fois. Il ne parvenait à saisir que des bribes de conversation, des voix qui s'exprimaient volontairement bas, accompagnées de bruits de pas. Des visages flous lui apparaissaient par intermittence. De temps à autre, il sentait un contact, à l'occasion extrêmement douloureux. La souffrance irradiait alors depuis sa jambe, se déployait plus haut, toujours plus haut, pour serrer sa poitrine comme dans un étau jusqu'à ce qu'il s'évanouisse sous le coup de la douleur. D'autres fois, c'était doux, tendre et frais sur sa joue, des doigts qui lui effleuraient les bras de haut en bas, des mains qui prenaient son visage en coupe. Un baiser déposé sur ses lèvres.

Durant ses courts instants de lucidité, il essayait de ranger le fouillis dans son esprit pour repérer Dorothy. Était-elle là ou pas ? Avait-il imaginé que Deuce avait mentionné sa présence ? Il sursautait en entendant une tendre voix féminine, ou quand il entrevoyait un éclat roux, puis se rendait compte qu'il était incapable de bouger, de ciller à travers ce brouillard, ou de prononcer des mots cohérents.

Pendant tout ce temps-là, il rêva. Il rêva de son enfance, quand il avait le monde à ses pieds, voyant en son père un roi, pensant que lui aussi en serait un un jour. Puis de la mort de son père et de l'époque où lui-même avait vécu dans la rue, craignant pour sa vie. Il rêva de Deuce, de la nuit où il l'avait trouvé, du club et des gars. Il rêva ensuite de la première fois où il avait rencontré Dorothy, avec ses longs cheveux roux et ses yeux vert clair, comment ils en étaient arrivés à être ensemble pour échapper à la cruelle réalité de leurs vies, pour que cela finisse par leur retomber dessus.

Il rêva du jeune homme égoïste qu'il avait été, celui qui pensait que le monde lui devait quelque chose pour compenser tout ce qu'il avait perdu.

Et il rêva de Christopher, qui de bien des façons avait été la fin justifiant les moyens. La fin de l'homme qu'il était autrefois, et le début de celui qu'il était devenu. Un homme meilleur. Un père.

Il rêva de ce que les choses avaient été et de ce qu'elles étaient maintenant, et il rêva de ce qu'il aurait souhaité qu'elles aient été, et qu'elles soient dorénavant.

Jusqu'à ce que la fièvre tombe et qu'il s'éveille enfin.

Cillant dans la semi-obscurité, Hawk essaya de se concentrer sur ce qui l'entourait, incapable de discerner quoi que ce soit. La seule chose dont il était sûr était qu'il se trouvait dans un lit douillet et confortable, et qu'il se sentait tout sauf à l'aise.

Il avait la gorge douloureusement sèche, son crâne l'élançait, et sa jambe deux fois plus. Elle hurla de protestation lorsqu'il essaya de s'asseoir. OK. On oublie ça. Il abandonna pour farfouiller autour de lui des deux mains. Sous la gauche se dessina la table de nuit et sous la droite…

Bon sang.

Il serra la chair tendre une fois, deux fois, et sourit. Ouais, pas de doute, il s'agissait bien d'un sein. Il tendit le bras plus loin et pinça l'autre, son sourire s'épanouissant. Il connaissait cette poitrine, en avait été proche autrefois. Monts d'une taille parfaite, chair malléable couverte de taches de rousseur, le tout surmonté de tétons à peine légèrement trop larges. Des tétons qui frémiraient et pointeraient sous ses doigts et sa bouche.

Malgré ses blessures, Hawk sentit son corps réagir à ces pensées. Il envisageait de se déplacer pour atteindre une position plus propice pour continuer à la toucher lorsque Dorothy laissa échapper un petit soupir. Il éloigna brutalement ses doigts, au moment précis où elle roulait vers lui pour se coller contre son corps. La jambe de Dorothy frotta la sienne, provoquant une décharge de douleur. Il inspira pour qu'elle passe, ne se souciant pas vraiment d'avoir mal, souhaitant uniquement que Dorothy continue à le toucher. Il avait été si longtemps sans elle, sans le contact d'un autre être humain qui se souciait vraiment de lui, que le niveau de souffrance physique n'importait franchement pas. Tant que Dorothy n'arrêtait pas.

Le bras de cette dernière se faufila autour de la taille de Hawk tandis qu'elle frottait son nez contre son torse. Il la rapprocha encore plus de lui, lui caressant le dos, la courbe des fesses, pour remonter jusqu'à ses cheveux. Il sentit la cicatrice qu'ils dissimulaient, égratigna doucement la peau surélevée et bosselée, encore et encore. Une vague de tristesse déferla sur lui. Il aurait dû être là. S'il avait été là, s'il était resté et s'était battu pour elle, cela ne serait peut-être pas arrivé.

Il ne se le pardonnerait jamais, en serait hanté jusqu'au jour de sa mort. Elle avait pris une balle parce que son ego à lui n'avait pas supporté un nouveau rejet. Il avait failli perdre à la fois la femme qu'il aimait et leur fils.

En plus de sa culpabilité, il éprouvait quelque chose d'autre, quelque chose qu'il n'avait plus ressenti depuis très longtemps. La tenir, parcourir son corps, même après toutes ces années, était merveilleusement naturel. Et parfait.

Satisfait, il ferma les yeux. Alors qu'il dérivait, le corps et l'esprit épuisés de tout ce qu'il avait enduré physiquement, il la sentit remuer.

— Hawk, murmura-t-elle d'une voix ensommeillée, son souffle chatouillant sa peau. Je t'aime.

Il ne répondit pas, serra les paupières et laissa ces trois stupides petits mots s'infiltrer en lui. Comme elle était de nouveau profondément endormie, il se dit qu'ils étaient peut-être la conséquence d'un rêve, ou nés de l'inquiétude qu'elle ressentait pour lui. Mais quelle que soit la raison qui avait poussé Dorothy à les prononcer, c'était la première fois qu'il entendait cette déclaration depuis que son père avait été tué.

Et la douleur qu'elle provoquait dans sa poitrine, dans son cœur, était totalement le genre de douleur capable de le mettre à genoux.

12

Je sortis de la salle de bains, vivifiée par ma douche et enroulée dans une large serviette de bain. J'entrai dans la chambre, persuadée que Hawk était encore pris de fièvre et délirait à moitié.

Ce qui n'était pas le cas. Il était tout à fait éveillé et s'était même débrouillé pour se mettre en position vaguement assise. Il buvait maladroitement l'eau du pichet que j'avais laissé près du lit.

Par-dessus le bord du récipient, ses yeux rencontrèrent les miens, ces yeux sombres insondables qui s'obscurcirent encore quand il baissa le pichet pour se concentrer sur moi.

— Hé, dit-il d'une voix rauque et éraillée.

Il s'essuya la bouche du dos de la main.

La voix de Hawk, cet unique mot, fit naître des frissons brûlants comme la glace sur ma peau. J'en eus la chair de poule.

Je me sentis soudain troublée, étrangement embarrassée. J'agrippai plus fermement ma serviette puis tentai de sourire.

— Hé, répondis-je doucement.

Son regard se détacha de moi pour parcourir la chambre. Il s'éclaircit la gorge.

— Où sommes-nous ?

J'étudiai la pièce spartiate. Elle ne contenait qu'un lit, une table de nuit et la commode de rigueur. Cage et Tegen n'étaient pas tellement versés dans la décoration ou les touches personnelles.

— Chez Cage et Tegen, répondis-je.

Il hocha la tête.

— Depuis combien de temps suis-je dans les vapes ?

— À peu près quatre jours. Tu as eu une sale infection. Le docteur qu'a ramené Deuce a dû t'ouvrir la jambe et nettoyer.

Les yeux de Hawk tombèrent sur la jambe en question. Bandée, surélevée par plusieurs oreillers, elle était enfermée dans une prothèse orthopédique. Au souvenir de la peau décolorée, et du degré d'infection de la blessure qui avait été mal recousue, je grinçai des dents. J'avais supplié Deuce d'emmener Hawk à l'hôpital, mais il s'était montré inflexible, à un point exaspérant. Hawk resterait où il était. Heureusement pour ce dernier, le médecin qui l'avait soigné était qualifié.

— Il aurait fallu poser un plâtre, continuai-je, mais compte tenu des circonstances…

Je m'interrompis, ne sachant comment amener sur le tapis le sujet de la véritable identité de Hawk. Tout ce que Deuce m'avait raconté me semblait encore étranger. Même si je savais qu'il s'agissait de la vérité, un sentiment d'irréalité prédominait. Pour moi, Hawk était et serait toujours… Hawk.

La vie qu'il avait autrefois vécue, celle du fils d'un mafieux russe abattu, sonnait comme une histoire imaginaire tirée par les cheveux, le genre de choses dont les films étaient emplis, et non comme l'existence de l'homme avec lequel j'avais eu un enfant.

— Deuce pensait que m'emmener à l'hôpital n'était pas une bonne idée, termina-t-il pour moi. Les blessures par balles ont tendance à attirer la police. Si les flics décident de fouiner...

Hawk avait encore les yeux baissés, vitreux, le regard dans le vide.

— Je suppose que tu as quelques questions à me poser, dit-il calmement.

C'était bien le cas. J'en avais des centaines, même. Pourtant, à me tenir là, à l'observer, aucune ne me venait à l'esprit. Tout ce qui importait pour le moment était qu'il soit en sécurité à la maison, et qu'il guérisse.

— Elles peuvent attendre, murmurai-je, ta seule mission est de te rétablir.

Il laissa échapper un profond soupir. Les rides qui marquaient son visage s'atténuèrent légèrement. Si je ne l'avais pas connu mieux, j'aurais pensé qu'il était soulagé. Mais le Hawk que je fréquentais ne se souciait pas vraiment de ce que les gens pensaient de lui.

Sauf que, cette fois-ci, on aurait dit que c'était le cas.

— Je suis désolé d'avoir raté Noël, reprit-il en levant le visage.

Son regard s'arrêta sur ma poitrine où le petit cœur pendait à sa chaîne. Ma main vint immédiatement se poser dessus, mes doigts se refermèrent sur le bijou, l'agrippant fermement au point que le bout pointu du cœur s'enfonça dans ma paume.

Soudain, le pendentif paraissait prendre une tout autre signification. Comme s'il n'avait pas été une simple attention, celle d'un père trouvant un cadeau pour la mère de son fils.

Ce petit cœur autour de mon cou semblait représenter l'homme lui-même, plein de secrets, de sens cachés, et de bien plus que ce qu'il donnait à voir à l'œil nu.

— J'ai cru que je ne vous reverrais jamais, Christopher et toi, dit-il à voix basse. J'ai pensé que je ne pourrais jamais...

Il s'arrêta, sans pour autant me lâcher des yeux.

Je ne pipai mot, ne sachant qu'ajouter. J'avais l'impression qu'il en allait de même pour Hawk. Il se contentait de me fixer à sa manière sombre et évaluatrice. Ses yeux cernés foraient en moi, me retenant captive comme une biche figée dans la lumière aveuglante des phares.

Le monde est empli de potentialités inexploitées : on a tous expérimenté cette sensation. Des coups d'œil à travers une pièce. Des regards qui ne se quittent plus. Des sourires secrets. Des conversations silencieuses. Quand il s'agit de désir, les mots ne sont jamais nécessaires. Vous sentez quelque chose en vous s'étirer, votre corps se réchauffe, et vous savez. La vie s'éveille en vous ; il n'en faut pas plus pour qu'un lien se crée. Vous êtes des étrangers, puis soudain, quelque chose de plus... des âmes sœurs, partageant la même sensibilité dans l'attirance que vous éprouvez l'un pour l'autre.

J'avais vécu ça avec Jase et avec Hawk.

Mais il n'y a qu'un seul être capable de dérober votre âme, ce lieu intouchable, inatteignable, qui n'existe que dans votre esprit, qui se réchauffe et se refroidit, palpite et vibre sans rythme ni raison. Cet homme s'en rendait maître pour toujours, était le seul à avoir la faculté de vous couper le souffle d'un seul regard. Il rendait tous ces sourires secrets et ces coups d'œil passés bien pâles comparés à la manière qu'*il* avait de vous observer.

Comme Hawk avant. Quand il m'étudiait subrepticement depuis les ombres à l'autre bout d'une pièce, parcourant mon corps avec une lenteur délibérée, se repaissant de ma vue.

Comme Hawk maintenant.

J'avais oublié combien cela me laissait exposée, vulnérable, et en même temps, si désirée. Voulue. Et excitée.

Libre.

Les émotions me prenaient à la gorge. Je déglutis.

— Moi aussi, j'ai cru que je ne te reverrais jamais, murmurai-je.

Un long silence suivit ma déclaration. Hawk ne me lâchait pas des yeux. Je baissai la tête, soudain incapable de l'affronter.

À quoi avais-je pensé ? Après mon explosion avec Jase, j'avais tout organisé dans mon esprit. Une fois Hawk de retour, je lui avouerais ce que je ressentais, avais toujours ressenti. D'une manière ou d'une autre, les choses s'arrangeraient alors. Les années durant lesquelles nous avions gardé nos distances, qui ne faisaient que s'amonceler, arriveraient immédiatement à leur terme.

Ce n'était pas le cas. Au contraire. Maintenant qu'il était là et avait repris conscience, j'étais encore plus mal à l'aise qu'avant. Comme si mes vieux sentiments enfouis étaient neufs, uniquement parce que j'en avais pris conscience. J'avais peur de ce qui arriverait si je les laissais éclore, grandir. Me les retournerait-il ? Éprouverait-il la même chose ? Les rejetterait-il, parce que trop de temps avait passé ?

Hawk brisa le silence.

— Je suis désolé, Dorothy, dit-il.

Surprise, je redressai la tête. Son expression s'était altérée, ses traits empreints de douleur.

— Ce que j'ai fait, dit-il, merder avec toi, prendre ce qui n'était pas à moi, c'était mal. Je ne me suis jamais excusé parce que je pensais qu'être désolé pour mes actes revenait à être désolé d'avoir eu notre petit garçon. Je sais maintenant que ce n'est pas vrai. Et je suis désolé. Plus encore, je suis désolé d'être parti. Si je n'avais pas agi ainsi, tu n'aurais pas pris une balle. J'aurais dû être là, tu aurais été en sécurité.

Je le fixai, bouche bée. Hawk n'avait jamais été du genre à faire de grandes déclarations.

— Je t'ai repoussé, finis-je par dire. Je ne te reproche pas d'être parti.

— Nous avons tous deux commis des erreurs.

Un petit rire nerveux m'échappa. Qu'essayait-il de me dire ? Qu'il ne regrettait pas Christopher mais tout le reste ? Qu'il regrettait que nous ayons été ensemble ?

— Je croyais que pour toi les erreurs n'existaient pas.

Le tremblement dans ma voix trahissait mes sentiments. Je détestais ça.

— J'ai quarante-cinq ans, répondit-il en haussant un sourcil. J'ai un gosse aussi. Il est temps que j'assume la responsabilité de mes actes, tu ne crois pas ?

Je serrai les lèvres, souhaitant que mes larmes ne me vendent pas à leur tour. Je secouai la tête.

— Je ne te suis pas. Sois plus clair.

Il étrécit le regard, fronça les sourcils, ce qui accentua les rides sur son front.

— Je t'explique que je suis désolé, que…

— Arrête, criai-je, incapable de me contenir une seconde de plus.

La coupe était pleine. Ne pas savoir ce qu'il était advenu de lui, puis apprendre qui il était en réalité. L'attente insoutenable pour découvrir ce que le destin lui avait réservé, et la prise de conscience des sentiments que j'éprouvais pour lui. Puis le voir battu, ensanglanté, brisé, et pendant tout le temps où je l'avais soigné, me représenter le moment où je lui avouerais la vérité. Et maintenant cela. Les excuses qu'il me présentait, m'apprenant qu'il regrettait ce que nous avions vécu. C'était vraiment trop. Une avalanche de sentiments s'était déclenchée et j'étais impuissante à la stopper.

Il semblait que les écluses qui retenaient mes émotions et que Jase avait ouvertes de force avaient encore à se refermer complètement.

— Tu n'es jamais arrivé ! criai-je en balayant les larmes qui ruisselaient sur mes joues. Tu n'arrivais pas. Je n'arrêtais pas de t'appeler. Puis j'ai téléphoné à Eva, et Deuce m'a rappelée mais il ne voulait rien me dire. Personne ne voulait rien me dire et j'ai dû trouver où laisser Christopher et mes vols ont été annulés et il a fallu que je conduise jusqu'ici dans une tempête de neige et Deuce m'a dit pour toi et qui tu étais et j'ai... j'ai juste, je ne savais pas quoi penser, rien de cela ne semblait réel, et j'ai cru que Preacher n'aiderait pas, mais il l'a fait et je me suis battue avec Jase et je lui ai dit que je t'aimais et il est parti. Puis Deuce est parti à son tour et ils t'ont ramené et j'étais là quand le médecin est venu, et Hawk, Seigneur, ta jambe était dans un tel état, totalement infectée, et tu étais si malade et avais l'air si mal en point, t'étais tellement défoncé... J'ai cru que tu allais mourir, même si tout le monde m'affirmait le contraire, et je n'arrivais pas à comprendre un seul mot de ce que tu disais et j'avais tellement peur de te perdre une fois encore, sans avoir la chance de rectifier les choses, et je ne pouvais pas... je ne...

Dorothy ne s'arrêtait plus. Ça continuait, encore et encore, elle lui jetait les mots au visage comme une machine à lancer les balles. Comme une de ces poupées à disque quand on a trop tiré sur leur fil et qu'elles ne cessent plus de jacasser...

Elle avait toujours sacrément trop parlé, en particulier lorsqu'elle était émue. Hawk se souvenait d'innombrables nuits où il avait été obligé de l'écouter radoter sur Jase, de la regarder pleurer, se battant la coulpe émotionnellement encore et encore pour des raisons qu'il avait vite cessé de chercher à comprendre. Il s'était contenté de coucher avec elle pour la faire taire, ce qui avait fonctionné... pendant un temps.

Mais elle avait choisi Jase plutôt que lui, et lorsqu'elle avait pris une balle, le silence qui s'en était suivi avait été assourdissant.

Merde, après toutes ces années à lui battre froid, à échanger à peine quelques mots, comme des étrangers réunis dans la même pièce, il ne s'était pas rendu compte à quel point elle lui avait manqué. Pas seulement d'être avec elle, mais *elle*, tout simplement. Tout en elle. Même cela, ce radotage sans queue ni tête, son incapacité à exprimer quoi que ce soit sans être dans l'émotion extrême. Chaque centimètre d'elle, son mètre cinquante de rien du tout, les larmes qui ne se tarissaient pas et tous ces bagages auxquels elle s'accrochait, qu'elle insistait pour traîner avec elle, lui avaient manqué.

Seigneur, en couple, ils étaient un désastre. Elle qui portait son cœur en bandoulière, et lui qui gardait le sien si bien sous clé. Résultat, il avait fallu le hasard d'une nuit de coucherie où l'alcool avait joué son rôle, du chantage, une grossesse, une balle dans le crâne, des années de vide, un kidnapping et quelques balles de plus, pour qu'il mette les choses en ordre.

Quel foutu gâchis.

Le côté positif de tout ça ? Elle avait déclaré qu'elle l'aimait. La nuit passée, et juste là, entre un truc sur le fait d'avoir passé Jase à tabac et un autre sur le départ de Deuce, pas de doute, elle avait avoué l'aimer, en même temps qu'elle admettait avoir peur de le perdre encore une fois. Une révélation surprenante qui ne l'était pas tant que ça. À quelques occasions, il avait suspecté que les sentiments de Dorothy étaient plus profonds qu'elle ne le laissait paraître, mais elle ne l'avait jamais admis, et lui non plus.

Pour autant, rien de tout ça ne comptait plus. Il en avait soupé de vivre dans le passé, ou dans un futur qui ne menait nulle part. Il ne voulait plus regarder en arrière.

— Dorothy.

Elle ne s'arrêta pas de parler.

— Dorothy !

Cela ne la stoppa pas plus. Bon sang, s'il n'était pas raide dingue de cette femme, il la tuerait sûrement.

— DOROTHY !

La main de Hawk s'envola vers sa gorge et il regretta instantanément d'avoir hurlé. Mais cela sembla porter ses fruits. Elle avait cessé son bavardage pour le regarder fixement.

— Au nom de Dieu, dit-il d'une voix grinçante en se frottant la gorge, tais-toi.

— Me taire, murmura-t-elle, tandis que son visage se froissait. Me taire ? Tu vas vraiment me parler comme si...

— Oui, grinça-t-il en lui coupant la parole, je vais sérieusement te dire de la fermer et de ramener tes fesses ici.

Lui-même essaya de se déplacer, grimaça quand la douleur dans sa jambe s'intensifia, et choisit plutôt de lui tendre la main.

— Viens ici, dit-il en appuyant la parole du geste. Ferme-la et viens là.

Une longue pause s'ensuivit, puis elle bégaya :

— Je ferais mieux de m'habiller.

— Non ! cria-t-il, tandis que sa frustration augmentait, d'une part envers Dorothy et d'autre part parce qu'il ne parvenait pas à se sortir du lit pour aller lui-même vers elle. Ramène-toi ici, bordel !

Cela fut lent à venir, mais elle finit par mettre un pied devant l'autre. Il attendit, le bras tendu, tandis qu'elle avançait vers lui à la vitesse d'un escargot. Il prenait sur lui pour ne pas perdre patience.

Elle s'arrêta devant le lit, le visage encore rouge et enflammé par ses larmes, serrant sa serviette contre sa poitrine. Elle balaya le corps de Hawk du regard, avant de se concentrer sur l'autre côté du lit, puis même plus loin, vers la fenêtre. Son regard papillonnait de-ci de-là plutôt que de se poser sur lui.

Il comprit ce qui se passait : Dorothy était sa propre pire ennemie. Il laissa tomber sa main sur le matelas en poussant un profond soupir.

— Femme, dit-il avec douceur, arrête de réfléchir autant.

Elle leva la tête, leurs yeux se trouvant enfin pour ne plus se quitter. Les iris verts de Dorothy étaient noyés de larmes. Hawk était démangé par l'envie de la rapprocher de lui pour sentir de nouveau son corps contre le sien.

Il avait aussi besoin d'aller aux toilettes. Seigneur, il devait aller pisser. Bravo pour le timing. Il avait attendu vingt ans qu'elle reconnaisse qu'elle éprouvait des sentiments pour lui, et presque huit pour avoir de nouveau l'opportunité de la toucher. Pas question de laisser une fonction physique inopportune tout gâcher.

— J'ai cru te perdre, murmura-t-elle, larmoyante. J'ai cru que je n'aurais pas d'autre chance.

— J'aurais pensé que t'aurais compris tout ça maintenant, dit-il. Tant que je respirerai, je n'irai nulle part.

— Je sais que tu étais là… pour Christopher, dit-elle d'une petite voix mal assurée.

— Pour vous deux, la corrigea-t-il, son intérêt se portant sur le collier de Dorothy. J'ai toujours été là pour vous deux.

Dorothy agrippa le petit pendentif à son cou.

Hawk sourit presque en se rappelant les tentatives de Christopher de le convaincre que sa mère avait vraiment envie d'une console de jeux vidéo pour Noël. Presque. Parce que connaissant Dorothy, elle interpréterait ce sourire comme quelque chose qu'il n'était absolument pas.

— J'ai foiré, dit-elle en secouant la tête. J'avais peur et j'ai fait le mauvais choix. Je n'oublierai jamais la manière dont tu m'as regardée cette nuit-là… comme si je t'avais trahi.

— J'ai merdé, lança-t-il brutalement, sa colère augmentant face au célèbre dégoût de soi de Dorothy, seule chose chez elle qui ne lui avait pas manqué. Moi, Dorothy, rentre-toi ça dans ton crâne butté. J'ai pris quelque chose que je n'avais pas à prendre, et je m'attendais… ah, merde !

Il serra les poings, sa respiration devint plus lourde.

— Je ne sais pas à quoi je m'attendais, grinça-t-il. Mais rien de tout ça n'importe plus. Tu as dit que tu m'aimais, tu sais que je t'aime, donc je ne vois pas où est le problème et pourquoi tu ne ramènes pas tes fesses ici pour que je puisse te toucher.

De nouvelles larmes *(bon sang, ces pleurs incessants)* emplirent les yeux de la jolie rousse et en débordèrent.

— Tu m'aimes encore, murmura-t-elle.

Nom de Dieu, cette femme, cette sacrée idiote de bonne femme…

— Dorothy, reprit-il, ouais, je t'aime. Je ne croyais pas avoir besoin de le dire. Je pensais que tu le savais déjà.

Une fois encore, elle détourna le regard. Il savait exactement ce qu'elle faisait. Les rouages s'étaient mis en route, elle repassait en revue absolument tout, contredisant en elle-même tout ce qui pourrait potentiellement lui servir à être heureuse.

— Cela fait si longtemps, dit-elle avec un soupir tremblant. Nous ne nous connaissons plus vraiment.

Il avait envie de lui rire au nez, peut-être de lui donner quelques fessées, ou de l'attraper par le pied pour la pendre tête en bas et lui sortir tous ces doutes du corps à force de secousses. Au lieu de quoi, il maîtrisa son expression, maintenant la façade de calme dont Dorothy avait toujours eu besoin lorsqu'elle était aux prises avec ses émotions.

— Voilà ce qu'il y a à savoir, dit-il avec un haussement d'épaules insouciant qui provoqua une décharge de douleur dans chaque centimètre de sa peau abîmée et dans les muscles blessés de ses bras et de sa poitrine. Je m'appelle James Alexander Young. Je suis né et j'ai grandi à New York. J'étais...

Il s'interrompit à la seconde où elle se mit à sourire.

— Mais ce n'est pas qui tu es, dit-elle doucement. Pas vraiment.

— Viens ici, lui ordonna-t-il en repliant son index.

Pour une fois, à sa plus grande surprise, elle l'écouta. Elle avança, s'appuya sur une main pour garder son équilibre, et se pencha au-dessus du lit. Elle était malgré tout encore trop loin, et il dut se coucher sur le côté, ce qui provoqua en lui des élancements douloureux. Pourtant, il persista. Il lutta en silence pour étirer son corps vers elle. Lorsque leurs têtes se touchèrent presque, il fit glisser sa main sur la peau douce de sa joue, puis dans ses cheveux.

— Luca Polachev est mort il y a bien longtemps, dit-il. Je suis James Young, membre des Hell's Horsemen, l'un des gars de Deuce, et fier père de Christopher Kelley. C'est celui que je suis maintenant. Ce sont les seules choses qui comptent.

Elle appuya sa joue contre la paume de Hawk, lui offrit l'un de ses doux sourires, ceux qui l'avaient attiré vers elle au début. Ceux qui lui avaient donné envie de prendre toute cette innocence, cette bonté inhérente, et de se les approprier.

— Tu as besoin d'un bain, commenta-t-elle en plissant le nez.

— Ouais, répondit-il dans un murmure.

Il avait besoin d'un bain, d'une coupe de cheveux, de se raser, ainsi que d'une douzaine de rounds avec une brosse à dents. Il pourrait probablement avoir l'usage d'une nouvelle jambe, tant qu'il y était, mais surtout, il avait besoin d'uriner.

Mais avant tout cela, avant que Dorothy ne puisse prononcer un mot, il se pencha autant que cela lui était possible sans hurler et effaça le dernier centimètre qui les séparait.

— Tu sais ce que j'ai toujours regretté ? murmura-t-il. De ne jamais t'avoir installée à l'arrière de ma moto. Juste toi, moi et le soleil. Plus aucune dissimulation.

Dorothy eut juste assez de temps pour ravaler un hoquet surpris.

Puis Hawk, malgré l'impression qu'il avait que le moindre de ses gestes ou de ses mots risquait de briser le lien ténu entre eux, décida, merde, de l'embrasser. Parce que, lorsqu'il s'agissait de Dorothy, il pensait qu'il ne lui restait rien à perdre.

Pour la première fois en presque huit longues années, il embrassa sa femme.

Elle tremblait, ses lèvres frissonnaient, mais elle ne se détourna pas ni n'essaya de l'arrêter. Il ne perdit alors pas de temps, il n'allait plus en perdre, pas dans un monde qui n'offrait aucune garantie.

Au début, tous deux tâtonnèrent un peu, n'ayant plus l'habitude l'un de l'autre. Puis quelque chose se déclencha entre eux, et le désir qu'ils éprouvaient commença à surpasser leur maladresse. Le corps de Dorothy se détendit immédiatement. Elle se laissa aller contre Hawk, se fondant en lui. Une main trouva son torse, l'autre se mêla à ses cheveux, y courant avant de venir se poser sur sa nuque.

Alors, comme si le temps n'avait pas passé, comme s'il ne s'était jamais trouvé le moindre obstacle entre eux, comme si aucune tragédie ne les avait séparés, elle l'embrassa avec ferveur, le touchant de ses mains assurées, et il l'agrippa fermement, la bouche et le corps de la jeune femme lui semblant aussi naturels contre lui qu'ils l'avaient été autrefois.

Avec douceur, je tirai une couverture sur la poitrine de Hawk, pour la border sous son menton. Il s'étira dans son sommeil, marmonna quelque chose d'incohérent, puis se remit rapidement à ronfler. J'étudiai son corps et grimaçai. Sa guérison était loin d'être achevée. Passer plus d'une heure ou deux sans avoir besoin de reprendre des antidouleurs lui était impossible, tout comme se rendre aux toilettes sans aide.

Mais il était à la maison, en sécurité, et il était à moi.

À moi.

Cette fois-ci, j'étais déterminée à ne rien fiche en l'air.

13

Jase n'avait aucune idée de comment il avait atterri là.

En fait, ce n'était pas complètement vrai. Il savait exactement *comment* cela s'était produit, c'était le *pourquoi* qui restait plus confus.

Comme le temps écoulé depuis qu'il avait quitté le club, ou même quel jour on était. Pour ce que ça importait.

Il savait juste qu'il était dans le Wyoming, dans sa ville natale, garé devant la maison de son enfance, à tenter de se souvenir quand il y était venu pour la dernière fois. Puis le jour se fit en lui... il n'était pas retourné chez ses parents depuis le procès de Chrissy, lorsqu'il était trop en vrac pour s'occuper de ses filles. Après ça, elles avaient été ballottées entre les parents de Chrissy et les siens pendant un temps, jusqu'à ce qu'il finisse par se reprendre, en tout cas en grande partie.

Mais il était déjà trop tard. Il les avait déçues.

Honteux de lui-même, des ragots sur la fusillade que ses parents avaient dû subir dans leur propre ville, et ne voulant pas leur rendre les choses plus difficiles, il n'avait plus remis un pied chez eux.

Voilà que maintenant, pour une raison ou pour une autre, il se trouvait là, complètement perdu quant à la conduite à adopter ensuite.

Aller à la porte ? S'annoncer ? Ouais, ça se passerait super bien.

Salut, maman, papa, comment ça a été Noël ? Je parie que vous êtes contents de voir le fils qui vous a salement déçus, celui qui a bousillé la vie de vos petites-filles. J'espère que la puanteur de vomi et d'alcool que je dégage ne vous gêne pas.

Ou s'en aller ? Retourner dans le Montana et laisser les choses en l'état ?

Retourner à quoi, exactement ? Au club qui le prenait en pitié ? À la femme qui lui avait officiellement fait ses adieux ?

Bon sang, que c'était encore foutrement douloureux.

Bref. Il avait besoin d'un verre, d'un petit quelque chose pour s'éclaircir la gorge, et penser à l'étape suivante. Penché en avant, il tendait la main vers la bouteille d'alcool qui était tombée du siège passager lorsqu'un coup sur la vitre côté conducteur le poussa à se redresser brutalement.

Merde.

Walter Brady avait vieilli à peu près de la manière attendue. Cow-boy jusqu'au bout des ongles, il avait été autrefois un monteur de rodéo prolifique. Sa stature fortement musclée venait de là. En revanche, son ventre rebondi qui avait pris de l'ampleur au fil des ans était le résultat combiné de son emploi de col-bleu en usine après qu'il s'était retiré des circuits, et de l'excellente cuisine de sa femme. Les cheveux gris qui allaient en se parsemant sur son crâne, les nombreuses rides de son visage, et ses traits qui s'affaissaient, donnaient l'impression qu'il n'avait pas eu une vie facile. Quiconque le connaissait savait que si tout n'était pas allé sans mal, il avait mené une existence bien remplie. Au début de la vingtaine, alors qu'il était au sommet de sa carrière, Walter avait épousé Doreen Davies – une jeune *buckle bunny*, une groupie de rodéo, amoureuse de lui – non pas à cause d'une grossesse imprévue, mais parce qu'il l'aimait. Après une blessure au dos qui avait mis fin à ses exploits sur le circuit, Walter et sa femme avaient travaillé dur pour se construire une nouvelle vie, un foyer dont ils pouvaient être fiers.

Ils avaient empli ce foyer de trois fils et de deux filles, de l'odeur des repas cuisinés maison, et du bruit des rires. Pour la plus grande part, leurs enfants les avaient rendus fiers – ils gagnaient tous honnêtement leur vie, s'étaient mariés et emplissaient maintenant leurs maisons de leurs propres enfants.

Tous sauf un. Lui. Planté en plein milieu de la fratrie. Jase avait déçu chacune des attentes de ses parents, puis s'en était fixé certaines lui-même uniquement pour pouvoir rajouter quelques échecs sur sa liste déjà épique.

Il prit une profonde inspiration et baissa la vitre.

— Papa, dit-il sur un hochement de tête.

Le froncement de sourcils de son père ne s'atténua pas pendant qu'il étudiait son fils.

— Tu as pris pour habitude de te garer sur la pelouse des gens ?

Surpris, Jase jeta un coup d'œil à travers le pare-brise, puis par la vitre côté passager, remarquant pour la première fois qu'il était en fait complètement passé à côté de l'allée. Dieu merci, dans sa ville natale, votre voisin le plus proche était au moins à quelques kilomètres de chez vous. Personne, sauf ses parents, ne l'avait donc vu se ridiculiser. Non pas que cela surprenne qui que ce soit.

Se sentant comme un ado pris le pantalon aux chevilles, il se tourna honteusement vers son père.

— Ouais, marmonna-t-il, je… heu… suis désolé. La neige l'a cachée. Je ne… heu…

— Raboule, l'interrompit Walter. J'ai pas besoin que tu fasses pire encore.

— Je devrais peut-être m'en aller, grommela Jase.

— Où ? exigea de savoir Walter. T'es rond comme une queue de pelle. T'iras nulle part avant d'avoir avalé quelque chose et dormi.

— Je ne veux pas bouleverser maman, murmura Jase, se sentant encore une fois comme un enfant dévoyé.

— Sacrément trop tard pour ça. À ton avis, qui m'a réveillé pour que je te ramène à la maison ?

Walter passa le bras par la fenêtre ouverte, souleva le loquet puis ouvrit violemment la portière pour monter à bord, obligeant Jase à se déplacer ou à le recevoir sur ses genoux.

— Seigneur, Jase, y a quelque chose qui est mort là-dedans ?

Son père, le visage plissé de dégoût, jeta des coups d'œil dans l'habitacle, avant d'arrêter son regard sur les jambes de Jase et le vomi qui couvrait son pantalon.

Jase pensa momentanément à couvrir la tache, mais pourquoi ? Le mal était fait. Non seulement il s'était garé sur la pelouse de ses parents, mais son père avait aussi vu clair dans son jeu. Comme toujours. Walter Brady était connu pour déterrer les conneries des gens et leur mettre le nez dedans.

Puisque Jase savait cela mieux que personne, une fois encore… pourquoi, bon sang, était-il là ?

Son père jura en secouant la tête, passa une vitesse et recula le camion dans la rue. Une fois le véhicule bien garé dans l'allée où il se retrouva parfaitement aligné derrière la berline quatre portes de la mère de Jase, et à côté du pick-up de son père, Jase jeta un regard en coin à Walter, peu sûr de la conduite à adopter.

— Le mieux est d'entrer avant que le repas qu'elle te prépare refroidisse.

Son père indiqua la maison d'un mouvement impatient de la main avant d'empocher les clés du camion et d'en descendre. Comme Jase ne s'exécutait pas, se demandant de nouveau si se rendre chez ses parents n'avait pas été une erreur, son père se mit à taper sans nécessité contre la vitre passager.

— Ne m'oblige pas à me répéter, fils !

Jase poussa un lourd soupir puis ouvrit sa portière. Il fut pris de vertige quand il essaya de sortir du véhicule et serait tombé sur les fesses si son père ne l'avait pas enlacé pour le remettre droit. Embarrassé, il jura et se dégagea d'une pirouette de l'étreinte paternelle, envoyant le poing dans la porte du camion. Le métal se creusa sous l'impact et il réalisa trop tard que ce n'était pas le sien, mais celui de Cage.

— Merde, cria-t-il en agrippant son poing qui pulsait.

— Hé, ça suffit !

Son père s'empara de ses bras et le tira en arrière, l'épinglant rapidement contre lui avant qu'il ne vacille de nouveau. Un bras toujours passé autour de la taille de Jase, il se mit en route vers la porte.

— Ça pourrait être pire, fils, marmonna-t-il en le guidant vers les marches du porche. Souviens-toi seulement de ça. Ça pourrait toujours être pire.

— Nan, bredouilla Jase, se sentant soudain bien plus ivre que quelques moments plus tôt. J'ai tout foiré, avec tout le monde. J'ai foutu un sacré bordel.

— Ne jure pas devant ta mère.

La porte s'ouvrit au moment où ils l'atteignaient. Derrière la moustiquaire se trouvait la mère de Jase. Contrairement à Walter, elle avait vieilli avec grâce. Ses longs cheveux gris et blancs avaient toujours leurs boucles épaisses, ses traits fins délicats n'avaient pas changé malgré les nombreuses rides qui s'y étaient creusées au fil des ans. Et ses yeux, ce qu'il préférait dans son doux visage, étaient toujours aussi bleus et grands.

— Le retour du fils prodigue, annonça Walter d'un ton plat.

L'expression de la mère de Jase était un mélange de joie et de tristesse. Les pleurs n'étaient pas loin, même si elle essayait de sourire.

— Jason, dit-elle d'un ton larmoyant, repoussant la moustiquaire pour le prendre dans ses bras.

— Il est couvert de ses propres sécrétions.

— Ça m'est égal, lança-t-elle brutalement. C'est mon fils.

Son père dut aider Jase à franchir la dernière marche. Il se retrouva ensuite dans la maison, entouré par ses odeurs, tandis que sa mère le prenait dans ses bras.

Jase n'y tint plus. Il craqua, parce qu'apparemment c'était comme ça maintenant : il pleurait. Tout le temps.

— Chut, dit-elle pour le calmer tout en lui frottant le dos. Il n'y a rien que nous ne puissions réparer, tu m'entends ? Rien.

Il ne la croyait pas, mais se sentait malgré tout réconforté.

Elle le guida jusqu'au banc de l'entrée, l'y assit avant de se mettre à genoux pour lui enlever ses bottes.

— Non, maman, intervint-il.

Lorsqu'il se pencha, elle lui asséna une tape pour l'éloigner.

— Donne-moi ta veste, demanda Walter qui la lui enlevait déjà des épaules. Ton manteau aussi.

Il était sur le point de les accrocher sur le portemanteau lorsqu'il se tourna vers Jase, l'air interrogateur.

— Deuce sait que tu es là ?

Jase secoua la tête. En fait, personne n'était au courant parce qu'il n'avait aucune idée d'où se trouvait son téléphone portable. Probablement dans sa chambre au club, là où il l'avait vu pour la dernière fois. Comme s'il lui servait à quoi que ce soit là-bas. Il ne pouvait qu'imaginer le visage de Deuce lorsqu'il essaierait de le joindre et trouverait l'appareil dans sa chambre.

— Bien. Je vais lui passer un coup de fil pendant que ta mère fait ce qu'elle a à faire.

— Ne lui raconte pas tout, cria Jase dans son dos.

— Ne t'inquiète pas, répondit son père du même ton. Mais Deuce est un type futé, je suis sûr qu'il remplira les blancs tout seul.

Jase se laissa aller sur le banc, sentant une nouvelle vague d'inutilité s'emparer de lui.

— Jason ?

— Hum ?

— Jason, regarde-moi.

Son énergie l'abandonnait rapidement. Il utilisa le peu qu'il lui en restait pour redresser la tête et obéir à sa mère.

— Tu es un Brady, n'est-ce pas ?

Oh, qu'il soit maudit, il allait avoir droit au speech sur la famille Brady.

— Ouais, maman, marmonna-t-il, je suis un Brady.

— Et que font les Brady ?

— Bière, barbecue et rodéos ?

— Jason... le mit en garde sa mère.

Jase refoula son envie de rouler les yeux.

— Les Brady s'aiment les uns les autres, lança-t-elle sans aucune douceur. Les Brady se respectent. Ils travaillent dur, sont honnêtes et font de leur mieux.

— Maman, dit-il, j'ai merdé sur chacun de ces points à un moment ou à un autre, et parfois plus d'une fois.

— Et le dernier, Jason, continua-t-elle en l'ignorant. C'est quoi ?

Il ravala la boule qui se formait rapidement dans sa gorge, regarda au bout du couloir son père qui parlait dans un vieux téléphone en bakélite sans qu'il parvienne à entendre ce qu'il disait. En revanche, deviner ce que Deuce répondait n'était pas difficile. Il grinça des dents à l'idée de ces deux-là échangeant des nouvelles.

Il reporta son attention sur sa mère.

— Les Brady se pardonnent les uns les autres.

Elle sourit, lui tapota le genou, termina de lui retirer une botte et s'attaqua à la seconde.

— Les filles ne me pardonneront pas, murmura-t-il.

Sa mère ne prit même pas la peine de lever la tête.

— Si, affirma-t-elle, elles le feront. Ce sont des Brady. Et, Jason ?

— Ouais ?

— Ne t'avise plus de jurer sous mon toit.

14

— Des détails, chuchota Eva, courbée sur le comptoir de la cuisine. Je veux des détails.

Presque deux semaines s'étaient écoulées depuis mon arrivée à Miles City. J'étais de retour au club pour la première fois depuis que Hawk avait été ramené à la maison. Le matin même, je m'étais éveillée au son des chamailleries de Tegen et Cage. Incapable de supporter cela une seconde de plus, je m'étais rapidement douchée et habillée, puis, une fois assurée que Hawk allait bien, je m'étais précipitée au club.

Au début, j'étais contente d'être tombée sur Eva qui y traînait. Toujours heureuse de passer du temps avec elle, j'avais proposé de nous préparer à déjeuner. Jusqu'à ce qu'elle se mette à me harceler pour me soutirer des informations.

Maintenant, j'étais juste irritée. Contrairement à Kami, je ne livrais pas facilement les détails de ma vie amoureuse, pas même à la femme que je considérais comme ma meilleure amie.

Essayant désespérément de ne pas rougir, je feignis de m'intéresser à la salade que j'étais en train de concocter afin de continuer à l'ignorer.

— Mon Dieu, Dorothy, tu dois me raconter quelque chose. Tu as ce grand type sexy coincé au lit, et je sais que vous vous êtes embrassés et réconciliés. Cage l'a dit.

— Quoi ? couinai-je, en tapant sur le comptoir avec ma cuillère en bois. Il m'a espionnée ?

Eva sauta sur ses pieds et effectua une étrange danse de joie qui consistait à secouer son popotin et balancer ses bras en l'air. C'était gênant et carrément horrible, au point que je pris mentalement note de lui dire de ne plus jamais recommencer.

— Je le savais ! cria-t-elle de joie, toujours en dansant. Je le savais !

— Tu m'as piégée !

Un large sourire aux lèvres, elle haussa les épaules. Je soupirai, vaincue.

— Bien, dis-je d'un ton brusque, nous nous sommes... embrassés. C'est tout.

— Oh mon Dieu, chuchota-t-elle théâtralement. Dorothy, qu'est-ce que je vais faire de toi ? Grâce à qui vais-je vivre par procuration ? Kami ne couche plus. Toi non plus. Quant à ma vie, elle consiste en un petit garçon grincheux, une fille de douze ans qui s'imagine en avoir vingt-six, et un mari qui prend des médicaments pour le cœur.

— Bienvenue au club, répondis-je dans un nouveau soupir. Ma vie consiste généralement en un garçon de sept ans qui veut devenir soit biker, soit joueur de paintball professionnel. Mais dernièrement, elle a été entièrement occupée par ma fille et son mari qui se chamaillent plus souvent qu'à leur tour. Sincèrement, je ne comprends pas pourquoi Tegen ne prend pas un boulot au journal du coin au lieu de se débattre dans le monde de la publicité. Je ne sais pas combien de temps je vais encore supporter d'être sous le même toit qu'eux. Hawk est supposé guérir, mais comment est-ce possible dans une maison qui est une vraie poudrière ? Je n'en ai aucune idée.

Ma fille était fougueuse, aucun doute là-dessus. Belligérante et démonstrative seraient des qualificatifs faibles pour la décrire. Tegen portait l'opiniâtreté à un niveau jamais atteint. Elle se battrait jusqu'à ce que mort s'ensuive, qu'elle ait tort ou raison. Certains moments que je passais avec elle et Cage me laissaient vraiment perplexe quant à leur relation. Toujours à se quereller, à crier ou à refuser de s'adresser la parole, et pourtant, ils semblaient en même temps s'équilibrer. C'était une dynamique étrange, mais qui apparemment fonctionnait.

Je devais accorder du crédit à Cage, malgré tout. Quiconque capable de résister aux explosions régulières de Tegen et à sa conduite généralement brute de décoffrage était soit sincèrement épris d'elle, soit jamais rassasié de punitions.

Connaissant Cage comme je le connaissais, je savais sans l'ombre d'un doute que la première option était la bonne. Ce qui ne signifiait pas pour autant que j'avais envie d'être témoin de leur manière unique de manifester leur amour réciproque.

Quant à Hawk et moi, nous ne bénéficiions pas tellement d'intimité pour… eh bien, pour quoi que ce soit.

Je fermai les yeux, inspirai profondément, ce qui n'aida en rien à apaiser ma tension nerveuse. Je n'avais pas l'habitude de ces… de ces interruptions permanentes. J'avais eu une vie tranquille, prévisible, à San Francisco, et maintenant que j'étais de retour à Miles City, elle était tout sauf ça.

— Et Hawk, ajouta Eva. Il est dans ta vie aussi maintenant.

— Quand cela n'a-t-il pas été le cas ? lançai-je malicieusement.

— Doooooorothy…

Eva étira à souhait mon prénom, comme une plainte enfantine.

— Evvvvvvaaaaa, répondis-je en l'imitant.

— Doooorothy, répéta-t-elle.

— OK, d'accord, dis-je brutalement en laissant tomber la cuillère. Elle cliqueta sur le comptoir tandis que je fusillai Eva du regard. La vérité, c'est que je n'ai pas eu de rapport sexuel depuis la dernière fois avec Jase, ce qui remonte à peu près à mon cinquième mois de grossesse. Pour tout t'avouer, je suis terrifiée !

À ma surprise, Eva ne sembla pas le moins du monde choquée par cette révélation. Au lieu de cela, elle afficha un air légèrement content d'elle, comme si elle s'était attendue à cette réponse de ma part. Je ne savais pas si je devais me montrer blessée qu'elle m'ait piégée encore une fois, ou me sentir sur un petit nuage à l'idée qu'elle me connaisse suffisamment bien et s'intéresse à moi au point de prendre le temps de vraiment me comprendre. De voir au-delà des murs que j'avais érigés autour de moi.

— Tu sais de quoi tu as besoin ? demanda-t-elle.

Coudes sur le comptoir, elle posa son menton dans ses paumes et me regarda avec sérieux.

Je secouai la tête. L'avais-je jamais su ? Je me moquais intérieurement de moi-même. Non, certainement pas.

— Quoi ? l'interrogeai-je, hésitante, pas sûre de vraiment tenir à découvrir ce qu'elle me gardait en stock.

— D'une baise sauvage, dit-elle, solennelle.

Je haussai un sourcil.

— Pardon ?

— Une baise sauvage, répéta-t-elle. La seule chose dont tu aies besoin, c'est de prendre le contrôle. Oublie tout le reste – le passé, ton âge –, oublie tout ce qui n'est pas Hawk et toi, et ce que *tu* veux. Et surtout, ce que tu veux lui faire, acheva-t-elle sur un sourire rusé.

— Je ne suis pas… le genre baise sauvage, dis-je en butant sur l'expression tandis que mon visage s'empourprait. Je cherchai désespérément un mot qui décrirait de manière adéquate ce que j'étais exactement et ne trouvai rien. Je suis… du genre baise poussiéreuse, finis-je avec un soupir.

Je me sentais ridicule.

Le visage d'Eva se creusa quand elle afficha une consternation exagérée.

— Tu es dans la quarantaine, Dorothy, pas dans la tombe ! Alors rentre chez toi, jette ta fille dehors, monte, déshabille-toi et saute sur ton homme.

— Il peut à peine marcher, sifflai-je.

— Il n'a pas besoin de sa jambe pour ça, rétorqua-t-elle sur le même ton.

— Il aura besoin de sa troisième jambe, intervint une nouvelle voix.

Eva et moi-même levâmes la tête pour découvrir Christina, la petite amie lourdement tatouée de Bucket. Elle franchissait d'un pas chancelant les portes battantes de la cuisine. Elle ne portait qu'un soutien-gorge noir, un string assorti et une paire de talons aiguilles rouge sang. Elle se promena d'une démarche pesante sur le lino avant de s'écrouler sur la chaise la plus proche.

Jamais je ne l'avais vue aussi défaite, avec ses longs cheveux noirs emmêlés. Son maquillage sombre avait coulé autour de ses yeux, ce qui lui donnait l'apparence d'un raton laveur. On aurait dit qu'on avait essayé de lui retirer son rouge à lèvres de force et qu'il était allé s'étaler sur sa joue.

Je lançai un regard interrogateur à Eva, qui secoua la tête en roulant les yeux.

— Nous parlons de la troisième jambe de qui ? s'enquit Christina.

— Celle de Hawk, répondit Eva.

Elle m'offrit un large sourire auquel je répondis en montrant les dents.

— Oh, commenta Christina qui avait l'air de s'ennuyer. T'as juste à monter en selle et chevaucher, ma fille.

— Tu vois, ajouta Eva rapidement, je te l'avais dit.

— Ce n'est pas si facile, protestai-je.

— Et pourquoi donc ? s'exclama Christina. Je veux dire, c'est pas comme si t'étais jamais montée sur cette bête-là auparavant. Sérieusement, D., tu t'es amusée avec ce manche pendant combien de temps dans le dos de Jase ? Cinq, dix ans ? Tout le temps ?

J'en restai bouche bée. J'avais oublié à quel point Christina se montrait crue. Elle n'avait aucun filtre, aucune réserve, et avait toujours plus ressemblé aux garçons que n'importe quelle autre femme du club. En fait, elle ressemblait beaucoup à ma propre fille, mis à part que Tegen préférerait mourir plutôt que de parader dans tout le club en dessous de dentelle et talons hauts.

Plus j'y réfléchissais, plus je me rendais compte qu'ici la plupart des femmes étaient comme Christina. À l'exception de quelques-unes, c'étaient des femmes dures, aux personnalités de viragos, par essence suffisamment fortes pour supporter le genre d'hommes appartenant à l'équipe de Deuce.

Comment avais-je atterri ici ?

Bien que j'eusse trompé mon mari avec un homme marié, et, plus tard, eusse entretenu une liaison dans le dos de mon amant, si l'on se référait aux standards des membres féminins du club, j'étais exceptionnellement fade. Une gazelle jetée dans la fosse aux lions qui s'était débrouillée d'une manière ou d'une autre pour y survivre.

Pas nécessairement indemne, mais une survivante malgré tout. Pas de doute, la vie vous prenait parfois de court.

— Qu'est-ce qui se passe dans ce cerveau dingue qui est le tien, Dorothy ?

Je levai les yeux vers Eva, secouai mes pensées, et haussai les épaules.

— Seulement… tu sais, comment ai-je atterri ici, bon sang ?

Eva sourit. C'était l'un de ses sourires épanouis et chauds qui vous donnaient l'impression qu'elle savait des choses ignorées des autres. J'aimais et détestais cela chez elle, la manière dont elle pouvait illuminer une pièce d'un simple mot ou d'une expression de son visage.

— Tu as fini ici, dit-elle, parce que c'est chez toi. C'est peut-être pas toujours joli joli, en fait la vie est parfois carrément moche, mais tout arrive pour une raison, Dorothy. Tout.

Sa déclaration était presque exactement la même que celle de Hawk. C'était aussi ce que j'avais déclaré un jour à Tegen pour la calmer. Bien que je n'aie jamais vraiment cru au destin ou à la fatalité, je ne pouvais m'empêcher de penser qu'il y avait peut-être là une vérité. Même Hawk avait reconnu avoir commis des erreurs.

Pourtant… Peut-être que nos erreurs étaient ce qui nous conduisait là où nous étions supposés aller dès le départ. Serait-il possible que, sans elles, nous ne soyons pas devenus les gens que nous étions supposés être ? Et si nous avions fait d'autres choix, que serait-il advenu de nous tous ?

Serions-nous malgré tout arrivés au même endroit ?

Oh, Seigneur, je commençais à avoir mal au crâne. Cette ligne de pensée me rappelait beaucoup mon enfance, quand mes parents avaient tenté d'instiller la religion en moi, et que je m'étais débattue bec et ongles. Certes, j'avais été une romantique dans l'âme, mais lorsqu'on en arrivait à la foi aveugle, j'avais toujours eu besoin d'une preuve concrète, quelque chose qu'ils ne pourraient jamais me donner.

Or peut-être que l'amour était une foi aveugle en l'avenir. Et peut-être était-ce pour cela qu'il avait été si difficile pour moi d'abandonner ce que je connaissais et d'aller de l'avant vers ce que je voulais vraiment.

— Est-ce que les deux débiles éperdues d'amour que vous êtes pourraient penser à autre chose qu'aux hommes ? lança soudain Christina. Vous me rendez malade.

— Je crois que c'est ta consommation excessive d'alcool qui te rend malade, commenta sèchement Eva.

— En parlant d'être malade, tiens, continua Christina après avoir lancé un regard acéré à Eva, l'une de vous deux doit détacher ce pot de colle de Cox avant que Kami n'arrive et voie à quoi son mec s'occupe.

Je fronçai les sourcils.

— Qu'est-ce que les relations entre Cox et Kami ont à voir avec toi ?

— Ouais, ajouta Eva, et depuis quand tu t'intéresses à ce que trafiquent les gars ?

— Depuis ça, dit-elle, majeur tendu.

Eva et moi-même nous penchâmes pour mieux voir. Son doigt s'ornait d'un diamant plutôt extravagant.

— Félicitations ! s'exclama Eva qui bondit et applaudit. Quand est-ce arrivé ?

— La nuit dernière, répondit Christina platement. Ce foutu truc ne va pas au bon doigt.

Eh bien, cela expliquait son allure du jour. Ils avaient vraiment dû se lancer dans de longues célébrations. Pour Bucket, les fêtes consistaient généralement en un harem de femmes pendant que Christina aboyait des ordres.

— Il est facile de la faire ajuster, suggérai-je.

Elle roula les yeux.

— C'est chiant. Mais revenons-en à ce que je disais. Je n'apprécie pas ces petites bâtardes qui reniflent dans tous les coins du club après nos hommes. J'ai prévenu Bucket : plus d'autres filles maintenant qu'on est fiancés.

Elle semblait si heureuse – enfin, autant qu'elle soit capable d'en avoir l'air – que je n'avais pas le courage de lui dire que personne ne recherchait la compagnie de Bucket. Son apparence dépenaillée et son manque de propreté avaient pour corrélatif que les filles qui le fréquentaient étaient généralement payées pour cela. Dirty, un autre membre du club, avait été exactement pareil avant qu'Ellie, sa petite amie, ne provoque sa transformation. Lui, Bucket et Freebird étaient les trois hommes les moins attirants que j'aie jamais rencontrés. Débraillés, pas coiffés, généralement sales, et toujours à faire ou à déclarer quelque chose d'absolument écœurant.

— Cette nana là-bas, elle bassine Cox pour qu'il l'emmène dîner et elle veut le présenter à ses parents. Sérieusement, D., va jeter un coup d'œil à ce bordel. Elle est à fond sur lui, comme une grosse chienne en chaleur. Je suis à deux doigts de la ramener sur terre. Je suis une régulière légitime maintenant, et si je la vois en train de s'approcher de mon mec…

Christina s'interrompit, pinça ses lèvres au rouge à lèvres étalé et agita un doigt à l'ongle affûté comme un rasoir dans l'air.

— Non. Et non. Elle doit apprendre où se trouve sa place, et vite.

— Hum, marmonna Eva. Je ne suis pas d'humeur à aller sermonner les cafards du club totalement concentrés sur leur but.

— Mais ce n'est pas ton boulot ? plaisantai-je. Dieu seul sait que tu n'as rien de mieux à faire, comme être une mère, une épouse ou…

— C'est ça, confirma-t-elle. Parce que pendant mon temps libre, j'adore enseigner aux femmes débauchées comment fonctionne le club, leur expliquer ce qui est autorisé ou pas avec nos hommes. Règle numéro 1 : ne pas flirter sous le nez de l'officielle. Règle numéro 2 : ne pas tenter une fellation sous le nez de l'officielle. Règle numéro 3 : ne jamais pleurer sous le nez de l'officielle lorsqu'il vous demande de ne pas le sucer devant elle.

À une époque de ma vie, la vérité amère des paroles d'Eva m'aurait offensée, probablement même poussée aux larmes. Mais j'étais tout sauf offensée : après tout, la crudité mise à part, c'était vrai et j'avais été bien placée pour le savoir.

— Je lui parlerai, dis-je avec un soupir. Elle s'appelle comment ?

— Lucy, répondit Christina. Et son vagin est aussi détendu que celui de la fille du même nom dans *Le Parrain*. Ce qui explique que Cox ne la prenne que par-derrière. En parlant de ça, faut que j'aille chier.

Elle s'appuya sur la table pour se lever de sa chaise. Elle vacilla un moment sur ses talons avant de retrouver son équilibre.

— Trop d'informations, Christina, grommelai-je en quittant rapidement la cuisine. Bien, bien trop d'informations.

Je trouvai Cox assis au bar avec quelques autres gars : Chips, Worm et Danny D. Lucy se trouvait exactement où Christina l'avait dit : pendue à Cox.

Tandis que je me dirigeai vers eux, je remarquai les points communs entre Lucy et moi lorsque j'avais commencé à venir au club. Elle était jeune, la petite vingtaine, et d'une taille inférieure à la moyenne, tout comme l'était sa beauté. Si elle n'était pas si maquillée, si ses cheveux sombres n'étaient pas coupés si court, elle paraîtrait sans aucun doute quelconque, voire mignonne, au mieux. De plus, elle s'accrochait à un homme marié avec lequel elle n'avait aucune chance d'entretenir une relation autre que sexuelle. Les yeux levés sur lui, elle le buvait du regard comme s'il était tout ce qu'elle ait jamais désiré, jamais rêvé de trouver chez un homme, et qu'il ne puisse jamais mal se comporter.

Cox. Ne jamais mal se comporter. Seigneur Dieu, à quoi pensait donc cette fille ?

Tout cela était si douloureusement familier. Plus je m'approchais du bar, plus un sentiment étrange s'emparait de moi, une sensation de *déjà-vu*. Brusquement, un souvenir m'assaillit…

— Quoi de neuf, petite D. ?

Ripper m'accueillit avec un large sourire, bras tendus en signe de bienvenue.

J'éprouvais encore un sentiment brûlant de rejet, phénomène récurrent quand Jase rentrait chez lui retrouver sa femme, mais je me glissai entre les bras de Ripper et mon anxiété s'atténua. Le club, les gars, avaient cet effet sur moi, me donnant une sensation de réconfort et de sécurité alors que le reste de mon monde n'était que tourmente.

— Rien, répondis-je en lui rendant son étreinte.

Comment agir autrement ? Il était si incroyablement beau et jeune. Ses cheveux blonds et longs étaient légèrement ondulés, sa peau dorée parfaite épousait étroitement une incroyable structure osseuse, et il était doté d'un corps également superbe.

— Où est mon câlin, garce ? cria Cox.

Le partenaire de Ripper, dans le mal comme dans l'humour, me faisait signe de le rejoindre. Sans chemise, son corps lourdement tatoué et percé exposé, le beau Latino jouait des sourcils de manière suggestive.

— Pas question, répondis-je en secouant la tête. La dernière fois, tu m'as malaxé les fesses.

Le sourire de Cox s'élargit.

— C'est pas vraiment juste que Jase soit le seul à en profiter. J'ai le droit de tester, non ?

Je roulai les yeux.

— Non.

Prenant conscience que je n'étais pas d'humeur à me laisser tripoter, Cox laissa tomber ses bras et son sourire laissa la place à un air renfrogné.

— Mec, grommela-t-il en tapant du poing contre le bar. Ça fait deux fois maintenant qu'on me rejette. Passe-moi le Jack.

— On en revient encore à cette histoire ? demanda Blue.

Installé dans son coin habituel du bar, Blue attrapa la bouteille d'alcool sur le comptoir et l'enfouit dans son gilet de cuir. Derrière sa longue barbe blanche, ses lèvres fripées s'incurvèrent en un sourire, ses yeux d'un blanc laiteux étincelant d'un humour plein de jeunesse.

Personne ne connaissait l'âge véritable de Blue. Une chose était sûre : même les plus anciens des frères ne l'avaient pas connu sans sa tignasse et sa barbe couleur neige. Malgré son âge, il pouvait tenir son rang et aimait à le prouver en buvant bien plus que quiconque, jeune ou vieux, y parviendrait jamais.

— Sale vieil avaricieux, marmonna Cox. Tu vois pas que je souffre ?

Blue arqua un sourcil blanc broussailleux.

— La ferme, idiot. Tu ne souffres pas, tu boudes comme un sale bébé.

Perdue, mon regard passa d'un homme à l'autre.

— Que s'est-il passé ? demandai-je.

— Rien ! dit Ripper en riant. Ce connard est encore furax parce que Kami s'est barrée au milieu de la nuit.

Cox se raidit, le dos droit.

— Qu'elle aille se faire foutre ! hurla-t-il. SE FAIRE FOUTRE !

Je roulai les yeux de nouveau. Quelques semaines plus tôt, Eva Fox, la fille de vingt-deux ans du président des Silver Demons, était sortie de nulle part, son amie Kami dans son sillage. Eva, qui entretenait une liaison avec Deuce, s'était dirigée droit sur lui, et Kami avait passé trois jours au lit avec Cox et Ripper. Puis les deux femmes en avaient eu assez et s'étaient volatilisées au milieu de la nuit. Cox, qu'on n'avait jamais quitté jusque-là puisqu'il partait toujours en premier, ne le prenait pas très bien. Et à en juger par la crise de rage qui se déroulait dans le bureau de Deuce, à coups de jurons bruyants et de meubles brisés, le tout accompagné de lourds gémissements féminins, il en allait de même pour le président.

En fait, personne n'était franchement ravi de ce qui s'était passé. J'avais immensément apprécié la compagnie d'Eva, aussi bref que son séjour ait été. Pas une seule fois elle ne m'avait traitée comme étant moins que son égale. La plupart des familles des garçons, leurs femmes et leurs enfants, ne payaient que peu d'attention à ma personne, voire aucune. Afin de garder secrète ma liaison avec Jase, dont seuls les gars et les groupies du club étaient au courant, on m'avait collé à moi aussi l'étiquette de groupie, et résultat, j'étais considérée comme *persona non grata*, indigne d'eux. Je n'étais pas une régulière, par conséquent, je n'étais rien à leurs yeux. Rien d'autre qu'une brebis.

Cela avait été si agréable de parler avec une autre femme au club, et qui n'était pas uniquement là pour écarter les jambes. Eva était respectée en tant que fille de Preacher. Alors même qu'elle jouissait de cette position, elle m'avait traitée avec respect. Je ne pouvais qu'imaginer les différences entre le MC des Demons et celui des Horsemen. Les brebis confiées à Eva étaient probablement mieux considérées que les régulières.

Mais c'était en Deuce que son arrivée avait provoqué le plus grand changement. Durant ces trois jours, il avait été un autre homme. Son froncement de sourcils permanent s'était atténué, il avait lancé des blagues et des sourires, il avait été heureux. Et quand Deuce était heureux, le club l'était aussi.

Maintenant qu'Eva était partie, Deuce était misérable, et tout le monde avec.

Sauf Ripper. Comme toujours, tout ça ne le touchait pas, rien au monde ne l'atteignait et il riait comme un dingue devant l'expression amère de Cox.

— C'est une garce snob et pourrie gâtée, poursuivit Cox. C'est parce que je suis Portoricain. C'est une foutue raciste. La viande de couleur n'est pas appréciée.

— Laisse tomber, intervint Ripper. On dirait une pleureuse.

— Attends, s'immisça Blue, tu veux dire que tu n'es pas Mexicain ? (Le vieil homme secoua la tête.) Quand je pense que j'ai passé tout ce temps à le croire.

Les yeux de Cox s'écarquillèrent. Il en était bouche bée. Sur ces entrefaites, l'une des portes à double battant du bureau de Deuce s'ouvrit violemment et alla s'écraser dans un bruit sourd contre le mur, interrompant Cox avant qu'une nouvelle idiotie franchisse ses lèvres.

Nous nous tournâmes tous les quatre, pour voir Deuce s'engouffrer comme une tornade dans la pièce. Il tenait son gilet dans une main, son pantalon en cuir déboutonné pendait sur ses hanches. Miranda, sa brebis habituelle, le suivait d'un pas nonchalant. Elle prit un siège au bar, sortit un paquet de cigarettes et un briquet de son haut décollé, en plaça une entre ses lèvres pleines et roses et l'alluma.

Certains pouvaient trouver Miranda belle, tout en jambes et avec une crinière blonde luxuriante, mais personnellement, je le considérais plus vulgaire qu'autre chose. Pour autant, je gardais mes sentiments pour moi. Je n'étais pas en position d'exprimer mon aversion pour le goût manifesté par Deuce lors de ses activités extraconjugales. Pas quand la plupart des gens me considéraient moi-même comme un loisir du même type.

— Vous prévoyez de ne rien foutre de la journée, bande de crétins ? hurla-t-il en nous dépassant d'un bon pas. Ou de vous contenter de rester sur votre cul à descendre mon alcool ?

Personne ne pipa mot, le suivant des yeux tandis qu'il martelait le sol en traversant la pièce. Il avait presque tourné à l'angle du mur lorsqu'il s'arrêta brusquement et se tourna.

— Barbecue demain, grogna-t-il. Tu cuisines, D. ?

Surprise, je ne pus qu'opiner en réponse. Il hocha la tête à son tour avant de disparaître.

— Il souffre, commenta Blue avec un mouvement de tête dans la direction où s'était évanoui Deuce. La gamine débarque de nulle part, et tous les deux, c'est déjà de l'histoire ancienne. Elle lui dit qu'elle l'aime, lui permet de goûter à ce qu'il a toujours désiré, et pouf ! elle n'est plus là.

— De quoi tu parles ? lança Cox. T'essaies de me dire que le prés' en pince pour une Demon ?

— Tu plaisantes, hein ? renifla Miranda avec mépris. Elle se pencha sur le comptoir, ses seins remontant presque jusqu'à son menton. Il en a rien à cirer de cette gosse.

Blue l'ignora et se tourna vers Cox.

— T'es bouché à l'émeri ? Preacher l'a prévenu que s'il touchait encore une fois à Eva, il le butait. Et résultat ? Il la touche de nouveau. Et encore. J'appelle ça en pincer méchamment.

— Dans ce cas, qu'elle aussi aille au diable, gronda Cox.

— Allô ? lança Miranda qui paraissait courroucée. Y a quelqu'un ? Eva était une distraction sexuelle, rien de plus.

Blue, exaspéré, reporta son attention sur la jeune femme et lui offrit un sourire édenté condescendant.

— Tu veux dire que si Eva ramenait son joli petit cul au club là tout de suite, Deuce ne te laisserait pas tomber comme une patate chaude pour l'emmener directement dans son lit ?

Miranda se raidit, l'air hostile, mais ne desserra pas les lèvres.

Blue haussa les épaules, impénitent.

— J'suis peut-être vieux, j'ai peut-être oublié quelle année on était, mais je sais reconnaître quand c'est pas du flan. Et Deuce et Eva, c'est du lourd. C'est toi, la distraction, ma fille. Autant te remettre la tête à l'endroit avant que tu perdes le peu de cervelle qu'il te reste encore.

Je plaquai ma main sur ma bouche, tentant d'étouffer mon rire, mais trop tard. Tout le monde m'avait entendue.

— Qu'est-ce qui te fait rire ? exigea de savoir Miranda, les narines frémissantes sous le coup de la colère. Tu ne vaux pas mieux que moi ! Tu veux parler de ce qui est réel, Dorothy ? Le mariage de Jase et Chrissy, voilà ce qui l'est !

Mon estomac se retourna nerveusement, ramenant toutes mes insécurités à la surface. Mon sourire quitta mon visage en même temps que ma main.

Je savais que je n'étais pas comme Miranda, que je n'avais rien en commun avec elle. Elle n'aimait pas Deuce ; elle n'aimait que ce qu'être avec lui pouvait lui rapporter. Moi, j'étais amoureuse de Jase, de tout mon cœur. Et il m'avait promis qu'il quitterait sa femme.

Mais... Si tout cela était complètement vrai, pourquoi une insulte insignifiante venue d'une femme comme Miranda avait la capacité de me blesser ?

Avec un sourire satisfait, cette dernière se laissa glisser de son tabouret.

— Il est temps que tu apprennes quelle est ta place ici, cracha-t-elle.

Elle tourna les talons, traversa la pièce d'un bon pas pour disparaître par le même couloir qu'avait emprunté Deuce.

— Ne lui prête pas attention, lança Blue. Elle ne s'est toujours souciée que de gravir les échelons au club. Tu n'es pas comme elle, Dorothy, tu m'entends, ma fille ? Tu ne lui ressembles pas. Je reconnais les gens bons quand j'en croise, et je n'ai jamais rien vu d'autre que ça en toi.

— Ouais, qu'elle aille se faire voir, D., confirma Ripper en me pinçant encore une fois amicalement. Elle n'a aucune idée de ce sur quoi elle balance.

— Qu'elles aillent toutes au diable, renchérit Cox. En particulier Kami. Stupide garce.

— Bon sang, mec, t'as un faible pour cette New-Yorkaise snob et bonne à rien d'autre qu'à baiser ?

Cox le fusilla du regard.

— T'essaies de me dire que toi pas ?

Ripper haussa les épaules.

— Kami est une sacrée fêtarde. Les nanas comme elle ne sont pas utiles à grand-chose d'autre. En plus, elle est bien trop maigrichonne. Faut bien que je m'agrippe quelque part, non ? Là, y a que dalle.

— Dans ce cas, pourquoi je la partageais avec toi ?

Ripper eut l'air offensé.

— Frère, je ne dis pas non à des nanas sexy qui s'offrent gratuitement.

— Va mourir.

— Après toi, connard.

Tandis qu'ils poursuivaient leurs disputes habituelles et leurs chamailleries incessantes, un nouveau sourire étira mes lèvres et je me détendis. Si quelqu'un était capable de me faire oublier mes problèmes, c'était les garçons. Plus particulièrement ces deux clowns.

— Pourquoi vous allez pas crever tous les deux et me laissez finir mon verre en paix ? hurla Blue.

— Est-ce même possible ? riposta Cox. Je veux dire, mec, quand as-tu jamais fini de picoler ?

Plus tard le soir même, après une journée passée à boire et à m'apitoyer sur mon sort, j'avais fini seule et ivre au bar. J'étais sur le point de mettre un terme à la soirée et de rejoindre la chambre de Jase quand une imposante silhouette sortit des ombres.

— C'est pas marrant de se saouler seule.

— Hawk ! m'exclamai-je, main sur la poitrine. Tu m'as fait peur.

Le visage de marbre, Hawk s'avança vers le bar. Il se glissa sur le tabouret à côté du mien. D'un geste, il indiqua la rangée de bouteilles sur l'étagère.

— Je prendrai deux verres de ce que tu bois.

Puis il sourit.

C'était la première fois que je le voyais sourire.

— Quoi de neuf, petite D. ? lança Cox, me ramenant au présent. T'as besoin d'un verre, ma belle ?

Je souris et secouai la tête.

— Non, je voudrais juste emprunter Lucy un moment.

La tête de cette dernière émergea du cou de Cox. Elle avait les lèvres gonflées par des baisers enfiévrés. Elle me regarda, perplexe, et demanda :

— Moi ? Pourquoi ?

Je haussai les épaules.

— Histoire de discuter.

— Vas-y, l'encouragea Cox.

Par-dessus sa tête, il articula silencieusement : « Merci, merci, merci », de manière plutôt théâtrale.

Quand Lucy arriva à mon niveau, je la pris par le bras et la menai hors de la pièce.

— J'aimerais te raconter une histoire, murmurai-je. C'est au sujet d'une jeune femme qui est tombée amoureuse d'un homme marié, et des nombreuses années de malheur qui s'en sont suivies.

Lucy s'arrêta, m'obligeant à faire de même.

Levant vers moi ses yeux de chiot pleins de naïveté, elle sourit tristement.

— On lit en moi si facilement que ça ?

— Non, mentis-je. Malheureusement, je suis une experte dans ce domaine.

15

Hawk était étendu sur le lit. Quand Cage passa la tête dans l'entrebâillement de la porte, il était en train de lire l'un des nombreux manuscrits de Tegen refusés par des éditeurs et que cette dernière lui avait fourrés entre les mains.

— Tu as de la visite, vieux, dit-il en lui offrant un sourire sinistre.

Hawk lui fut reconnaissant de l'interruption. Il jeta sur le côté l'épais dossier de pages imprimées. Pour autant qu'il était capable d'en juger, il s'agissait d'une histoire d'amour, ou tout du moins, c'était une tentative de la part de Tegen de décrire une histoire d'amour. Concrètement, cela ressemblait plus à un assemblage décousu de mots emplis de haine, une lecture interminable, qu'elle tentait de faire passer pour une histoire d'amour. Après deux heures sur le texte, Hawk avait le sentiment qu'on jouait une partie de ping-pong dans son cerveau.

Il supposait que, d'une certaine manière, l'histoire reflétait la femme qui l'avait écrite ; après tout, il avait souvent pensé qu'il serait bon que Tegen avale une bonne dose de calmants pour se détendre. Comment Cage se débrouillait avec ça… Ouais, Hawk n'en avait aucune idée. À sa place, il se serait tiré de la ville aussi vite que possible, pour mettre une distance maximum entre elle et lui.

Mais il savait bien qu'on ne choisissait pas de qui on tombait amoureux. Lui s'était enflammé pour une femme mariée qui avait un petit ami à lourder. Malgré tout, il ne pouvait s'empêcher de croire qu'il avait tiré un meilleur lot que Cage, dans la mesure où la mère était bien moins versatile que la fille.

Évidemment, Dorothy avait ses humeurs. Parfois, ses explosions émotives lui donnaient même envie de se planter un couteau dans l'œil, mais Tegen…

Seigneur Jésus.

Les murs de cette maison étaient fins, trop fins, et Hawk se retrouvait obligé d'écouter dispute après dispute. Elles se terminaient invariablement par quelque chose qui se brisait ou par ce qui semblait être une séance de jambes en l'air – est-ce que les animaux pris de rage copulaient ? – et il envisageait de s'étouffer tout seul à l'aide de son oreiller.

— Tu t'éclates bien ?

La porte de la chambre s'ouvrit, révélant Deuce. Il balaya rapidement la pièce du regard avant d'y entrer. Il était suivi de Ripper, qui ferma immédiatement derrière lui. Deuce traversa la pièce, le plancher grinçant bruyamment sous ses lourdes bottes. Ripper, lui, resta près de la porte, ses yeux se posant partout sauf sur Hawk.

C'était la première fois que ce dernier rencontrait l'un de ses frères, Cage mis à part, depuis qu'ils l'avaient tiré des griffes des Russes. Ce rejet l'avait touché. Pour autant, il ne leur en voulait pas. Comment le pourrait-il ? D'une certaine manière, il les avait trahis en leur mentant pendant toutes ces années. Malgré tout, il avait gardé espoir qu'une fois que Deuce leur aurait tout expliqué ils lui pardonneraient. À en juger par l'expression de Ripper, ce n'était pas le cas.

Hawk refoula ses sentiments et se tourna vers Deuce. Il y avait des choses bien plus importantes que ses blessures d'amour-propre à discuter.

Il avait attendu que Deuce se montre, redoutant ce moment et l'anticipant à la fois. Une partie de lui souhaitait qu'on en finisse, mais l'autre avait désespérément envie que les choses soient différentes. Encore plus pour Dorothy et Christopher que pour lui-même. Parce qu'il n'en avait rien à cirer de ce qui lui arriverait, mais il y avait plus en jeu que sa petite personne.

Marrant comme d'avoir un gosse changeait entièrement votre vision de la vie.

— J'écoute Tegen et Cage baiser à mort, dit-il en levant de nouveau les yeux vers Ripper, qui ne lui avait même pas jeté un coup d'œil. Je pense m'être plus marré avec les Russes.

— Ouais, marmonna Deuce sur un léger hochement de tête. J'y comprends rien à ces deux-là, mais d'une manière ou d'une autre, elle le garde dans le droit chemin, concentré sur les enjeux, et y a pas vraiment grand-chose d'autre qui compte.

» Et en parlant d'enjeu, ajouta-t-il, j'ai vu D. au club. Elle a dit que tu te sentais mieux, et j'en ai déduit qu'il était temps qu'on parle.

— Deux semaines, prés', répondit Hawk, s'assurant que chacun des mots qu'il prononçait était aussi dénué d'émotion qu'il aurait aimé l'être lui-même. Je sais ce que j'ai à faire. Donne-moi juste deux semaines avec elle, c'est tout ce que je demande.

Deuce décroisa les bras et laissa tomber son visage entre ses mains. Il passa ses doigts dans ses cheveux et souffla bruyamment.

— Frère, commença-t-il.

Mais Hawk ne le laissa pas poursuivre.

— Prés', je t'en prie, dit-il en luttant pour se redresser sur le lit. Il faut que je voie mon fils. Et que je passe du temps avec eux deux... avant...

Il se rendit compte qu'il avait laissé échapper les sentiments qu'il espérait garder sous coupe. Ses mots et son langage corporel les trahissaient. Il s'interrompit.

Comme Deuce ne répondait pas, se contentant de se tenir là, regard rivé au sol, Hawk eut un soupir tremblant.

— Je ferai ce que je dois faire, dit-il calmement. Promets-moi seulement de prendre soin d'eux, de t'occuper d'eux. Depuis des années, j'essaie de donner de l'argent à Dorothy, mais elle ne l'utilise jamais, elle le place sur un compte pour Christopher. Je ne veux plus qu'elle vive comme ça, je tiens à ce qu'elle soit ici, auprès de sa fille et de toi. Dans une foutue maison qui lui appartienne, pour une fois.

Deuce leva la tête. Ses yeux d'un bleu froid évaluèrent Hawk.

— T'as pas à t'inquiéter de ces conneries, tu sais qu'on prend toujours soin des nôtres. Et si tu veux deux semaines, tu les as. Bon sang, t'en veux trois ? Pas de souci non plus. Je sais que tu sais ce que tu as à faire, et je sais que tu le feras. C'est pas pour ça que je suis ici.

Deuce s'arrêta et prit une profonde inspiration. Sa poitrine se souleva de manière visible, puis retomba et s'éleva de nouveau. Cette rare démonstration d'émotion de la part de son président surprit profondément Hawk. La colère mise à part, Deuce n'affichait pas ses sentiments. Les autres se comportaient de la même manière, sauf Cox, et même ce dernier camouflait généralement les siens sous son humour.

— Je n'aurais jamais dû t'envoyer à Vegas, dit Deuce. J'aurais dû être assez futé pour me rendre compte que tu risquais d'être repéré. En fait, je suis surpris que cela ne soit pas arrivé plus tôt, et tout ça est ma faute. J'aurais dû être plus prudent.

Hawk secoua la tête.

— Ce ne sont pas les Russes qui m'ont piégé. Je voulais t'en parler plus tôt, mais je me suis dit que tu avais suffisamment de merdes à gérer.

Deuce lui accordait maintenant toute son attention.

— Qui ? gronda-t-il.

À l'expression qu'il affichait, Hawk savait que Deuce connaissait déjà la réponse à cette question, mais qu'il voulait l'entendre de sa bouche.

— ZZ, répondit-il donc. C'est ZZ qui a monté ce coup. Il m'a tiré dessus, tabassé à mort. Il travaille pour Yenny. Il participe à des combats pour son compte.

La tension qui avait grimpé à l'évocation du nom de ZZ s'épaissit encore tandis que s'écoulaient quelques secondes silencieuses et inconfortables. Même Ripper, qui avait feint l'indifférence envers Hawk pendant tout ce temps, avait brutalement levé la tête, son expression, un mélange de choc et de rage.

— Prés', continua Hawk, avant, je n'étais pas si sûr que ça que l'abattre soit la meilleure façon de procéder, mais… il n'est plus lui-même. Il est devenu froid, prés', totalement froid, et c'est une foutue bombe humaine à retardement.

Ripper fit un pas en avant tandis que Deuce restait figé sur place. Mais même immobile, l'homme vibrait littéralement de fureur, ses narines dilatées. Ses avant-bras étaient agités de soubresauts, ses muscles pris de spasmes sous l'emprise d'une rage à peine contenue.

— A-t-il dit quoi que ce soit ? demanda Ripper.

Hawk comprit ce qu'il taisait. Après tout, ZZ était parti du principe que Ripper lui avait volé Danny. Et Ripper était maintenant marié à la jeune femme.

— Je ne crois pas que tu aies à t'inquiéter pour Danny, répondit Hawk. Il n'a pas digéré l'affaire, ça c'est évident, mais il n'est pas stupide au point de s'approcher de Miles City. Pas avec le club et les forces de l'ordre à sa recherche.

— Je le buterai, déclara sombrement Ripper.

Deuce tourna vivement la tête, l'intervention de Ripper ayant brisé son état de transe.

— Je le tuerai, dit-il entre ses dents serrées. Tu m'as entendu ? Moi. Moi, je le tuerai.

Chacun des mots de Deuce était férocement ponctué d'un venin verbal que Hawk n'avait entendu dans sa bouche qu'à deux reprises. La première, lorsque Eva avait été enlevée par Frankie, son mari aujourd'hui décédé, et la seconde lorsque Danny avait été kidnappée par Mama Vi, une femme de main réputée qui appartenait à un gang californien avec lequel les Horsemen avaient quelques soucis à l'époque.

Mais il y avait encore plus surprenant que la colère terrible de Deuce : l'attitude de Ripper. Lui, qui n'avait jamais ouvertement défié son président, se dressait maintenant face à lui, refusant en silence d'abandonner son droit à tuer.

— Tu veux te lancer à la poursuite des Russes ? gronda Deuce. Tu veux finir en chair à pâtée et laisser ma fille et ma petite-fille sans toi ? Parce que c'est ce qui arrivera si tu te barres, arme au poing, et essaies de descendre un salaud protégé par l'un des plus grands cartels au monde.

— Si je protège ma fille et le club, rétorqua Ripper, j'en ai rien à foutre de mourir au combat.

Soudain, la colère qui s'était emparée de Deuce sembla s'évanouir.

— Ouais, ouais, ouais, soupira-t-il avant de se détourner de Ripper. Mais je ne te laisserai pas passer à l'acte, alors reprends-toi avant que je te calme moi-même.

À voir Ripper, Hawk eut l'impression que les choses allaient rapidement dégénérer. Afin d'éviter d'avoir à être témoin de la raclée que Deuce allait infliger à son ami, Hawk s'éclaircit la gorge. Les deux hommes reportèrent leur attention sur lui. Il s'adressa à Deuce.

— Tout est en place avec les Russes ?

Deuce opina rapidement.

— J'ai deux clubs dans le coup, désireux de faire des affaires. Maintenant, nous n'avons plus qu'à espérer qu'ils ne péteront pas les plombs quand Yenny sera rayé de la carte, et qu'ils prendront ce que nous leur offrons.

Hawk ne pensait pas que cela présenterait un problème. Les Bratva étaient peut-être gourmands, mais comme n'importe quelle autre organisation criminelle, ils n'aimaient pas partir en guerre. La guerre était synonyme de pertes humaines, et perdre des hommes, c'était perdre de l'argent et des ressources. Lors d'une guerre, aucun des protagonistes ne gagnait vraiment.

— Je crois que pour une fois la loi va être de notre côté, dit-il.

Le poids de sa propre déclaration lui tomba lourdement dessus. Sa poitrine se serra, sa respiration s'accéléra, et il agrippa sa couverture avec assez de force pour que le tissu commence à se déchirer.

Reprends-toi, s'ordonna-t-il. *Reprends-toi*.

Sauf qu'il ne voyait pas comment y parvenir. Si on suivait le plan de Deuce, une fois que les gars découvriraient ce qu'il avait concocté et que Dorothy apprendrait ce que lui, Hawk, avait à accomplir, les semaines à venir allaient être un enfer pour lui sur le plan émotionnel.

Bon sang, il ne voulait pas que cette femme souffre à cause de lui, pas encore une fois. Pratiquement tous ceux qui l'avaient entourée l'avaient blessée.

— Je suis désolé, dit Deuce d'une voix calme.

Toujours agrippé à sa couverture, Hawk déglutit et secoua la tête.

— Non, dit-il entre ses dents serrées. Y a rien dont tu doives être désolé. Sans toi, je n'aurais jamais survécu aussi longtemps. (Plantant ses yeux dans ceux de Deuce, il le défia du regard.) Je n'aurais jamais rencontré Dorothy, et je n'aurais jamais été père. Je n'aurais jamais eu quoi que ce soit qui en vaille la peine.

Deuce plissa les paupières. Une expression coléreuse s'imprima sur son visage.

— Je n'ai pas agi ainsi pour toi, cracha-t-il, d'un ton aussi furieux que son expression. Ni pour Cox ou Ripper.

Il se tourna, épinglant ce dernier d'un regard noir avant de revenir à Hawk.

— Ni pour Dorothy. Pour aucun d'entre vous. Vous sortir de la rue, vous offrir un lieu où vivre, de la nourriture et des vêtements sur votre dos… J'ai fait tout ça pour moi.

» Je l'ai fait pour moi, répéta-t-il avec force, abattant sa main sur sa poitrine. Mon paternel m'a laissé un club rempli de vieux salauds comme lui. J'ai dû nettoyer la maison, y amener des gars dont je savais qu'ils me seraient loyaux, et à moi seulement. Qui plus que toi, petit merdeux qui bouffait dans les poubelles, les forces de l'ordre au cul, aurait pu l'être ? Je savais que si je te sauvais…

Deuce le foudroyait du regard, ses yeux brillants cerclés de rouge. Ripper, dans le dos de son prés', fixait ce dernier, l'air choqué. Ils étaient deux. Jamais personne auparavant n'avait été témoin d'un tel déploiement d'émotions chez Deuce. En même temps, Hawk lui était reconnaissant de cette explosion inattendue. Elle lui permettait d'une manière ou d'une autre de retrouver son propre équilibre émotionnel. Il parvint à relâcher sa prise meurtrière sur la pauvre couverture mutilée, et à desserrer les dents. Pour une raison quelconque, il avait toujours été capable de mieux se maîtriser quand les autres se disloquaient. Cette fois-ci ne faisait pas exception à la règle.

— J'avais bien conscience que si je te sauvais, poursuivit Deuce, *petit merdeux*, tu serais disposé à t'allonger et à mourir pour moi et pour ce foutu club ! Je suis responsable de ce bordel, tu me suis ? Responsable !

— Prés', rétorqua Hawk calmement, ce n'est pas à toi de porter ce fardeau. C'est le mien, ça l'a toujours été. La vérité est que, qu'importent tes raisons, tu m'as offert une vie que je n'aurais jamais eue. Que tu l'acceptes ou pas, je t'en remercie. Maintenant, le club passe avant tout le reste, est toujours passé et passera toujours en premier. Je tiendrai mon rôle, parce que je suis un Horseman avant tout, et nous agissons comme nous le devons pour permettre au club de survivre. Qu'importe le reste.

Ses mots n'eurent pas l'effet apaisant qu'il avait escompté ; au contraire, Deuce semblait encore plus agité. Il passait maintenant d'un pied sur l'autre, front plissé, traits tirés.

Hawk ne savait plus comment se comporter ou que dire. Résultat, il n'ajouta rien, prévoyant uniquement de rester hors de portée de la tempête tumultueuse qu'était Deuce West. Mais aucun orage n'explosa. De manière assez surprenante, Deuce sembla capable de reprendre un certain contrôle sur lui-même avant de s'enflammer totalement. Se dominant, il enfouit ses mains dans les poches de son pantalon de cuir. Même si son corps restait tendu, toute trace de fureur avait disparu de son visage.

Étrange, pensa Hawk, que tant de choses aient changé en si peu de temps. On dirait bien qu'il n'était pas le seul à avoir mûri dernièrement.

— Je vais m'arranger pour que Christopher vienne ici, dit Deuce brièvement. J'enverrai Tegen et Cage le chercher demain. De toute manière, c'est pas comme s'ils avaient quelque chose de mieux à faire que se taper dessus.

Sur ces mots, il se détourna et traversa la pièce, repoussant Ripper de son chemin. Soudain, il n'était plus là, laissant Hawk le regard dans le vide.

Quand Hawk se tourna vers Ripper, il découvrit que ce dernier l'étudiait, l'air plutôt triste.

— Le prés' t'a dit ?

Ripper acquiesça.

— Je l'ai coincé, je l'ai obligé à m'expliquer ce qui se passait avec toi.

— T'es toujours furax ? demanda Hawk.

Ripper haussa les épaules.

— Non. (Quelques secondes s'écoulèrent en silence.) Tu veux jouer aux jeux vidéo ?

— Frère, répondit Hawk, si t'arrives à monter la télé ici, j'en suis. J'ai été coincé à lire les foutus livres de Tegen.

— N'en dis pas plus, grimaça Ripper.

Lorsqu'il disparut dans le couloir, Hawk se laissa aller sur ses oreillers et ferma les yeux. Soufflant bruyamment, il s'obligea à ne pas se conduire comme une fillette. Après tout, il avait passé la seconde moitié de sa vie à s'attendre à ce que ce jour arrive, à l'espérer même.

Seulement, il ne s'était pas préparé à ce que cela se produise au moment où il aurait enfin obtenu tout ce qu'il avait toujours souhaité. Ça, plus que tout le reste, craignait vraiment grave.

16

— T'as oublié comment on coupait le bois, fils ?

Jase fusilla son père du regard.

Non, il n'avait pas oublié, bon sang ! En revanche, il ne savait plus comment fonctionner sans alcool dans les veines.

Après une bonne nuit de sommeil, sa gueule de bois avait disparu. Mais il s'était éveillé en ayant besoin d'un verre, et avait découvert que ce qu'il restait à boire dans le camion de Cage avait mystérieusement disparu, tout comme ses clés. Au début, cela l'avait rendu furax. Il avait tout renversé dans la maison de ses parents, fouillant sauvagement dans les placards et mettant les penderies à sac. Arrivé à ce point-là, il était désespéré. Il était allé jusqu'à regarder sous les lits et dans les tiroirs des commodes parentales, en quête d'une bouteille de n'importe quoi. N'importe quoi. Pour revenir les mains vides. Comme si cela ne suffisait pas, il avait fini avec le poing épais de son père s'écrasant sur son visage.

Alors qu'il était étendu au sol, la vision floue, il avait cru entendre son père le traiter de satané ivrogne, tandis que sa mère argumentait que ce n'était pas le cas, qu'il avait uniquement besoin d'un bon sevrage.

Après ça, tout s'était brouillé un peu plus. Ensuite, il s'était retrouvé dans son ancien lit, penché sur le côté, vomissant ce qui restait dans son ventre vide dans une petite poubelle que sa pauvre mère tenait sous sa tête.

Il passa les jours suivants soit au lit à dormir pour effacer la misère physique que son corps expérimentait, soit à faire les cent pas dans la pièce, essayant ainsi d'anéantir la nausée permanente et son besoin de se précipiter à la boutique de spiritueux la plus proche. Ce qui n'aurait pas manqué d'arriver si son père n'avait pas monté la garde devant la porte de sa chambre, un .22 long rifle dans les bras. Même le frère aîné de Jase, Daniel, s'était joint au groupe. Lui et Walter se relayaient pour le baby-sitter.

C'était à la fois humiliant et dégrisant, dans tous les sens du terme.

Et maintenant qu'il parvenait à marcher sans trembler et à s'exprimer sans haut-le-cœur, son père avait une liste de corvées à sa disposition. Mais au lieu de les appeler comme ça, son cher vieux papa y faisait tendrement référence en les qualifiant de punitions nécessaires pour s'être montré un tel crétin.

Dégager l'allée et le trottoir avait été inscrit en tête des châtiments débiles, suivi par le nettoyage des vitres, le grattage de la crasse de la vieille baignoire à pieds à l'étage, la remise en ordre du bazar monstrueux du grenier, la réparation d'un poteau brisé dans la haie du jardin, et maintenant, que Dieu lui vienne en aide, il en était à couper du bois dans la neige. Ce qui lui avait demandé la journée, parce que, pour des raisons qui lui étaient inconnues, ses parents éprouvaient un amour profond pour les cuisinières à bois.

Puis, histoire de rendre pires des circonstances déjà pourries, son autre frère s'était pointé le matin même avec sa femme et ses enfants dans son sillage. Une fille, un garçon, vêtus du bleu et du rose obligatoires, tous deux avec des visages de chérubins, des petits bouts bien élevés qui adoraient leurs parents et qui ne servaient qu'à stresser Jase quand le reste du monde s'ébahissait au-dessus de leur tête. En fait, Jase préférait presque se retrouver à l'extérieur, à se geler les fesses, ses mains se couvrant d'ampoules, plutôt qu'être enfermé à l'intérieur avec cette famille heureuse.

Il s'était demandé sans discontinuer pourquoi il était venu là, et continuerait à se poser la question s'il n'avait déjà deviné la réponse.

Comme toujours, son paternel avait eu raison à son sujet. Il était un ivrogne. Il s'était mis à beaucoup boire à l'instant où il avait découvert que le bébé auquel Dorothy avait donné le jour n'était pas de lui, que Hawk avait trahi les liens de la fraternité, et qu'en plus de tout Dorothy ne se souvenait même pas de lui, et par conséquent, ne voulait rien avoir à faire avec lui.

Il avait continué à boire pendant toute la durée du procès de Chrissy, et les années qui avaient suivi. Il avait lutté pour être un père, mais avait fini par être une nuisance pour ses filles, un salaud de gêneur si pris par ses propres soucis qu'il était incapable de leur prêter la moindre attention.

Et puis, encore plus tard, après que Dorothy avait retrouvé ses souvenirs et qu'il avait continué d'essayer de lui parler pour être chaque fois rejeté, il s'était tourné encore et encore vers la bouteille pour repousser la douleur que Dorothy provoquait en lui à chaque mot qu'elle ne prononçait pas, chaque regard qui ne lui était pas adressé, chaque contact physique qu'elle lui refusait.

Les années passant, il avait continué à descendre la même pente jusqu'à ce que boire s'inscrive dans sa routine quotidienne. Il fonctionnait mieux avec de l'alcool dans le système que sans.

Mais pour dire la vérité, l'évidence lui crevait maintenant les yeux. Après l'accès de privation suprêmement horrible qu'il venait d'endurer, il en était arrivé à la conclusion que son vieux, comme toujours, avait raison.

Lui, Jason Brady, était un foutu ivrogne.

Et malgré ses cellules cérébrales imprégnées d'alcool, revenir à la maison avait visiblement été un appel inconscient à une aide bien nécessaire.

Résultat, il débitait du bois, ou plutôt, essayait de débiter du bois. Ce n'était pas une tâche facile tant ses muscles lui donnaient l'impression d'être de la marmelade. Quant à l'odeur acide du cèdre, elle ne contribuait en rien à apaiser sa nausée constante.

Même s'il était plus grand et en bien meilleure forme que son père, Jase parvenait à peine à soulever la hache, sans même parler d'avoir suffisamment de puissance pour couper les rondins d'un seul mouvement, ce qui lui laissait l'impression d'être une pauvre femmelette. Sauf qu'une femmelette serait probablement bien plus utile à son père à la minute présente qu'il ne l'était lui-même.

— T'as réfléchi à ce que tu voulais faire ensuite ? demanda Walter.

Il n'attendit pas la réponse de Jase pour balancer sa hache. L'épaisse bûche se retrouva fendue de belle manière en son centre. Il marqua une pause, utilisa la manche de laine de sa veste en flanelle rembourrée pour essuyer la transpiration sur son front avant de reproduire le même geste.

Quand le bois se sépara en deux morceaux qui tombèrent du tréteau, il rejeta sa hache et se tourna pour se retrouver face à Jase.

— Alors ? demanda-t-il. Qu'est-ce que tu vas faire ?

Jase le fixa. La question le rendait perplexe. Qu'est-ce que son père entendait par là ?

— Rentrer, commença-t-il lentement. Retourner au...

— Club, acheva Walter pour lui. Et coucher à droite à gauche, et boire, sans aucun doute.

Jase marqua un temps, laissant les mots de son père s'infiltrer en lui. Et lorsque ce fut le cas, il ne put s'empêcher de se rendre compte que, ouais, il était plus que probable que cela serait exactement ce qui se passerait. Mais quel autre choix avait-il ? Il n'allait pas vivre chez ses parents. Les hommes dans la quarantaine n'habitaient pas chez leurs parents, s'ils pouvaient l'éviter. De plus, il était absolument évident que rester dans cette ville n'était pas une option. Pas avec le risque de tomber sur la famille de Chrissy. Si la nouvelle de son arrivée se propageait, il n'y avait aucun doute dans son esprit qu'une foule de lyncheurs, armée de fourches et de fusils, le prendrait pour cible, le père de Chrissy à leur tête.

Alors, que restait-il ? Rejoindre les réservistes ? Impossible à son âge et avec son dossier. Tout ce qu'il avait, c'était le club. Arrivé à ce point, il ne voyait rien d'autre.

— Le club, opina-t-il lentement. J'ai rien d'autre.

Son père le regarda, sourcils froncés, mais ce n'était pas une nouveauté. Pour dire vrai, depuis son arrivée, son père n'avait rien fait d'autre qu'afficher un air renfrogné et secouer la tête tout en grommelant dans sa barbe.

— Tu sais ce qu'on dit ? Quand quelqu'un commet encore et encore la même erreur en pensant que cette fois cela sera différent ?

— Non, papa, soupira Jase. Qu'est-ce qu'on dit ?

— On dit que c'est complètement dingue, voilà ce qu'on dit !

Jason se frotta la joue de sa main gantée.

— Et alors, papa ? À ton avis, je devrais faire quoi, bon sang ?

— Non ! renvoya Walter. À *ton* avis, pas le mien ! Tu es un adulte, fils, pas un petit garçon. Et il est temps que tu commences à te conduire comme tel.

Jasa savait que son père avait raison, carrément raison. Malgré tout, l'entendre énoncer cela à voix haute, lui souligner ses conneries... n'était pas si agréable que ça.

— Trouver un boulot ? suggéra Jase en haussant mollement les épaules.

Il n'avait vraiment aucune idée de ce que son père attendait de lui. Comment pourrait-il quitter le club ? Laisser Deuce et les gars ? Dans son esprit, cela ne collait pas.

— Tu chauffes, répondit Walter avec un soupir. Trouver un job où ?

Profondément perdu, Jase fixa son paternel.

— N'importe où ?

Son père, malgré la joie qu'il éprouvait à souligner aux autres leurs méfaits, avait toujours été un type de tempérament plutôt égal. Et quand il se pencha soudain en avant pour attraper son fils par le col de sa veste et l'attirer vers lui, Jase fut si choqué qu'il en perdit l'usage de la parole.

— Qu'est-ce que tu veux plus que tout dans ce foutu monde ? lança Walter entre ses dents serrées, son haleine sentant les bonbons au caramel qu'il avait toujours adorés.

» Plus que tout, poursuivit-il, raffermissant sa prise. Qu'attends-tu de cette vie que tu es si pressé d'abandonner ? Parce que t'en auras pas d'autre. Il n'y a pas de seconde chance une fois que tu as fermé les yeux pour la dernière fois. Alors, je te pose encore la question, Jason, qu'est-ce que tu veux, bon sang ?

Les pensées de Jason s'emballèrent, tourbillonnèrent avant de s'évanouir en un amas fou. Que voulait-il ? Que voulait-il, bon sang ? Que voulait-il vraiment plus que tout au monde ?

Il n'avait pas à y réfléchir très longtemps.

— Je veux mes filles, dit-il calmement. Je veux récupérer mes gosses.

— Et comment comptes-tu t'y prendre ? demanda Walter.

Jase n'en avait aucune idée. En revanche, il y avait une chose dont il était sûr. Tant qu'il serait un Hell's Horseman, ses filles ne voudraient rien avoir en commun avec lui.

— J'vais devoir quitter le club, murmura-t-il, laissant tomber son regard sur la pelouse couverte de neige. Trouver un boulot, quelque part pas loin des filles, peut-être.

Comme son père ne répondait pas, Jase leva la tête pour découvrir que le vieil homme lui souriait. C'était un sourire satisfait, que Jase n'avait jamais vu auparavant. Correction, c'était un sourire que Jase n'avait jamais vu lui être adressé auparavant.

— Tu as toujours été un bon mécanicien, dit Walter en le lâchant.

Il se pencha en grognant, attrapa le manche de la hache et la balança sur son épaule.

Puis, d'une manière typiquement Walter Brady, il se détourna sans ajouter un mot et s'éloigna, laissant Jase seul avec ses pensées, le regard perdu sur les terres de ses parents, se sentant aussi vide et froid que ce qui l'entourait.

La pensée même de quitter le club provoquait en lui une peur qu'il n'avait jamais connue jusque-là. Quand tous les autres étaient partis, le club avait toujours été là. C'était son pilier. Le lieu où il se sentait en sécurité. Son monde.

Peut-être était-ce là son plus grand problème. Le club était sa béquille, l'endroit même où il se cachait du bazar qu'était devenue sa vie par sa seule faute.

Il ravala une vague de malaise qui n'avait rien à voir avec son corps en pleine désintoxication et tout avec la crainte de vivre hors du club. Il ne serait qu'un mec comme les autres. Pas de bande de frères, que cela soit militaires ou motards, pour lui montrer la voie, ou le rattraper quand il tombait la tête la première. Et il tombait toujours le nez au sol.

Mais ses filles… Sans elles, qu'était-il ?

Clairement, sans elles, il ne valait rien.

— Oncle Jason ! Oncle Jason !

Jase se tourna. Il eut à peine le temps de se pousser du chemin quand son neveu et sa nièce surgirent comme des boulets de canon dans la neige dont la couche atteignait presque leur taille. Ils portaient des combinaisons de ski similaires bleu et rose qui leur donnaient l'apparence de chamallows colorés.

— Construis un bonhomme de neige avec nous ! hurla la petite fille en le dépassant en courant.

Jase tenta de leur sourire sans y parvenir. Aucun des deux ne l'avait rencontré auparavant, pourtant ils l'avaient immédiatement accepté comme leur oncle. Cela accentuait encore plus son ardent désir de retrouver ses propres enfants, qui ne seraient en rien aussi ouvertes, à supposer qu'elles le soient même un peu.

Son plus jeune frère, Michael, qui avait rapidement suivi ses enfants, s'arrêta près de Jase, un sourire aux lèvres. Bien sûr qu'il lui souriait. Michael était un Brady, et les Brady aimaient leur famille, malgré ses défauts.

— Comment ça va, grand frère ? demanda-t-il, en frappant doucement du poing l'épaule de Jase.

Frère.

Une pensée lui vint alors brutalement à l'esprit. Il pourrait bien ne plus avoir le corps des réservistes, et s'il quittait le club il perdrait les frères, mais il aurait toujours sa famille, avec ses deux frères qui seraient toujours là pour veiller sur ses arrières.

— Écoute, commença-t-il, je te dois des excuses...

Michael secoua la tête.

— Nan, répondit-il. On savait tous que tu reviendrais à la maison.

Jase étudia le jeune homme, presque le reflet de lui-même quand il avait une trentaine d'années. Pourtant, au lieu des lignes dures et de la mâchoire ferme dont Jase avait hérité de son père, Michael avait un visage plus rond, avec de grands yeux bleus comme ceux de sa mère, ce qui lui donnait une apparence de perpétuelle jeunesse.

Jase se souvint que lorsqu'ils étaient enfants Michael le regardait toujours avec adoration. Il sentit une vague de culpabilité s'abattre sur lui. Michael était peut-être capable de lui pardonner facilement, mais Jase, lui, n'arrivait pas à se trouver d'excuse pour ne pas avoir été là au mariage de son petit frère, ou à la naissance de ses enfants. C'était des choses que les Brady faisaient, simplement parce qu'ils aimaient leur famille.

Jase ne méritait pas d'être un Brady.

— Tu me donnes un coup de main ? suggéra Michael. Ces deux monstres sont capables de continuer comme ça toute la journée et maman les a laissés manger un plat de ses gâteaux au sucre... (Il secoua la tête.) Je serai à cours d'énergie bien avant eux.

Jase jeta un coup d'œil vers les enfants, qui essayaient sans succès de rouler une boule de neige. Mais au lieu de voir les enfants de son frère, il vit ses propres filles au même âge, courant à travers le jardin arrière enseveli sous la neige, emmaillotées de la tête aux pieds, des sourires embellissant leur visage pur.

Il avait essayé si fort de les garder innocentes, séparées de son autre vie, de ce qu'il entreprenait pour la gagner et de ses nombreuses liaisons.

Il n'avait jamais voulu qu'elles souffrent par sa faute. Pourtant, cela avait été le cas.

Et maintenant, il était temps que ça change.

— Construire un bonhomme de neige, dit-il avec un sourire triste à l'adresse de son frère. Pourquoi pas ?

Jase n'était pas idiot au point de croire que la rédemption lui serait offerte sur un plateau d'argent. Mais tandis qu'il avançait à côté de son frère, se penchant pour ramasser en chemin de pleines poignées de neige, il se dit qu'il devait bien commencer quelque part.

Alors, pourquoi pas avec un bonhomme de neige.

17

— Comment ça, Tegen et Cage ramènent Christopher ici ?

Mains sur les hanches, je fusillais Hawk du regard. Ce dernier, toujours alité, ne semblait pas avoir beaucoup changé depuis le matin même. Sauf qu'il était maintenant assis sur le lit en bazar, recouvert de papiers éparpillés ainsi que de restes de nourriture. Un cendrier paraissait dangereusement proche de se renverser et de couvrir les draps blancs de cendres noires. En plus, quelqu'un avait trimballé l'écran plat à l'étage, ainsi que les consoles de jeux de Cage.

Les gars devaient être venus rendre visite à Hawk. Évidemment, personne ne s'était soucié de nettoyer.

Ce fatras dégoûtant, ajouté au fait que Hawk ne m'avait pas demandé mon avis en ce qui concernait l'arrivée de Christopher à Miles City, avait transformé l'excitation nerveuse que j'éprouvais à l'idée de ce que la nuit pourrait nous réserver en un état d'irritation dirigé contre lui.

— Je ne veux pas qu'il te voie comme ça, continuai-je. Qu'est-ce qu'il va penser, devant son père tout bleu et noir, à peine capable de marcher tout seul ? Quelle explication comptes-tu lui fournir ?

D'un geste très lent, Hawk posa le verre qu'il tenait puis se tourna vers moi. Il me regardait de cette manière exaspérante qu'il affichait lorsqu'il pensait que je me conduisais comme une tarée. Peut-être que je réagissais mal, effectivement, mais à l'heure qu'il était, il devait être habitué à moi et à mes attitudes. Ce qui m'agaçait vraiment, ce que je ne parvenais pas du tout à comprendre, c'était pourquoi il n'avait pas encore pigé que son foutu regard avait pour seul résultat de décupler ma rage.

— J'ai raté Noël, dit-il précautionneusement, comme si ses mots étaient des pas et mon humeur, la fine glace sur laquelle il patinait. J'ai envie de voir mon garçon.

— Mais tu ne m'as même pas consultée ! criai-je. Et je suis sa mère !

— Je suis son père, rétorqua-t-il froidement. Je prévoyais de lui expliquer que je m'étais gaufré. Balancé dans le décor avec ma moto.

Je n'avais pas vraiment grand-chose à opposer à ça. Pour une raison ou pour une autre, comme je n'avais rien à répondre et commençais à me sentir un peu idiote de mon éclat à la Tegen, mon énervement grandit encore.

— Bien, marmonnai-je, bien. Qu'importe, je...

Je m'interrompis pour balayer rapidement la pièce du regard à la recherche de quelque chose qui me donnerait une excuse pour en sortir rapidement. Mes yeux tombèrent sur la plus plausible et la plus proche.

— Je vais prendre un bain, dis-je.

Je tournai les talons sous son regard toujours scrutateur et me dépêchai de rejoindre la salle de bains.

Une fois la porte fermée derrière moi, je me trouvai en sécurité dans la petite pièce. Je m'appuyai contre le carrelage mural et pris une longue inspiration pour me calmer. J'avais été si nerveuse, si chamboulée après avoir discuté avec Eva, pleine d'attentes et d'excitation à l'idée de la soirée à venir avec Hawk. Résultat, à l'annonce de l'arrivée prochaine de Christopher, j'avais eu l'impression que quelqu'un avait éteint ma joie toute récente. Ce n'était pas que je n'aie pas envie que notre fils nous rejoigne. Non seulement il me manquait, mais je tenais à ce qu'il soit avec son père. C'était juste que…

Peut-être que j'avais souhaité avoir Hawk rien qu'à moi pour un petit moment, avant de le partager avec un enfant qui ne le voyait pas suffisamment et qui le monopolisait chaque fois qu'ils étaient ensemble. Non pas que cela m'ait ennuyée auparavant, mais les choses étaient différentes maintenant. Elles changeaient, probablement trop brusquement. Je n'arrivais pas à suivre le rythme, mes émotions non plus. J'avais uniquement désiré quelques jours supplémentaires pendant lesquels le temps se serait arrêté, nous permettant à Hawk et moi de refaire connaissance. De parler, de nous aimer. Ou d'être simplement ensemble pour la première fois sans nous cacher, avant que nos familles, nos vies et le club nous rattrapent et que le temps reprenne sa course.

Je soupirai, me détachai du mur et allai m'asseoir sur le rebord de la baignoire. Il n'était pas utile que je me ridiculise encore plus. J'ouvris donc le robinet et attendis que la baignoire s'emplisse.

J'avais toujours adoré les bains, généralement au saut du lit, sorte de calme avant la tempête, manière de me relaxer avant la frénésie de ma journée. Enfin, dernièrement, mon quotidien ne l'avait pas été tant que ça. Ce qui avait de nouveau changé.

J'étais de retour chez moi, à Miles City, et « frénétique » était un terme plutôt doux pour décrire ce qui tendait à être le *statu quo* pour les bons – et pas si bons – citoyens de ma petite ville.

Lorsque la baignoire fut pleine, je me déshabillai rapidement, laissant mes vêtements en tas sur le sol avant d'entrer avec prudence dans l'eau fumante. Je soupirai de contentement en m'y glissant. Mes muscles se détendirent quand l'eau recouvrit mon corps. Ma frustration reflua immédiatement. La tête appuyée sur la porcelaine froide, je fermai les yeux.

Maintenant seule et apaisée, mes pensées retournèrent à ma conversation avec Eva et aux plans que j'avais formés pour la soirée. Puis à l'homme lui-même, à notre histoire, à la manière dont elle avait commencé, et à tous les moments volés que nous avions partagés au fil des ans. À chaque souvenir latent auquel je permettais d'émerger d'entre les toiles d'araignée, je me trouvais de plus en plus physiquement excitée, au point d'en brûler, mourant d'envie d'être touchée par lui comme il en avait l'habitude, espérant qu'il me désirait encore aussi violemment qu'autrefois.

Je gémis, cambrai le dos, m'enfonçant encore plus dans l'eau. Je pris mes seins en coupe, les malaxai doucement avant d'explorer mon corps plus avant. Mes doigts effleurèrent la peau douce de mon ventre, de mes hanches, avant de s'infiltrer entre mes cuisses.

Je haletai, l'air s'échappait par à-coups de mes poumons. Je serrai les jambes, les refermant fermement autour de ma main, appuyant là où j'en avais le plus besoin.

Enfin, comme souvent lorsque j'étais seule et prise de désir, je me représentai Hawk. En cuir de la tête au pied, couvert de la poussière de la route, sa crête emmêlée et aplatie à cause du casque. Pour autant, ce n'était pas son apparence qui m'attirait. C'était l'expression de son visage après une course, son air rafraîchi et régénéré. Ses yeux sombres s'illuminaient, sa démarche puissante se ralentissait, plus détendue.

Dans ces moments-là, il avait toujours l'air aussi heureux qu'un homme qui ne souriait jamais en était capable.

Son regard trouvait le mien. Je comprenais immédiatement ce qu'il attendait de moi. Plus tard, quand nous parvenions à être seuls et que je me nichais une fois encore entre ses bras, je m'enroulais autour de lui, inspirant ses effluves, sa présence, la sueur et le savon sur sa peau, le parfum de cuir et de fumée qui s'accrochait toujours à lui.

C'était mes odeurs préférées, que je rappelais à ma mémoire encore une fois, malgré le parfum envahissant de mon shampoing et de mon gel douche. Je n'avais qu'à fermer les yeux, inspirer…

Je soulevai brusquement les paupières. Mes mains s'immobilisèrent.

Qu'est-ce qui me prenait ?

Seigneur !

Je m'assis rapidement. La baignoire déborda sous mes mouvements désordonnés, mouillant mes vêtements.

— Bon sang, marmonnai-je en tapant l'eau.

Oubliés, mes vêtements. J'étais en colère contre moi-même. Car j'adoptais le même comportement que d'habitude : une fois encore, je me cachais. Voilà que j'étais sur le point de m'octroyer un plaisir solitaire en pensant à un homme qui se trouvait juste derrière la porte ! Un homme au lit et pratiquement nu en plus !

Je n'avais plus à me dissimuler – ni moi, ni ce que j'éprouvais. Tout était finalement, heureusement, complètement dévoilé au grand jour. J'avais dit adieu à Jase, j'avais avoué mes vrais sentiments, à moi-même et à Hawk.

J'avais enfin tout ce que je souhaitais.

Résultat ? Je me cachais.

D'un bond, je sortis du bain et arrachai ma serviette au présentoir. Je m'y enroulai et commençai à me réprimander intérieurement. Je n'étais plus cette femme faible, craignant tout le monde et elle-même encore plus.

J'étais plus forte, peut-être pas aussi sûre de moi-même que je le souhaiterais, mais sans aucun doute plus forte. Je m'étais éloignée de mes démons, j'avais appris à vivre seule, une vie qui me convenait, tout cela sans l'aide de qui que ce soit.

J'étais de retour à Miles City depuis à peine quelques jours et voilà que je jouais de nouveau le rôle de la femme effrayée.

J'attrapai un élastique sur le lavabo et ramassai mes cheveux à moitié mouillés en un chignon haut avant de continuer à m'essuyer. Mes pensées tourbillonnaient, mes terminaisons nerveuses s'enflammaient, j'avais le ventre retourné par l'excitation.

La femme qui quitterait cette salle de bains serait une femme affirmée, sûre d'elle, qui savait exactement ce qu'elle voulait. Pour la première fois de ma vie, j'allais prendre ce que je désirais sans avoir à m'inquiéter des répercussions, ou de blesser quelqu'un en chemin.

Jusqu'à ce que je surprenne mon reflet dans le miroir.

Pendant un instant, je me contentai de rester là, les yeux plantés dans la glace, prise d'un puissant sentiment de détachement. Contrairement à ce qui était arrivé lorsque j'avais perdu la mémoire, je n'éprouvais pas une sensation de non-familiarité, mais je me demandais encore où le temps était passé. Où j'étais passée.

L'image dans le miroir ne correspondait pas à celle de mes rêves et fantasmes : celle d'une femme plus jeune, dont les jours et les nuits étaient emplis de plaisir brûlant et de sueur, d'amour. Et d'hommes, leur grand et puissant corps dur et ferme, leur peau marquée par l'encre, leurs mains fortes et calleuses après des années de dur labeur, couvertes de la poussière qui les avait habillées pendant si longtemps qu'elle ne disparaissait jamais.

Cette femme vieillissait, avait perdu la beauté de sa jeunesse. Même si je ne m'étais jamais considérée comme laide, je ne me sentais malgré tout pas à la hauteur.

Je laissai ma serviette tomber au sol, soulevai mes seins, les redressant autant que possible. Je me tournai sur le côté et étudiai le résultat. Oui, mon visage n'était pas la seule chose à avoir changé.

— J'ai les seins qui tombent, dis-je doucement sur un soupir.

Ce n'était pas le corps d'une femme qui se tiendrait aux côtés de Hawk. C'était celui d'une femme qui…

Je pensais à Richard, un boucher de San Francisco avec qui j'avais eu quelques rendez-vous embarrassants. C'était quelqu'un de bien, mais physiquement, il était plutôt rond et s'était dégarni. Plus je m'observais, plus je me voyais comme son égale sur le plan physique, une femme qu'on s'attendrait à trouver avec quelqu'un comme lui.

Et pas avec l'homme, grand et incroyablement musclé, étendu dans la chambre attenante. Couvert de tatouages, suintant de puissance, Hawk n'avait jamais paru son âge. Quand on le regardait, sa prestance était telle qu'il donnait l'apparence d'une réelle force physique et mentale. Ces deux qualités expliquaient son apparente jeunesse.

Et j'étais… moi.

— Rien à foutre, marmonnai-je dans ma barbe en me détournant du miroir.

Si je continuais à m'étudier, à me reprocher chaque petite imperfection, j'allais partir très loin, dans une direction où je ne voulais pas aller.

Je pouvais être comme Eva ou Christina, je pouvais… baiser sauvagement. Non ?

Ou au moins, je pouvais essayer, bon sang.

Même si je plissais le nez à l'idée de cette représentation de moi-même, j'agrippai la poignée de la porte et l'ouvris. Hawk me fixait, comme s'il n'avait pas détaché les yeux de la porte de la salle de bains depuis que j'y étais entrée. Ou plutôt, il observait mes seins.

Sois courageuse, m'ordonnai-je.

Je luttai contre le besoin pressant de me couvrir et avançai rapidement jusqu'au bout du lit, à l'allure d'une femme ayant une mission à accomplir. Il lui fallut un moment, mais Hawk finit par abandonner l'étude de mon corps pour me regarder dans les yeux.

— Je t'ai toujours aimé, dis-je, ayant l'air aussi essoufflée que je l'étais. Je suis désolée d'avoir attendu aussi longtemps pour te le dire. Je suis désolée aussi pour ma crise de tout à l'heure. Je me suis montrée stupide et égoïste. J'avais juste envie de passer quelques jours seule avec toi avant d'avoir de nouveau à te partager.

Il avait l'air perdu.

— Tu es… nue ?

Son ton désemparé reflétait l'expression de son visage.

— Oui, je suis nue, répondis-je brutalement.

Sa réaction face à ma nudité m'ennuyait. Je poursuivis sur le même ton, mains sur les hanches et yeux étrécis :

— Je suis nue parce que je veux être avec toi, espèce de grand benêt.

Le lent sourire qui éclaira son visage, creusant les rides autour de ses yeux et illuminant ses traits durs d'une sorte de douceur sexy, était à couper le souffle. Hawk souriait rarement : son visage était normalement aussi stoïque que sa personnalité. Mais lorsque cela arrivait, en de précieuses occasions, cela avait toujours le même effet sur moi. Incroyable à quel point un si petit geste pouvait transformer un homme d'allure plutôt effrayante au masque dur en un autre, plus doux, plus beau.

Ce sourire, comme cela avait toujours été le cas, dura peu. Quand il quitta son visage pour être remplacé par son indifférence habituelle, mon cœur se serra et l'anxiété me prit. Je n'étais pas une femme confiante en sa sexualité, qu'importe à quel point je prétendais le contraire. Être Eva, ou Christina, n'était pas à ma portée, pas vraiment. Résultat, j'étais plantée là, entièrement nue, à me demander ce qui m'avait pris de sortir comme ça et de m'exposer, au risque d'être rejetée.

— Je suis plutôt en mauvais état, dit-il en indiquant sa jambe du menton.

Il n'en fallut pas plus pour balayer mon anxiété. Il était rare que Hawk montre le moindre signe de vulnérabilité. Son aveu m'apprit que je n'étais pas la seule à me sentir peu sûre de moi. Rien que de savoir que cet homme incroyable avait lui aussi des peurs m'encouragea à poursuivre mon plan initial.

— On l'est tous un peu, murmurai-je en effleurant des doigts la cicatrice sur mon crâne. Et tu n'as rien d'autre à faire qu'à rester allongé comme ça, je m'occuperai du reste.

Je plaquai presque ma main sur ma bouche, incapable de croire que je venais d'énoncer une chose pareille. Ce n'était pas mes mots, mais ceux d'une femme ayant foi en elle, une femme ayant de l'expérience et qui prenait ses propres décisions, qui savait ce qu'elle voulait, n'hésitait pas à s'en saisir, sans avoir besoin qu'on l'en persuade.

Je n'étais pas cette femme.

Mais peut-être que… faire semblant de l'être était dans mes cordes.

— Femme, dit Hawk, tu imagines vraiment lancer un truc pareil et te contenter de rester plantée là ? Ramène tes fesses ici.

Je remarquai que sa voix était maintenant plus profonde, plus lyrique. J'avais appris longtemps auparavant que c'était là la marque de son désir.

Soudain brûlante d'embarras, je contournai lentement le lit. Je n'avais conscience que du regard de Hawk sur moi, voyageant le long de mon corps. Je m'appliquais de mon mieux à ne pas rougir sous son inspection. Au point où nous en étions, j'avais des palpitations dans le bas-ventre, et pire encore, je commençais à transpirer.

Arrivée de son côté, je m'arrêtai, cherchant un moyen de grimper sur lui sans éveiller sa douleur. Sa main me retint. Sa paume effleura mon flanc et descendit tout le long de mon corps avant de marquer une pause sur ma hanche.

Mon souffle se coinça dans ma poitrine et mes cils s'abaissèrent en papillonnant. Son contact sur ma peau nue, si familier et pourtant si étranger, était à la fois réconfortant et déconcertant. Je devais me rappeler qu'il s'agissait de Hawk, que l'amour que j'éprouvais pour lui supplantait les années que nous avions passées dans les limbes.

— Tu m'as manqué, dit-il d'une voix rauque. Tu m'as salement manqué, D.

Mes paupières se soulevèrent vivement. Hawk admirait mon corps avec une expression presque révérencieuse. C'était émouvant. J'étais incapable de trouver les bons mots pour décrire cette sensation.

Les dernières réserves que j'avais pu avoir en furent réduites à néant.

Les larmes me brûlaient les yeux. Moi, une femme forte et sûre d'elle ? N'importe quoi. C'était l'homme que j'aimais. Je n'avais pas besoin d'être forte ou sûre de moi. J'avais uniquement besoin d'être avec lui.

— Tu m'as manqué, toi aussi, soufflai-je.

C'était une chose stupide à déclarer à un homme que je voyais régulièrement, mais c'était la vérité. Il m'avait terriblement manqué, comme nous manque quelqu'un qu'on a aimé et perdu mais qui continue à faire partie de notre vie – proche, et pourtant jamais assez.

Mais rien de tout cela ne comptait plus.

Peut-être que ce qu'Eva avait déclaré sur le destin n'était pas complètement faux.

Peut-être que...

Hawk pinça légèrement ma hanche, mettant un terme brutal à mes pensées. Lentement, comme si j'étais en verre, il commença à me caresser le ventre. Il me touchait d'une manière si incroyablement aérienne que cette sensation de papillonnage rendit mes paupières lourdes. Sensation qui s'accentua quand il se mit à voyager encore plus légèrement, le bout de ses doigts dessinant des lignes invisibles durant leur trajet entre mes seins. Ils y dansèrent avant que Hawk ne marque une pause. Sa paume calleuse plana au-dessus de l'un d'eux, provoquant une réaction sur mon téton. Un frisson me parcourut le dos.

— Hawk, soufflai-je.

Une bouffée d'air s'échappa de mes lèvres quand je prononçais son nom. Mes doigts s'agitaient impatiemment, mon corps désirait bien plus.

Ce qu'il m'offrit.

Sa main se referma sur mon sein, serrant et modelant la chair tendre. Ma respiration se fit plus lourde.

C'était un jeu magnifiquement alambiqué auquel il se livrait avec moi. Je n'aurais pas souhaité qu'il en soit autrement. J'avais pénétré dans cette chambre avec la notion stupide que je prendrais le contrôle de la situation, alors qu'en réalité j'avais besoin qu'il aille aussi lentement que cela, qu'il soit aussi attentif, s'occupant de moi jusqu'à ce qu'il sache que j'étais détendue et prête pour plus.

Sa main abandonna ma poitrine, reprit lentement le chemin qu'elle avait déjà emprunté le long de mon ventre, puis se dirigea plus bas. Il s'infiltra entre mes jambes, effleurant doucement leur peau sensible. Je ravalai le gémissement qui menaçait de m'échapper. On ne m'avait pas caressée ainsi depuis si longtemps. Mon corps était un véritable volcan, il menaçait d'exploser au moindre contact.

Ma réaction n'échappa pas à Hawk dont les pupilles se dilatèrent ; son souffle était plus profond, plus prononcé. Tout cela m'apprenait que je n'étais pas la seule à être affectée, et savoir qu'il éprouvait très exactement la même chose que moi à chaque étape était incroyablement grisant.

Mes gémissements hachés m'échappaient maintenant tandis qu'il jouait avec moi, son toucher encore si étonnamment doux que j'avais maintenant du mal à me concentrer sur autre chose que sur les sensations qu'il me procurait, et sur celles profondément enfouies qu'il éveillait en moi, les ramenant à la vie.

Quand mon nom franchit ses lèvres, ce ne fut qu'un grondement bas. Puis Hawk glissa un doigt en moi. Je poussai un cri, me mordis la lèvre inférieure. Une vague de chaleur envahit mon corps frissonnant, l'emplit d'une sorte d'adrénaline qui emballait mon pouls. J'avais les jambes molles, mon corps n'était plus qu'une masse de muscles tremblants. Je ne savais pas où j'étais, qui j'étais, et je n'en avais cure. Tout ce que je souhaitais, tout ce qui m'était nécessaire, c'était ça.

Lui.

— Viens là, dit-il.

Sa voix n'était qu'un grondement quand il retira sa main.

Il ne me fallut qu'un bref moment pour reprendre pied, car j'étais maintenant plus qu'impatiente de le caresser, de le sentir en moi.

J'écartai mes genoux vacillants et me débrouillai pour le chevaucher sans le blesser. Que je sois bien plus petite que lui aidait : quand je me posais sur ses hanches, il ne broncha pas.

— Ça va ? murmurai-je.

— Plus que bien, répondit-il.

Je le sentais se dresser vers moi à travers son caleçon, dur et prêt. Le mouvement provoqua un spasme dans mon corps. Je fus saisie d'un désir impatient.

Je me penchai en avant, posai les mains sur son torse, ma bouche sur ses lèvres, me contentant de célébrer l'acte de le toucher de nouveau.

Son corps, tout comme sa bouche, était chaud. Quand je passais la main sur son torse, sa peau tatouée réagit sous mes paumes. Je pris mon temps avec lui, l'embrassant lentement tout en suivant chaque ligne de son corps – ses pectoraux bien dessinés, les muscles tendus de son abdomen, les sillons plongeants de ses hanches… jusqu'à ne plus supporter d'attendre une seconde supplémentaire. Je me soulevai juste assez pour glisser mes mains dans son boxer.

Je bataillai un peu pour aligner nos corps.

Peu habituée à l'acte sexuel, au fait d'avoir un homme en moi, je ne pouvais que monter et descendre lentement, ajustant en douceur mon corps à sa présence, à l'aide de manœuvres mal assurées et malhabiles, jusqu'à sentir, enfin, que je m'ouvrais, lui permettant de me pénétrer entièrement.

— Dorothy...

C'était plus un grognement qu'autre chose.

Le souffle dur, je levai la tête vers lui.

— Tu es si follement étroite, murmura-t-il, les yeux écarquillés de manière inhabituelle, la surprise audible dans son ton.

Je rougis, en partie parce que Hawk était en moi, et qu'au lieu de faire l'amour nous avions cette conversation, mais surtout parce que *j'étais* incroyablement étroite. Je pouvais tout sentir – chaque strie, chaque pulsation, la manière dont mon corps battait autour du sien, absolument tout. Et bien que cela fût légèrement inconfortable, cela me comblait merveilleusement.

— Ça... remonte à un moment, murmurai-je.

— À quand ? me demanda-t-il du même ton.

Je baissai les yeux sur sa poitrine, me sentant idiote, et encore plus embarrassée que tous nos préliminaires aient mené à ça. À parler de mon étroitesse. Seigneur.

Puis Hawk attrapa mon menton et me redressa la tête.

— À quand ? répéta-t-il.

Il connaissait déjà la réponse. Je ne lui avais vu cette expression qu'une seule fois auparavant, la seule et unique fois où nous avions pu passer une nuit entière ensemble, des années auparavant. Le club était désert, tout le monde s'étant rendu à un rallye au-delà des frontières de l'État. Je m'étais éveillée lovée contre lui pour le découvrir déjà les yeux ouverts et m'observant dormir.

« Bonjour », avais-je dit d'un ton ensommeillé ce matin-là.

Je m'étais étirée en bâillant.

Il ne m'avait jamais répondu, m'avait juste offert ce regard, celui qui en disait plus que les mots. Un regard qui m'apprenait que j'étais son monde.

— C'était moi ? me demanda-t-il.

À ses yeux, qui s'étaient assombris à cette question, plus qu'à son ton, je devinais sans peine qu'il espérait que cela soit le cas.

Mon Dieu, j'aurais aimé lui dire que oui, plus que tout ce que je souhaitais à la minute présente. Mais ce n'était pas vrai, et je refusais de lui mentir encore à l'avenir.

J'ouvris la bouche, une excuse se formant déjà sur mes lèvres, mais il me coupa en m'attirant vers lui pour m'embrasser.

— Laisse tomber, marmonna-t-il contre mes lèvres. Ça compte plus maintenant.

Et puis, supporter tout cela ne me fut plus possible. Je dus mettre un terme à notre baiser pour commencer à bouger les hanches. J'avais besoin de soulager la pression qui montait en moi. Je me redressai, agrippai ses pectoraux et commençai à me balancer d'avant en arrière sur lui.

— Hawk…

Ses yeux ne me quittaient pas, noirs d'un feu liquide, perçant chaque millimètre de mon être. Son corps, volcan pulsant et chaud sous moi, était en moi. Moi, j'étais partie, enflammée par chacune de ses attentions. Et ensemble… ensemble, nous brûlâmes.

Haletante, gémissante, criant son nom, m'agrippant à sa peau… Je me consumais.

Nous flambâmes comme dans mes souvenirs, jeunes et emplis de désir, et puis ce fut plus que ça, plus que cela n'avait jamais été. Il ne s'agissait pas que de sexe et de désir, ni seulement d'amour, c'était entièrement quelque chose d'autre, un sentiment que je ne pouvais expliquer, indicible.

Mais ce quelque chose, je l'avais recherché.

C'était tout ce que j'avais recherché.

Cela emplissait ce vide impossible à combler en moi.

Lorsque ce fut fini, lorsque je me retrouvai sur le dos, allongée moitié sur lui, moitié sur le lit, Hawk parcourut mon corps de ses mains. Il s'arrêta à la cicatrice sur mon ventre, traçant avec douceur la marque de ma césarienne.

À ce moment-là, mes pensées se dirigèrent vers Christopher. Les yeux de Hawk, lorsque nous nous tournâmes pour nous retrouver face à face, s'adoucirent de manière exponentielle. C'était l'effet provoqué par son fils. Sur lui comme sur moi. Hawk devenait un homme différent, meilleur. Et moi, une femme meilleure.

Aussi bref que fut cet instant, la chaleur qu'il laissa dans son sillage tandis que les mains de Hawk reprenaient leurs caresses n'avait pas d'égale et me calma. Aimer quelqu'un était une chose, mais partager un enfant avec quelqu'un que vous aimiez, partager l'amour que vous éprouviez tous deux pour cet enfant… ensemble…

Cette révélation à la beauté déchirante me donna la perspicacité dont j'avais manqué.

Soudain, je sus. À cet instant précis, je sus, tout simplement. Tout s'expliqua.

Les choses avaient toujours été supposées être ainsi.

Mon mariage vide m'avait menée à Jase, et Jase à Hawk. Et Hawk et moi avions créé un enfant que nous chérissions tous les deux.

Rien de tout cela n'avait été une erreur. Cela avait été mon chemin, ma route bosselée et défoncée vers la maison.

Si je n'avais pas déjà été amoureuse de Hawk, je serais sans aucun doute tombée amoureuse de lui sur l'instant.

Il m'avait fallu la moitié de ma vie, des années emplies de douleurs affectives et de mauvaises décisions prises les unes après les autres. Mais j'avais enfin trouvé mon prince, dissimulé dans l'homme présent depuis toujours.

Dorothy avait été nue.

Certes, elle l'était encore, et depuis un moment maintenant. Ils avaient déjà fait l'amour. Pour autant, Hawk ne parvenait pas à se sortir de la tête l'image de Dorothy émergeant fesses à l'air de la salle de bains. Elle n'avait jamais eu une telle attitude, durant toutes les années où ils avaient été ensemble. C'était toujours lui qui initiait les choses, qui la déshabillait, lançait leur partie de jambes en l'air.

Elle. Nue. Lui. C'était Noël.

Elle était maintenant allongée sur lui, son dos contre son torse. Parce qu'il était incapable de s'installer autrement sans que la douleur se réveille, cela n'avait pas été facile de la toucher pendant qu'ils faisaient l'amour. Être dans l'incapacité de la caresser comme il en avait envie l'avait tellement énervé que, durant l'heure qui venait de s'écouler, il l'avait obligée à rester couchée sur lui afin qu'il puisse facilement tripoter toutes les parties de son corps qu'il avait ratées. Comme elle était petite, cela fonctionnait ainsi parfaitement pour lui, tout en leur permettant d'être joue contre joue.

À la minute présente, il avait une main entre les jambes de Dorothy, un doigt en elle. Il entrait et sortait d'elle doucement, encore et encore, pendant que de l'autre main il lui pelotait les seins, passant de l'un à l'autre quand il arrivait à se concentrer suffisamment pour y penser.

Lorsqu'il lui mordit doucement l'épaule, elle laissa échapper un petit halètement. Hawk sourit contre sa peau. Il la mordit plus fort et accéléra le mouvement de ses doigts.

Il savait qu'il devrait lui annoncer ce que les semaines à venir leur réservaient, mais pour une raison quelconque, il ne parvenait pas à s'y obliger aussi vite. Il avait besoin de ça, d'elle et lui, et que Dorothy soit apaisée et heureuse grâce à lui. Il ne voulait pas gâcher ce moment, ou être la cause de nouvelles larmes. Ces dernières ne manqueraient pas de couler de ses superbes yeux verts une fois qu'il lui aurait tout appris.

En plus, il avait franchement envie qu'elle jouisse de nouveau. Et de sentir son petit corps se contracter, voir ses poings se serrer, ses orteils se recroqueviller, tandis qu'elle émettrait ses petits miaulements sexy. Il accéléra, agrippa la poitrine de Dorothy, plantant d'abord ses dents dans son épaule, puis dans son cou. Puis, alors qu'elle se cambrait, ses gémissements coincés dans sa gorge, il prit sa bouche. Elle bascula dans le plaisir. Sous la violence de son orgasme, elle cria tandis que son intimité se contractait autour des doigts de Hawk.

Il embrassait l'unique larme qui coulait sur la joue de Dorothy quand la pensée lui vint qu'il devrait remercier son traître d'oncle. Après tout, c'était les actes de Yenny qui avaient eu pour conséquence que Dorothy et lui soient réunis. Cette fois-ci, et c'était la première, sans secret.

— Je t'aime, murmura-t-elle.

Elle tourna la tête pour venir frotter son nez contre la joue de Hawk. Il tourna la sienne à son tour et leurs bouches se rencontrèrent. De lents baisers s'ensuivirent, humides et doux, réveillant son désir, son corps réagissant, souhaitant que s'intensifie encore cette attirance insatiable entre eux.

Bon sang, il n'avait qu'une envie : être capable de la repousser pour pouvoir l'allonger sous lui et la pilonner à mort.

— Tu es superbe, D., dit-il lentement.

— Je vieillis, répondit-elle dans un chuchotement alors que son sourire s'évanouissait.

Il faillit émettre un reniflement méprisant, mais se rappela à temps combien elle avait toujours manqué de confiance en elle. Il choisit donc de conserver une expression solennelle. Il avait géré ses insécurités à l'époque et savait exactement comment s'en charger maintenant.

— Femme, dit-il en introduisant un doigt supplémentaire en elle, arrête tes conneries.

Puis il lui cloua le bec d'un baiser avant qu'elle ne puisse ajouter un mot.

Il avait couché avec beaucoup de femmes depuis qu'il était nomade, toutes plus jeunes que Dorothy. Pourtant aucune d'elles ne lui arrivait à la cheville, ne provoquait en lui les mêmes sentiments, ne modifiait la perception qu'il avait d'elle.

Sa peau n'était plus aussi douce qu'elle l'avait été ? Ses seins plus aussi hauts et son ventre légèrement distendu ? Et alors ? Rien de cela ne comptait pour lui.

Dorothy était encore la même, encore belle et toujours la seule femme sur terre capable de lui procurer un sentiment de bien-être. Elle était la seule à l'avoir arrimé au sol quand il en avait eu le plus besoin, à lui avoir offert l'unique chose qu'il pensait avoir perdue à jamais : une famille de chair et de sang.

Qu'importe qu'elle vieillisse, lorsque ses cheveux seraient blancs et sa peau toute ridée, il la trouverait encore belle, au-dessus du lot, et l'aimerait toujours.

— J'ai le sentiment qu'on devrait discuter plus, marmonna-t-elle contre la bouche de Hawk. On s'est à peine adressé la parole.

Il embrassa ses lèvres, ses deux joues et son mignon petit nez.

— Quand avons-nous jamais eu besoin de mots ?

Ils n'en avaient pas eu l'utilité, ni à l'époque ni maintenant. Peut-être qu'un petit nombre d'entre eux auraient pu leur servir vers la fin, et peut-être qu'alors en arriver là n'aurait pas été si difficile. Mais cela ne comptait plus. Tous deux avaient franchi la ligne d'arrivée.

Et les mots n'étaient sacrément pas nécessaires.

Sauf quand c'était le cas.

— D., murmura-t-il en abandonnant ses caresses. Il faut qu'on parle.

Lentement, l'air légèrement hébétée, ses lèvres gonflées par les baisers et la peau rougie par les caresses, elle roula sur le côté.

— Hum ? murmura-t-elle en se frottant contre son bras.

Elle glissa sa main sur le ventre de Hawk, ses ongles lui égratignant légèrement la peau, et il ferma les yeux, ravalant un grognement. Il avait envie de ça, d'elle et de continuer ainsi toute la nuit, toute la semaine. Bon sang, il voulait rattraper le temps perdu et ne rien faire d'autre pendant un an.

Mais il n'avait pas un an. Il n'avait pas même un mois.

Enlaçant Dorothy, il dit :

— Il y a quelque chose que tu dois savoir, ma belle.

— Deuce m'a déjà tout raconté, chuchota-t-elle en déposant un baiser sur son bras.

— Non, répondit-il.

D'un coup, le langage corporel de Dorothy passa de languide et doux à raide et en alerte. Elle se détacha de lui pour s'asseoir et amena un oreiller devant elle dont elle se couvrit. Elle le serra contre sa poitrine.

— Quoi ? demanda-t-elle, sur ses gardes.

Cela faisait mal. Hawk souffrait physiquement d'avoir à prononcer ces mots, parce qu'une fois qu'il les aurait articulés il serait impossible de les reprendre. Il passerait ses dernières semaines en sa compagnie à essayer de réparer les dégâts que cela provoquerait, plutôt qu'à être tout simplement avec elle. Cela serait l'éléphant dans la foutue pièce, trop monumental pour être ignoré.

Mais même s'il détestait cela, détestait l'idée de la faire souffrir, il y avait eu suffisamment de secrets entre eux dans le passé. Pas question que cela continue.

— Cette merde avec les Russes, dit-il, sa voix révélant sa tension émotionnelle, ce... n'est pas fini.

Elle étrécit le regard.

— Comment cela, ce n'est pas fini ?

Il inspira profondément, manifestation d'émotion flagrante et inattendue qui les surprit tous deux.

— Hawk, dit-elle d'une petite voix inhabituellement haut perchée qui dévoilait sa peur grandissante, qu'est-ce qui se passe ? Tu m'effraies.

— Y a quelque chose que je dois faire, dit-il en tendant la main vers elle. Il prit sa joue en coupe, caressa du pouce sa lèvre inférieure pour essayer de l'empêcher de trembler. Quelque chose que tu ne vas pas aimer.

18

La vie se compose de moments, de grands et de petits, de bons et de mauvais, certains sombres et d'autres lumineux. Nous ne nous souvenons jamais du gris, de l'entre-deux, mais seulement des instants qui ont la capacité de nous transformer d'une façon ou d'une autre, de nous affecter si totalement que leur souvenir sera pour toujours gravé dans ce que nous étions, ce que nous sommes, ce que nous deviendrons.

Mes moments sont nombreux. Me retrouver enceinte à quinze ans, épouser un homme que je n'aimais pas à dix-huit, être amoureuse pour la première fois alors que j'étais toujours mariée et que l'objet de mon amour l'était aussi.

Perdre le respect et le soutien de ma famille.

Puis tomber de nouveau amoureuse, cette fois-ci pour la dernière, d'un homme qui était virtuellement un étranger pour moi et dont j'attendis un enfant.

Le jour où Chrissy m'a tiré dessus, la première fois que j'ai vu le visage de Christopher et ai immédiatement su qu'il était mien, le jour où mes souvenirs ont commencé à revenir.

Tout un mélange de dévastation et de joie que je n'oublierais jamais.

Ma fille s'écroulant dans mes bras après que Cage fut victime de coups de feu, puis l'expression de son visage le jour de son mariage, alors qu'elle avait enfin ce qu'elle avait le plus désiré au monde.

Chacun des sourires de Christopher.

Hawk ne se montrant pas pour Noël et ce qui avait suivi, me conduisant à avoir enfin le courage d'affronter Jase, de le laisser partir, et ce faisant, de m'autoriser enfin à accepter mes vrais sentiments pour Hawk.

Et Hawk.

L'avoir, lui, pour la première fois, vraiment, complètement. Lui, l'homme que j'aimais indubitablement, et qui me portait un amour inconditionnel. L'avoir dans mon cœur et entre mes bras. Être au bout du compte capable, sans honte, sans m'en excuser, de déclarer au monde entier qu'il était mien et que j'étais sienne.

C'était des moments dont je me souviendrais pour toujours, les moments de ma vie, mon histoire.

Et tout cela prenait fin avec le départ de Hawk.

Il me quittait.

Pas par choix, mais par sens du devoir – envers Deuce, envers les Horsemen, et même envers Preacher.

Ni Deuce ni Preacher ne permettraient jamais à une autre organisation de leur dicter comment mener leurs affaires, à qui acheter et à qui vendre. À cause de cela, et parce qu'il avait eu la vie sauve, Hawk devait sacrifier sa liberté pour le bien des deux clubs.

Dans quelques jours se tiendrait une réunion avec l'avocate du MC pour discuter de la stratégie à adopter. Puis, dans trois semaines, Deuce accompagnerait Hawk au quartier général du FBI où il révélerait sa véritable identité, avant de se rendre.

Et je le perdrai de nouveau.

Des moments.

Des bons… et des mauvais.

Ma vie.

Au début, j'avais pleuré.

Puis j'avais demandé à Hawk, d'une voix qui n'était qu'un murmure rauque :

— Combien de temps seras-tu absent ?

Il était incapable de me fournir une réponse. Mais son regard m'avait appris, sans que le doute soit possible, que, s'il ne pouvait être précis, il s'attendait au pire et que je devais m'y préparer, moi aussi.

— Pour quoi exactement es-tu recherché ? l'avais-je interrogé humblement tout en redoutant la réponse.

Il ne voulait pas me le dire, je l'avais deviné à la profonde ride qui marquait ses traits d'habitude imperturbables.

— Armes, drogues, trafics humains, avait-il soupiré. Tu n'as qu'à demander, mon père trempait dans tout.

Je m'étais alors mise à hurler tout en pleurant, j'avais frappé de mes poings les draps et les oreillers plutôt que lui. Parce que même si je voulais le lui reprocher, j'en étais incapable. Je n'imaginais pas lui mettre sur le dos les péchés de son père, ou le fait que ce dernier se soit montré négligent au point de laisser son adolescent de fils prendre part à un jeu si dangereux.

Puis je m'étais remise à pleurer. J'avais pleuré parce que j'aurais pu passer ces huit dernières années entre ses bras. J'aurais pu dépasser ma douleur et le laisser entrer, ouvrir cette porte derrière laquelle il avait attendu tout ce temps.

Mais je ne l'avais pas fait, car même si je m'imaginais plus forte, je ne l'avais pas été. J'avais continué à me cacher, encore effrayée par mes sentiments et par moi-même, sans parler de ce que le futur me réservait.

Il était maintenant trop tard.

Ensuite, je l'avais embrassé. J'avais pris son visage en coupe, appuyé mes doigts sur sa peau avant de les enfouir dans sa barbe broussailleuse puis dans ses cheveux, lui labourant le crâne de mes ongles. Je l'avais embrassé sans aucune douceur. Un baiser féroce et humide de larmes, nourri par ma colère et ma souffrance. J'avais déversé le tout en lui. Je n'avais pas le choix. Je devais agir ou j'allais hurler et hurler et je craignais de ne jamais m'arrêter si je commençais.

Nous fîmes de nouveau l'amour, cette fois-ci sans mes insécurités et sans que Hawk se restreigne. Malgré sa capacité de mouvement limitée, il était agressif, exigeant, et aussi passionné que je le souhaitais. Quant à moi, je n'étais pas douce ; impossible. Je n'avais pas le temps pour la douceur, pour aller lentement, pour que nous apprenions de nouveau à nous connaître, pour que je découvre ce qu'il aimait le plus et ce que j'appréciais par-dessus tout.

Tout ce que j'avais était l'instant présent et je ne voulais pas le gâcher. Lui. Nous. Nos moments.

Ces moments dont je me souviendrais jusqu'au bout de ma vie.

Lui, si loin en moi que je pouvais le sentir, large et lourd de désir, le sang pompant à travers son corps, pulsant en rythme avec mon propre cœur.

Et moi, si pleine, si complètement rassasiée, entourée et imprégnée de lui, à la fois trop et pas assez, et enfin satisfaite à un point déchirant, à un niveau expérimenté seulement par une femme sachant ce qu'est l'amour véritable.

Des moments.

Je pleurai de nouveau en jouissant. Le souffle court et encore frissonnante de plaisir, Hawk toujours en moi, je me laissai tomber sur sa poitrine. Il m'enlaça, me serrant fort. Son visage était caché dans mes cheveux, tandis que je nous inondai de larmes. Aucun de nous ne dit un mot.

Lorsque mes pleurs se tarirent, lorsque je fus enfin capable de le lâcher, il refusa de me laisser m'éloigner.

— Tu es à moi, Dorothy Kelley, dit-il de sa voix profonde et douce. Tu l'as toujours été, tu le seras toujours. J'ai attendu un sacré long moment pour ça, pour toi, alors patienter encore un peu ne me tuera pas.

Je levai la tête pour rencontrer son regard. Ses yeux étaient humides, ce qui m'étonna. Hawk avait vraiment changé. Enfin libéré de son passé, de ses secrets, ne se dissimulant plus, il laissait ressortir l'homme qu'il aurait toujours dû être, un homme que je n'aimais que plus à cause de tout cela.

— Je t'attendrai, murmurai-je.

Je m'obligeai à rester forte, au moins pour l'instant.

— Je t'attendrai pour toujours, bordel, répétai-je, cette fois-ci avec plus de conviction.

Chaque fibre de mon corps vibrait à la vérité de ces mots. Je le sentais, le respirais : aucun doute, j'attendrai à tout jamais que cet homme me revienne.

Les lèvres de Hawk s'étirèrent en un sourire si lumineux, si grand que même sa barbe ne parvenait pas à en dissimuler l'intensité.

Ne pas lui renvoyer son sourire me fut impossible. Hawk ne souriait pas. À quelques rares occasions, lorsqu'un gars du club disait quelque chose de puéril, il riait, mais ce genre de sourire de chat qui vient de dévorer le canari ?

Jamais.

Une main claqua lourdement sur mes fesses, une fessée sonore dont le bruit se répercuta contre les murs de la chambre. Je sursautai.

— Femme, dit-il dans un éclat de rire. J'adore quand tu jures, bordel.

19

Meredith Jamison était une pile électrique comme Hawk n'en avait jamais vu.

Habillée d'une stricte chemise blanche dissimulée sous la veste de son tailleur-pantalon noir à l'allure soyeuse et qui épousait ses formes pratiquement inexistantes, elle portait ses cheveux noirs luisants tirés en arrière en une queue-de-cheval sévère. Ses yeux marron, durs et omniscients, son expression aussi ferme que son ton, donnaient l'impression que cette femme s'emparerait du monde, le mettrait à genoux, et le réduirait à sa merci si tel était son bon plaisir.

Ce qui était génial.

Carrément parfait.

Elle était le genre d'avocate dont Hawk avait besoin s'il voulait éviter de passer les plus belles années de sa vie derrière les barreaux.

Parmi tous ceux auxquels le club avait fait appel au fil des ans, elle était de loin la meilleure. Elle travaillait aussi dur qu'elle en avait l'air et était déjà montée au créneau à de nombreuses reprises pour eux, obtenant que quelques condamnations soient drastiquement réduites. Dans d'autre cas, il ne fut même plus question de peine de prison.

Ce qui ne serait pas le cas ici. Hawk savait qu'il se retrouverait derrière les barreaux, mais combien de temps ? Cela restait à établir.

— Monsieur Polachev, dit Meredith qui se détacha du mur pour venir s'appuyer contre le bureau de Deuce, vous n'êtes peut-être recherché qu'en raison de vos liens avec les activités criminelles de votre père, mais comme vous le savez, la plupart des membres du cartel font l'objet de mandats internationaux. La liste de leurs activités illégales est plutôt longue. On y trouve en dernier lieu le trafic de drogue ou d'armes. Le FBI a remonté leur piste et les a identifiés comme fournisseurs de plusieurs explosifs qui ont été utilisés dans des attaques à la bombe à travers le pays. Et n'oublions pas le trafic humain. Si nous entrons dans les bureaux du quartier général du FBI en annonçant que vous êtes le fils disparu d'Avgust Polachev, et que vos connaissances du cartel remontent à presque vingt ans, vous n'aurez droit à aucune offre. Vous allez être placé derrière les barreaux d'une prison de haute sécurité où vous moisirez.

Hawk savait déjà tout ça. Si le plan que Deuce et Preacher avaient concocté échouait, c'était effectivement comme cela qu'il finirait. À moisir.

— Et si je leur donne Yevgeniy Polachev ? demanda-t-il d'une voix posée.

Le regard de Meredith passa de lui à Deuce, qui confirma d'un hochement de tête.

— Comme ça ? demanda-t-elle, surprise. Vous deviendriez une balance ?

Deuce haussa les épaules.

— C'est lui qui a commencé, marmonna-t-il. Ce salaud de Russe m'a fait chanter en utilisant l'un de mes gars.

— Mais quel comportement plein de maturité, répliqua l'avocate en croisant les bras sur la poitrine.

— Maturité ou pas, intervint Hawk, cela pourrait marcher. Y a qu'à filer au FBI les détails de la prochaine livraison aux Horsemen. Ils organisent une descente, arrêtent tout le monde. Nous inclus.

— Ouais, renchérit Deuce, mais n'oublions pas que je veux qu'on mette par écrit que tout ça est pour la façade, et qu'aucun de mes gars ne sera poursuivi. Les Feds mettent la main sur Yenny et ses hommes, le cartel continuera à travailler avec les clubs que je lui ai trouvés, et tout le monde vit heureux pour toujours et à jamais. Vous me suivez ?

Meredith eut un petit sourire suffisant, première trace de bonne humeur depuis son arrivée dans la pièce.

— Je vous suis effectivement bien, monsieur West. Si vous leur proposez Yevgeniy Polachev sur un plateau d'argent, je suis sûre que j'arriverai à un accord pour qu'aucun de vos gars ne soit poursuivi… M. Polachev mis à part, bien sûr.

— Bien sûr, marmonna Hawk.

Qu'elle utilise en permanence un nom de famille dont il ne voulait pas se souvenir l'irritait.

— En ce qui concerne votre condamnation, poursuivit-elle, compte tenu de l'aide apportée dans l'arrestation de votre oncle, je suis sûre à 85 % que je serais en position de demander que les charges contre vous soient réduites à une simple accusation de complicité. Vous devriez être condamné à passer cinq à dix ans derrière les barreaux. Mais seulement si le procureur fédéral accepte, et d'après ce que j'ai entendu dire, c'est l'homme le moins agréable de la planète.

Ce fut au tour de Hawk d'afficher un air suffisant.

— Vraiment ? demanda-t-il. Vous avez déjà rencontré mon président ?

— *Touché*[1], répondit-elle en se redressant.

Ses talons claquèrent contre le ciment quand elle traversa la pièce. Elle attrapa son sac à main et son attaché-case avant de se diriger vers la sortie.

— Je vous recontacte très vite, lança-t-elle sans se retourner.

Quand elle ouvrit la porte, les bruits de la fête qui se déroulait hors du bureau de Deuce envahirent la pièce. Les gars avaient décidé de l'organiser, manière de dire au revoir à Hawk. Les battants se refermèrent derrière l'avocate, mettant un terme à la musique et aux rires, et Hawk se représenta une cellule de prison dont la porte claquait, le coupant complètement du monde.

Et il avait cru ne rien posséder de valeur en ce monde. En vérité, il avait eu tellement. Plus que la plupart.

— Je n'ai jamais vraiment passé de temps derrière les barreaux, juste quelques brefs séjours ici et là, quelques mois tout au plus, dit Deuce en se levant de son fauteuil pour contourner le bureau.

Il vint s'asseoir à côté de Hawk sur le canapé et soupira.

— Grâce à Mick, ajouta-t-il en roulant les yeux. Mais tu t'en sortiras. Fais profil bas, garde les lèvres serrées, et si tu y es obligé, si quelqu'un a une dent contre toi, rapproche-toi d'une bande qui surveillera tes arrières. Si jamais tu rencontres de vrais problèmes, tu me passes le mot. Preacher a des oreilles partout. Quelle que soit la taule dans laquelle tu atterriras, je suis sûr qu'il connaît quelqu'un qui connaît quelqu'un qui connaît quelqu'un, et je me chargerai très vite du problème.

---

1. En français dans le texte. *(N.d.T.)*

Hawk aurait eu du mal à trancher : Deuce essayait-il de se convaincre lui-même que tout irait bien, ou son discours s'adressait-il à lui, Hawk ? Mais il ne doutait pas de son président une seule seconde. Après tout, Deuce avait placé un contrat sur la tête de son père quand ce dernier était en taule. Reaper était mort d'un coup de poinçon dans les douches.

Hawk ne s'en plaignait d'ailleurs pas. Sans le décès providentiel de Reaper West, qui sait ce qu'il serait advenu de lui-même, de Cox, Ripper ou Dirty ? Reaper, aucun doute à ce sujet, n'aurait jamais accordé la moindre faveur à une bande d'ados SDF.

Bien que tuer son père puisse être considéré comme l'acte d'un homme cruel au cœur froid, Reaper était celui qui s'était montré cruel, pas Deuce. Lui avait uniquement agi pour survivre. Il avait établi ses propres règles, vécu comme il l'entendait, et quiconque merdait avec lui ou avec ce qui lui appartenait…

D'une manière ou d'une autre, un jour ou l'autre, Deuce le punissait.

— En parlant de s'occuper de trucs, dit Hawk, qu'est-ce que tu envisages pour les gars de Vegas, et pour…

Il hésita, ne souhaitant pas évoquer le nom du plus grand des traîtres, mais cela n'avait pas d'importance. Deuce savait exactement de qui il parlait.

— On leur a retiré leurs couleurs à tous, répondit Deuce. J'ai les mains liées tant qu'ils partagent leur lit avec le cartel, mais tu connais les Russes, ils n'aiment jamais garder trop longtemps des outsiders en leur sein. Ce sont des handicaps. À un moment ou à un autre, ils finiront tous six pieds sous terre.

» Quant à ZZ, poursuivit-il, sa mâchoire se tendant au point que Hawk remarqua que les muscles de son visage étaient agités de tics, j'en ai rien à cirer qu'il s'imagine être protégé. Je ne cesserai pas de le rechercher, et lorsque je le trouverai, je lui arracherai le cœur.

Les narines de Deuce s'évasèrent, ses yeux bleus froids enflammés par sa véhémence.

— Il a tiré sur mon fils, m'a trahi, et maintenant cette merde avec toi…

Les poings de Deuce, qui reposaient sur ses genoux, se serrèrent.

— Il l'aime encore, dit Hawk.

Deuce redressa vivement la tête, son regard se posant sur Hawk.

— Danny ? demanda-t-il.

Hawk confirma d'un mouvement de tête.

— J'ai compris ça après qu'il m'a tiré dessus, avant qu'il ne commence à me tabasser à mort. J'avais pas vraiment envie de lâcher ça devant Ripper.

L'expression de Deuce sembla se détendre légèrement, sans pour autant que sa colère disparaisse complètement.

— Ça ne change rien, grogna-t-il. T'étais à fond sur D. toutes ces années, pour autant tu ne t'es pas mis à canarder tes frères.

Hawk ravala un rire. Parfois, l'envie de mettre une balle dans le cerveau pourri, égoïste, inutile de Jase l'avait démangé. Mais voir souffrir Dorothy était quelque chose qu'il n'aurait jamais pu supporter, et tuer Jase… Eh bien, qu'importent les sentiments qu'elle lui portait, elle en aurait souffert.

— Au diable cette discussion de nanas, cracha soudain Deuce en se levant. Il attrapa les béquilles de Hawk, lui tendit le bras. Y a une fête qui bat son plein où on n'attend que toi. Les gens veulent te voir.

Hawk accepta l'aide offerte. Il parvint à se mettre debout à force d'efforts. Tandis qu'il se balançait sur sa bonne jambe, Deuce lui glissa ses béquilles sous les bras. Il avait fallu un moment à Hawk pour s'y habituer, comme il n'en avait jamais utilisé auparavant, mais c'était ça ou être coincé dans une chaise roulante. Les béquilles semblaient bien plus attirantes qu'essayer de manœuvrer dans le coin sur des foutues roues.

Deuce était sur le point d'ouvrir les portes lorsqu'un coup lourd retentit. Le bois du montant en trembla.

Hawk recula en claudiquant tandis que Deuce ouvrait pour révéler… Jase.

— Tu es de retour, l'accueillit Deuce.

— Je… heu…

Le regard de Jase se posa sur Hawk, qui ne se déroba pas, yeux étrécis. Dorothy lui avait expliqué ce qui s'était passé entre eux deux. Il était au courant qu'elle avait dormi dans le lit de Jase, qu'elle l'avait aussi embrassé le lendemain matin pour lui dire adieu. Même en sachant qu'il s'était agi de leur dernier baiser, Hawk n'en était pas heureux. Non pas qu'il ait eu quelque droit sur Dorothy à ce moment-là, mais c'était maintenant le cas. Il ne pouvait s'empêcher de se sentir un peu possessif. Ou peut-être beaucoup.

Deuce passa de l'un à l'autre avant de faire entrer précipitamment Jase et d'offrir un sourire lugubre à Hawk, accompagné d'une claque dans le dos.

— Vas-y, lui intima-t-il en indiquant la fête.

Hawk franchit le seuil en clopinant. Il avait bien conscience que rien sur terre hormis une balle dans le crâne ou une overdose fatale n'arriverait à lui faire oublier ce qui l'attendait, mais tandis qu'il était accueilli par des sourires, des cris et des acclamations, que les bouteilles se tendaient dans les airs et qu'une jolie petite rousse lui souriait tristement, il parvenait presque à passer outre.

Presque.

Avant même que Jase voie Hawk boitiller à travers la pièce, se dirigeant directement vers Dorothy pour l'attraper d'un bras et l'étreindre, la collant contre lui et lui donnant un baiser à faire rougir des stars du porno, il avait déjà compris qu'il s'était passé quelque chose entre ces deux-là.

Hawk et lui ne s'étaient jamais vraiment appréciés. Ils passaient généralement le peu de temps où ils étaient obligés de se côtoyer à s'ignorer. Depuis le jour où Hawk s'était pointé à l'hôpital, les informant tous que le bébé de Dorothy était le sien avant de se mettre à tabasser Jase, Hawk ne lui avait même plus donné l'heure.

Jusqu'à aujourd'hui. L'expression dure de Hawk s'était encore renfrognée en découvrant Jase. Même blessé, l'homme avait carré les épaules, s'était redressé de toute sa taille. C'était l'équivalent humain du comportement d'un animal sentant le danger. Les plumes de Hawk s'étaient ébouriffées.

Ils s'étaient défiés du regard. Jase avait senti la tension monter entre eux, pire qu'auparavant. Ouais, il y avait quelque chose de différent cette fois-ci. Par conséquent, quand il vit Hawk et Dorothy s'embrasser…

Deuce claqua les portes et Jase ferma les yeux. Ce baiser l'avait transpercé jusqu'au bout des orteils. Aucune claque physique ou verbale que Hawk aurait pu lui envoyer n'aurait été pire que voir la femme qui l'avait autrefois placé sur un piédestal, avait attendu fidèlement pendant des années qu'il la choisisse…

Attends. Rayons ça. Elle n'avait pas été fidèle. Loin de là. Mais il ne parvenait pas à s'énerver à ce sujet. Ce serait l'hôpital qui se moque de la charité.

Pourtant, malgré tout, la voir publiquement revendiquée par un autre homme lui donnait le sentiment d'être une merde.

— Détends-toi, marmonna Deuce, et assieds-toi. Je dois t'informer de tout un tas de trucs.

Tandis que Deuce se dirigeait vers son bureau, Jase se laissa tomber dans un fauteuil et soupira.

— Justement, prés', je crois pas que tu devrais me confier quoi que ce soit.

Deuce s'assit, mais au lieu de se pencher en avant sur son bureau comme d'habitude, il se laissa aller en arrière, croisa les bras sur sa poitrine et planta un regard vide sur Jase.

— Ah ouais ? demanda-t-il. Et pourquoi ça ? Tu me quittes ?

— Mes gosses ne veulent même pas m'adresser la parole, dit Jase.

Il commençait à s'inquiéter. Deuce le laisserait-il s'en aller sans faire de problème, ou lui botterait-il les fesses pour le punir de son départ ? L'obligerait-il à recouvrir les tatouages prouvant son allégeance ?

— Je suis avec toi depuis longtemps, prés', reprit-il nerveusement. La moitié de ma vie, en fait. Faut que je parte. J'ai pas le choix. Je dois rétablir la situation avec mes filles.

— Donc c'est là que tu vas ? Dans le nord de l'État ? Près de la fac ?

Jase se contenta de confirmer d'un hochement de tête.

Deuce décroisa les bras, se redressa. Il ouvrit brutalement un tiroir dont le contenu était invisible pour Jase. Il en sortit un paquet de cigarettes, en prit une et l'alluma.

Jase jeta un coup d'œil vers la porte, s'attendant à voir Eva arriver au pas de charge pour passer un savon à son homme. Comme il ne se passait rien, il haussa les épaules et reporta son attention sur Deuce.

— Ne me prends pas la tête, grommela ce dernier. Deux de mes gars me quittent, je pense mériter de fumer.

Jase voulait demander qui était l'autre, mais choisit de rester muet. Si Deuce lui permettait de se retirer en bons termes, il serait encore techniquement membre du club, uniquement à la retraite. Et être à la retraite d'un MC ressemblait énormément à l'armée – on pouvait vous rappeler chaque fois que nécessaire.

— Ahhh, soupira Deuce tandis qu'un long filet de fumée grise s'échappait d'entre ses lèvres. Que c'est bon.

Jase ne pipait toujours pas. Il laissait Deuce apprécier sa cigarette. Il en profitait pour regarder autour de lui, car il était plus que probable que c'était la dernière fois qu'il se trouvait dans ce bureau. La pensée de partir, de dire au revoir à tout ce qu'il connaissait était terrifiante. Malgré tout, une petite partie de lui se sentait… excitée à l'idée de tout recommencer.

Deuce se leva brusquement et Jase reporta vivement son attention sur lui.

— Donne-moi ton gilet, exigea Deuce.

Jase sentit son estomac lui tomber dans les talons.

Il quitta lentement son fauteuil. Encore plus lentement, il laissa la veste de cuir noir glisser de ses épaules. Il se tourna pour l'attraper avant qu'elle ne finisse par terre. Puis, l'agrippant fermement, il la fixa un moment, tout comme ses couleurs, pensant aux millions de souvenirs que contenait un seul petit bout de tissu.

— Ta photo reste au mur, reprit Deuce, attirant de nouveau à lui l'attention de Jase. Tes tatouages sur ta peau. Et quand j'ai besoin de toi, tu ramènes tes fesses ici plus vite qu'une merde ne tache une moquette blanche, tu me suis ?

Après avoir écrasé son mégot, Deuce contourna son bureau pour s'approcher de Jase. Il tendit la main.

— Donne-le-moi, dit-il.

Deuce rappelait Walter à Jase. Bien qu'il vieillisse mieux que son paternel, Deuce avait été comme un père pour lui. Lui dire au revoir lui donnait le sentiment de perdre un membre de sa famille.

Malgré tout, il tendit la jaquette. Une fois qu'elle se trouva entre les mains de Deuce, ce dernier se tourna pour indiquer l'endroit où était pendue celle de Blue, encadrée au-dessus de son bureau.

— Elle sera là, frère, dit-il. Tu seras en sacrée bonne compagnie.

C'était à la fois surprenant et réconfortant. Avoir son gilet accroché au mur de Deuce, et près de celui de Blue en plus ? C'était un honneur dans les grandes largeurs, et qui n'était accordé qu'à peu de frères. Jase n'était pas renvoyé ou mis de côté, pas du tout. Il allait tout simplement de l'avant. Ce n'était pas sans rappeler le départ de la maison de vos parents, quand vous étiez assez âgé pour cela et qu'il était temps de passer à l'acte.

Ce temps était arrivé pour lui.

— Merci, prés', dit-il calmement.

— Deuce, répondit ce dernier en lui tendant la main. Je m'appelle Deuce, frère.

Jase referma sa main sur celle de Deuce et la serra fermement avant que Deuce ne l'attire vers lui pour l'étreindre rapidement. Jase eut à peine le temps d'en être surpris qu'il était déjà repoussé. Son ancien président lui indiqua la porte du menton.

— Y a une foutue fête en cours, va dire au revoir aux gars.

Jase savait qu'il était congédié, mais il savait aussi que Deuce ne se comportait ainsi que parce qu'il avait besoin de rester un moment seul, à en croire l'expression de son visage. Les choses en cours, quelles qu'elles soient, l'avaient blessé, et Jase n'avait fait qu'ajouter à cela.

— Hé, Jase ?

Se retournant vers Deuce, il haussa un sourcil interrogateur.

Deuce sourit d'un air grave.

— Certains des gars pourraient ne pas apprécier ton choix, de quitter le club et tout ça, mais ne leur prête pas attention. Y a rien de plus important que la famille. M'a fallu un sacré bon bout de temps pour comprendre ça.

Jase ferma les yeux. Il inspira profondément. Lorsqu'il souleva les paupières, il octroya à Deuce un long regard dur, souhaitant être fort, lui aussi. Comme Deuce l'était toujours.

— Merci, frère.

— Vas-y maintenant, lui ordonna ce dernier en se détournant. Retourne à la vie.

Les muscles de Jase se contractèrent et sa mâchoire se verrouilla. Il n'allait pas se conduire comme une femmelette maintenant ; il allait passer cette porte, la tête droite, fier de ce qu'il entreprenait enfin. Ses foutues émotions, qu'elles soient maudites, ne le trahiraient pas cette fois-ci.

Il attrapa la poignée et ouvrit la porte.

— Connard ! hurla Cage, doigt tendu vers Jase tout en se précipitant sur lui. Qu'est-ce que t'as foutu avec mon camion ? On ne merde pas avec le camion d'un autre !

— Arrête de pleurnicher, cria Ripper depuis l'autre bout de la pièce. Ton camion est pourri !

— Jase ! intervint Cox en martelant le bar. Ramène ton cul ici. J'ai des trucs à raconter et personne ne m'écoute !

Un large sourire aux lèvres, Jase ferma la porte du bureau de Deuce et avança lentement dans le club.

Pour la dernière fois.

20

Le rassemblement impromptu au club, présenté comme une fête, avait en réalité un autre but : saluer Hawk. Tout le monde était venu – les gars, leurs femmes ou petites amies, et tous les enfants. Même les nomades, des hommes qui ne vivaient pas à Miles City, s'étaient pointés.

Ils éprouvaient de la fierté pour le sacrifice consenti par Hawk, avaient fermé les yeux sur son vrai passé. Ils étaient rassemblés pour lui présenter leurs respects, et pour dire au revoir à l'un des leurs.

J'appréciais leurs efforts, mais je ne me sentais pas d'humeur festive. Je restais donc sur la touche, à éviter tout le monde. Je ne souhaitais qu'une chose : me lover au lit contre Hawk, le caresser, toucher chaque centimètre de sa peau, mémoriser chaque courbe de son corps, sentir chaque muscle et chaque os sous sa peau, chaque ligne de son visage, chaque callosité de ses mains, chaque poil, à la fois épais et doux.

Je voulais fixer son visage, planter mes yeux dans les siens, jusqu'à ne plus rien voir d'autre, à tel point que, chaque fois que je baisserais les paupières, ces traits sauvagement beaux et dangereusement sombres se formeraient dans mon subconscient.

Je voulais le garder avec moi même lorsqu'il ne pourrait plus l'être.

Mais je n'étais pas la seule à l'aimer, à désirer passer un temps si précieux avec lui avant qu'il ne nous quitte. Qu'il n'ait pas été un grand bavard, toujours plus dans les actes que dans les paroles, ne signifiait pas qu'au fil des ans il n'avait pas créé de liens.

J'étudiai la pièce, mes yeux dansant sur de nombreux visages avant de trouver celui que je cherchais. Hawk était installé à un tabouret du bar, lourdement appuyé sur sa jambe droite, une béquille nichée sous son bras supportant la plus grande partie de son poids. Sa tête était rasée de près, sa crête disparue. Il ne restait plus de sa barbe qu'une repousse épineuse de deux jours.

Mais ce n'était pas la beauté de son visage qui retenait mon attention. C'était la force qui s'en dégageait. L'homme en lui.

J'adorais cette force. Qu'il soit un père dévoué, qu'il n'ait jamais renoncé à moi malgré ma réticence. Plus encore, je l'aimais de m'aimer malgré mes si nombreuses faiblesses.

Jase et moi n'étions pas faits l'un pour l'autre. Nous étions les mêmes, des êtres faibles et manquant de volonté. Nous nous étions sentis tous deux piégés, coincés dans des vies que nous n'avions jamais voulues. À cause de cela, nous nous étions rapprochés durant une période sombre de mon existence dont tout espoir était exclu.

Pendant une courte période, il avait été ce que j'avais vraiment désiré.

Mais jamais ce dont j'avais eu besoin.

Hawk était l'homme fort, solide, émotionnellement droit qui m'était nécessaire. J'espérais qu'un jour Jase prendrait conscience de cette vérité lui aussi, et trouverait une femme qui lui apporterait le même genre de soutien et d'amour inconditionnels.

Mon seul réconfort dans le fait de perdre Hawk était de savoir que je ne perdrais en revanche jamais cet amour. Peut-être ne serait-il pas physiquement avec moi durant le temps que durerait son absence, mais il ne me quitterait jamais. Et même les épais murs de béton et les barreaux de fer de la prison ne m'enlèveraient pas cela.

— Je serais prêt à parier qu'il sera à l'ombre dix ans, max'.

Le canapé s'avachit quand Deuce se laissa tomber sur le coussin à côté de moi, me sortant de mes pensées. Je sursautai.

— Cinq à sept ans, pour bonne conduite, continua-t-il. Cela sera terminé avant que tu ne t'en aperçoives, et il sera de nouveau à la maison.

Je soupirai et m'arrachai à la contemplation de Hawk pour accorder toute mon attention à Deuce. Je me doutais qu'il ne prendrait pas bien d'être ignoré.

Il m'offrit le verre qu'il tenait à la main.

— Tu t'en sortiras, D.

Deuce parlait de dix ans comme si ce n'était rien, comme si dix ans étaient un mauvais moment dans une vie qui en comptait soixante ou soixante-dix, si vous aviez de la chance.

Dix ans, c'était dix longues années sans l'homme que j'aimais, et Christopher grandissant sans père. Dix ans, c'était dix ans, bon sang, et certainement pas une période difficile passagère.

Je serais dans la cinquantaine, Christopher achèverait le lycée, et Hawk aurait raté tout ça. Ravalant une vague de tristesse, je chassai mes sentiments en avalant une gorgée de la boisson que m'avait apportée Deuce. Résultat, je manquai mourir étouffée. C'était quoi ? De l'alcool à brûler ?

— Il veut que tu restes ici, tu sais ? reprit Deuce à voix basse en se penchant vers moi. Il veut que le gosse et toi soyez ici. Comme ça, il sait qu'on s'occupera de vous. Et je dois reconnaître que je suis d'accord avec lui, D. Je peux t'aider à trouver une maison, un boulot, tout ce dont tu auras besoin.

Je détestais l'idée de déraciner Christopher de son école, de ses copains et de sa ville, mais je mentirais en disant avoir envie de retourner à San Francisco. Là-bas, je n'aurais personne, Christopher mis à part, maintenant qu'il n'y aurait plus les visites de Hawk. Les amis de Tegen étaient gentils, mais je n'avais jamais été capable de forger de vrais liens d'affection avec eux. Je voulais être avec ma fille, entourée de femmes de mon âge… et bien sûr, du club.

Il n'était pas nécessaire que Deuce me trouve une maison, pas quand le seul agent immobilier de la ville était de ma famille.

Et il était temps que je fasse face à cette dernière.

— J'appellerai ma sœur, dis-je. Pour voir ce que le marché offre.

— Quand vous êtes-vous parlé pour la dernière fois ?

Je haussai les épaules.

— Il y a un bon moment.

— Et tes vieux, c'est pareil ?

Je soupirai et acquiesçai.

— Je sais qu'ils ont contacté Tegen à quelques reprises, tout comme les parents de son père. Elle m'a dit qu'elle leur avait clairement laissé entendre qu'elle ne voulait rien avoir à faire avec eux. (Je secouai la tête.) Évidemment, elle est allée plus loin et leur a appris que son nom était Tegen West, s'assurant qu'ils n'aient aucun doute sur l'identité de son beau-père.

J'offris à Deuce un regard perçant.

— J'imagine sans peine l'expression de leurs visages empreints de la peur du ciel.

Deuce eut un rire profond qui attira l'attention de pratiquement tout le monde autour de nous.

— Autant mettre ça sur mon compte, dit-il, gloussant encore. Et D. ? « Non » n'est pas une réponse acceptable.

Je n'avais pas imaginé qu'il en soit autrement. Cela n'avait jamais été son genre. Je l'avais appris à l'époque où il avait insisté pour payer les frais de Tegen à San Francisco. Je n'étais pas assez stupide pour refuser son offre, pas quand je ne disposais que de ma pension d'invalidité, et du peu d'épargne que j'avais pu réunir. Cela n'était en rien assez suffisant pour acheter une maison correcte dans laquelle mon fils serait susceptible de grandir.

— Je suis partante, prés', plaisantai-je. Mais seulement si tu peux me promettre qu'il n'y a pas de risques.

Il me balança un regard en coin.

— Des risques ? demanda-t-il, perplexe.

Je haussai les épaules, ne me sentant pas à ma place en lui parlant de ses affaires.

— Les Russes ? D'après tout ce que Hawk m'a dit, et avec ce qu'il a prévu… Ne vont-ils pas chercher à se venger ? Que se passera-t-il s'ils découvrent que Christopher est son fils ?

Deuce grimaça.

— J'ai mis des trucs en place comme dispositifs de sécurité. Je ne peux pas promettre qu'ils ne renverront pas le coup, mais je t'assure que cela ne sera pas dans ma foutue ville, et que personne n'ira penser que le petit lutin est le fils de Hawk.

Son regard se porta sur Christopher. Assis au sol, jambes en tailleur, mon fils et quelques autres enfants de son âge formaient un cercle.

— On dirait que tu l'as fait toute seule, ma belle.

Je ris tout en plissant des yeux pour mieux voir ce que les enfants trafiquaient.

— À quoi s'occupent-ils ? demandai-je. Est-ce qu'Ivy leur apprend… (Je m'interrompis, écarquillai les yeux.) Mon Dieu, Deuce, elle n'a que douze ans et elle leur apprend à jouer au poker !

Deuce haussa les épaules.

— Devin, ce petit merdeux, lui a montré comment jouer. (Il haussa de nouveau les épaules.) Au moins, c'est pas un strip-poker.

Alors que je le regardais bouche bée, il me tapota la jambe, conciliant.

— Quoi qu'il en soit, tu me laisses m'inquiéter des Russes et du problème qu'a ma fille avec le jeu. Tu te contentes d'élever ce garçon et de mener ta vie. Tu me suis ?

Je reportai mon attention sur Christopher, puis sur Hawk, pris par sa conversation, avant de revenir à Deuce. L'expression de ses yeux était la plus douce que j'y aie jamais vue, la plus empreinte de bonté aussi.

— Je te suis, murmurai-je, reconnaissante du soutien qu'il m'offrait mais commençant aussi à me sentir bouleversée.

— Et quelle que soit la prison où se retrouvera Hawk, ajouta-t-il, je t'emmènerai le voir une fois par mois. Moi-même.

Ce n'était pas beaucoup, une visite par mois, mais c'était quelque chose. Un quelque chose pour me permettre de tenir le coup durant les… dix ans à venir.

— C'est chouette, dit Dorothy en se lovant contre Hawk.

En mettant en position allongée l'un des nombreux fauteuils inclinables du club, Hawk était capable de garder la jambe en l'air tout en ayant Dorothy, petit format comme elle l'était, installée sur ses genoux, collée à lui.

C'était chouette. Étrange et sacrément chouette. Chouette parce que les antidouleurs qu'il avait avalés peu de temps auparavant produisaient leur effet, et étrange parce qu'ils ne s'étaient jamais comportés ainsi avec Dorothy… à traîner comme ça, paresseux et idiots.

Et encore plus étrange parce que non seulement ils avaient passé la journée au club ensemble, mais en plus en tant que couple, devant tout le monde et en particulier devant Jase, pour la toute première fois.

En parlant de Jase… Hawk n'était pas fan du gars, certes. Pour autant, il reconnaissait bien volontiers que perdre un frère craignait, même si ce frère était un foutu salaud. Jase avait toujours été à la recherche de quelque chose de plus : n'importe quel idiot qui le connaissait était au courant. Le seul problème était que le plus idiot d'eux tous, Jase lui-même, ne s'en rendait absolument pas compte. Maintenant qu'il allait de l'avant, prenant enfin sa vie en main, Hawk espérait qu'il trouverait ce qu'il avait cherché en vain pendant toutes ces années.

Si en plus cela le gardait éloigné de Dorothy, alors génial. Super. Hawk était un homme heureux.

— C'était sympa de la part de Tegen de ramener Christopher à la maison, dit Dorothy.

Elle caressa lentement le torse de Hawk, descendant le long de son corps pour relever son tee-shirt et offrir à sa peau nue le même traitement.

— Sympa que tout le monde se soit cassé d'ici, ajouta-t-il en fermant les yeux.

Ouais, c'était chouette.

Dorothy eut un petit reniflement. Son corps trembla légèrement contre celui de Hawk.

— Cox est revenu, murmura-t-elle. Tu veux parier sur la manière dont il s'occupe ?

Hawk n'en avait rien à fiche. En fait, il n'en avait rien à cirer de qui que ce soit, Dorothy et ses doigts qui rampaient sur son ventre pour maintenant s'introduire sous l'élastique de son survêtement mis à part.

— Je me sens plutôt ridicule dans ce survêt immense, grommela-t-il.

Et ce qui était encore plus ridicule ? Une des jambes du survêtement en question avait été coupée afin de laisser sa cuisse abîmée et sa prothèse orthopédique à l'air libre.

— Tu plaisantes, roucoula Dorothy en l'embrassant dans le cou, ses doigts se faufilant encore plus loin dans le pantalon.

Sous sa petite main, le sexe de Hawk, heureusement insensible à l'action des anti-inflammatoires, se réveilla immédiatement.

— Il offre un accès si facile.

Ouais. C'était chouette. Probablement même plus que ça, mais Hawk ressentait vraiment les effets de ses médicaments et son cerveau ne fonctionnait pas totalement à plein régime. « Chouette » était tout ce qu'il trouvait.

— J'ai discuté avec Deuce tout à l'heure, reprit Dorothy.

Hawk afficha une grimace de dégoût. Pourquoi donc parlait-elle de Deuce ? Tout en caressant son membre ? Les deux n'allaient définitivement pas bien ensemble.

— Je vais accepter sa proposition de logement, ajouta-t-elle.

— Ouais ? Tu vas te réinstaller ici ?

Elle leva son visage souriant vers lui, et il remarqua pour la première fois combien elle semblait détendue. Trop détendue pour que cela lui ressemble.

— Femme, tu as picolé ?

Il eut sa réponse lorsqu'elle se mit à glousser.

Souriant d'une oreille à l'autre, il laissa tomber sa tête en arrière et ferma les yeux. Deuce avait tenu parole. Rien ne rendait Hawk plus heureux que de savoir que Christopher allait grandir ici, au sein de sa famille et du club. Il n'avait jamais aimé que Dorothy ait filé jusqu'en Californie. Il était parti du principe qu'une fois Tegen de nouveau dans le Montana elle suivrait. Cela n'avait pas été le cas. Comme les choses entre eux étaient carrément compliquées, il ne l'avait jamais suggéré.

Cela ne comptait plus maintenant, si ?

Il pourrait se reposer tranquillement dans n'importe quelle prison où les Feds l'enfermeraient, sachant que Dorothy et son fils vivraient sur le territoire des Horsemen, sous la protection inébranlable de Deuce.

— Je veux tous les bulletins scolaires, dit-il, tous les mots pour mauvais comportement, toutes les photos d'école. Je veux tout, D.

— Promis, murmura-t-elle.

— Et pas de lutte, continua-t-il.

Il laissa tomber ses doigts sur le dos de Dorothy, pour descendre jusqu'à ses fesses. Ses mains étaient suffisamment grandes, le derrière de cette dernière suffisamment petit pour qu'une fesse occupe parfaitement une paume. Ouais, c'était super chouette. Bon sang, il était défoncé au point que son vocabulaire soit maintenant réduit à « chouette » ?

— La lutte ? demanda-t-elle.

— Ouais, ne laisse pas Christopher s'inscrire dans l'équipe de lutte de l'école. Je ne tiens pas à ce que mon fils porte l'un de ces maillots de corps homo. Le football américain, le base-ball, le basket, et merde, le foot aussi, ça va. Pas de lutte.

Dorothy gloussa de nouveau.

— Pas de lutte, confirma-t-elle. J'ai compris.

— Je suis sérieux, femme, grogna-t-il en pinçant de manière joueuse le postérieur de Dorothy.

— Tu as pratiqué la lutte quand tu étais enfant ? demanda-t-elle en riant. Le maillot de corps t'a laissé de douloureux souvenirs ?

Hawk resta silencieux. Il n'avait pas connu le luxe d'une enfance normale. Il avait fréquenté une école privée. Plutôt que de s'inscrire au sport ou à des activités extrascolaires typiques, il s'était rendu à des fêtes extravagantes et en avait organisé. Même enfant, sa vie n'avait rien eu d'ordinaire. Aussi loin qu'il remontait dans ses souvenirs, il se rappelait les leçons de piano, les essayages de costumes, et une armée de nounous, qui étaient toutes plus là pour le plaisir de son père que pour remplir leurs devoirs envers l'enfant qu'il était.

— Je suis désolée, chuchota Dorothy, ses yeux levés vers lui reflétant son inquiétude. J'ai dit quelque chose qu'il ne fallait pas ?

— Nan, répondit-il, j'étais plongé dans le passé.

— Tu devrais m'en parler, souffla-t-elle d'un ton plein d'espoir. De ton autre vie. J'ai le sentiment qu'il y a tant de choses sur toi que je ne connais pas et…

— Non, la coupa-t-il plus brutalement qu'il n'en avait eu l'intention.

Dorothy sursauta.

— Merde, excuse-moi, D., reprit-il d'un ton plus posé en la serrant contre lui. Comme je te l'ai déjà expliqué, ce n'est plus ma vie. Toi, Christopher, le club, c'est ce que je suis aujourd'hui. Pas besoin de regarder en arrière.

Elle était sur le point de sourire, il en était sûr à la manière dont la commissure de ses lèvres se relevait, et il s'apprêtait à faire de même, quand, tout aussi rapidement, la lèvre inférieure de la jeune femme se mit à vaciller. Ses yeux s'emplirent de larmes.

— Non, non, non, marmonna-t-il, en lui frottant le dos, y dessinant des cercles. Pas de pleurs, D., mais plus de caresses intimes.

Une espèce de sanglot bredouillant échappa à Dorothy. Elle tremblait. Hawk inclina la tête de manière à mieux la voir pour se rendre compte qu'elle riait. En fait, elle pleurait encore, mais tout en riant.

Alors qu'il s'apprêtait à insister – il ne plaisantait pas et tenait vraiment à ce qu'elle continue à le toucher –, le moniteur du portail qui se trouvait derrière le bar carillonna.

— Le portail s'ouvre, marmonna Dorothy en s'étirant pour regarder par-dessus le dossier du fauteuil.

— Celui qui arrive a donc la clé et connaît le code, en déduisit-il avant d'ajouter : et qui que ce soit, il va mourir pour nous avoir interrompus.

— Oh merde ! s'exclama-t-elle.

Voilà que maintenant Dorothy jurait comme une charretière et tombait presque sur le nez en tentant de quitter les genoux de Hawk.

— Merde ! répéta-t-elle.

— Quoi ? demanda-t-il en regardant autour de lui pour chercher à identifier la menace. Qu'est-ce qui se passe ?

— C'est Kami ! cria Dorothy, doigt pointé vers la fenêtre alors qu'elle se précipitait comme une folle vers la porte. Kami est ici !

— Et alors ? marmonna-t-il en se laissant retomber en arrière.

— Et alors ? hurla Dorothy. Cox est à l'arrière ! Avec cette fille !

Elle se jeta contre la porte.

Ennuyé, Hawk ferma les yeux et haussa les épaules.

— C'est un homme mort.

— OUVREZ CETTE PORTE !

Le hurlement, lancé d'une voix familière et haut perchée irritante, leur parvint de l'extérieur.

— Tu plaisantes ? s'exclama Dorothy qui tenait la poignée de la porte qui commençait à remuer. Et qu'en est-il de la fraternité ? Tu vas laisser Kami le tuer ?

Il souleva une paupière.

— J'ai jamais vraiment apprécié toutes les infidélités qui se déroulent dans le coin.

Dorothy marqua une pause. Elle se tourna vers lui, la bouche légèrement entrouverte, et relâcha un peu la poignée. Lorsque la porte s'ouvrit à la volée, la jeune femme valdingua contre le mur avant de tomber au sol.

— Où est-il ? brama Kami, ses cheveux blonds voltigeant en désordre autour de son visage tandis qu'elle tournait la tête de droite à gauche. Où est ce salaud d'infidèle ?

— Bon sang, Kami ! cria Hawk qui luttait pour se redresser. Il aurait aimé pouvoir attraper ses béquilles et sortir de son fauteuil. D. ! Ça va ?

— Ça va, le rassura cette dernière.

Lorsqu'elle leva la tête, il se laissa de nouveau aller dans son siège, soulagé qu'elle ne soit pas blessée.

— Allez vous faire foutre tous les deux, lança violemment Kami qui avançait au pas de charge.

— Kami, l'interpella Dorothy qui bataillait pour se remettre debout, Kami, tu es armée ?

— Non ! hurla cette dernière par-dessus son épaule. Tu penses vraiment que je prendrais le risque de me retrouver en taule pour ce queutard de Mexicain ?

— Portoricain, marmonna Hawk en roulant les yeux.

— La ferme, Gorbatchev !

— Super original, cria-t-il dans son dos, souhaitant plus que jamais être capable de récupérer au moins une béquille, ne serait-ce que pour l'envoyer dans la tête de cette garce. Vraiment super original !

Dorothy revenait vers lui en se frottant le crâne. Elle suivait l'avancée de Kami vers le couloir, les yeux écarquillés.

— On devrait y aller, chuchota-t-elle, avant que les choses ne tournent vraiment mal.

— Pourquoi ? demanda Hawk. Ce débile de Cox a interrompu ma séance de caresses intimes. Ce n'est que justice que je reste dans le coin pour assister à l'interruption de la sienne.

Ce dernier mot venait à peine de franchir ses lèvres qu'un craquement et un hurlement se firent entendre depuis le couloir. Hawk sourit.

— Un, marmonna-t-il dans sa barbe, deux...

Sur ces entrefaites, une fille totalement nue, plutôt ronde, s'engouffra en courant dans la pièce, ses vêtements serrés contre son corps.

— Aidez-le ! brailla-t-elle en se précipitant vers la porte d'entrée. Cette timbrée va le tuer !

— Trois, acheva Hawk.

— Tu es horrible, commenta Dorothy qui tentait de ravaler son sourire.

Il lui tendit le bras, lui intimant du geste de reprendre sa place initiale, mais le regard de Dorothy s'égarait en direction des chambres.

— Ils vont s'entre-tuer...

— Et alors ? En quoi cela changerait des autres jours ?

Dorothy secoua la tête, sans abandonner sa veille.

— Tu as vu le visage de Kami ? C'est différent, Hawk. Elle souffre, et pas qu'un peu.

— Ouais, et Cox ne va pas si bien que ça non plus dernièrement, mais ce sont leurs affaires, leur foutu mariage, pas le nôtre.

Un nouveau cri leur parvint, ressemblant plus cette fois-ci à un sanglot.

— SALOPE ! brama Cox. Tu ne me touches pas, et TU NE ME LAISSES PAS TE TOUCHER !

— Ça ne compte pas, hurla Kami. Tu es à moi ! Tu es à moi et tu ne vas pas avec une autre nana !

— ALORS TOUCHE-MOI, KAMI ! OU AU MOINS, ACCORDE-MOI UN REGARD DE TEMPS À AUTRE !

Après avoir entendu cela, même Hawk dut reconnaître qu'il ne s'agissait peut-être pas de la manière habituelle de procéder du couple. Mais il n'y avait toujours aucune chance pour qu'il interfère.

— D., grogna-t-il, viens t'asseoir.

Avec un soupir, elle secoua la tête et enfin, enfin bon sang, reprit sa position sur les genoux de Hawk. Il remit une main sur sa fesse, et prit celle de Dorothy pour l'introduire de nouveau dans son survêtement.

Tandis que les hurlements et les pleurs se poursuivaient dans le couloir, Dorothy leva la tête vers lui, son nez couvert de taches de rousseur plissé.

— Ce n'est plus aussi chouette, murmura-t-elle.

— Contente-toi de continuer de jouer avec mon sexe, répondit-il du même ton en lui claquant légèrement le derrière.

— Tu ne changeras jamais ! hurla Kami.

— Donne-moi une seule raison pour ça ! rétorqua Cox.

Dorothy étroitement lovée contre lui, Hawk ferma les yeux et soupira. Quel couple de timbrés. Mais le lieu allait salement lui manquer. Ses timbrés inclus.

21

Nous étions à la veille du départ de Hawk. J'avais passé la plus grande partie de la journée à préparer un dîner plutôt insensé pour ma famille. Tegen et Chase ne s'étaient pas montrés à la maison de toute la journée, afin de nous laisser du temps tous les trois. Quant à Hawk, il s'était occupé pratiquement sans discontinuer de Christopher, autant que cela lui était possible compte tenu de sa mobilité réduite.

De mon côté, je ne tenais pas en place. J'étais dans un état d'anxiété permanent, emplie d'une telle appréhension de ce qui allait advenir que je m'étais arrangée pour ne pas avoir une minute à moi afin de ne pas pleurer, hurler ou les deux.

Après avoir cuisiné un jambon de plus de trois kilos, je m'étais mise aux asperges, à la purée maison, et à la sauce. Puis j'avais terminé avec une tarte irlandaise aux pommes et un gâteau aux mûres accompagné d'une crème anglaise au whisky. J'avais cuisiné tout ça à partir de rien et de mes souvenirs de cuisine glanés auprès de ma grand-mère.

Lorsqu'il n'y eut plus rien à préparer et que je n'eus plus qu'à attendre que mon gâteau finisse de refroidir, j'enlevai mon tablier et montai me doucher avant le dîner.

Une fois propre, mes cheveux brushés et raidis, je passais en revue la maigre garde-robe que j'avais apportée avec moi. Rien ne me convenait. Je n'avais aucune envie de me glisser dans un vieux jean et un tee-shirt élimé. J'aurais aimé que la soirée soit spéciale, un souvenir que Hawk évoquerait en souriant.

J'abandonnai mes possessions pour me rendre dans la chambre de Tegen afin de fouiller son placard, dans l'espoir d'y trouver quelque chose de simple et de sexy à la fois. Comme elle n'était désormais plus maigre comme un clou, ses vêtements seraient peut-être longs pour moi, mais à la bonne taille.

Après avoir éclusé sa collection de tee-shirts et de débardeurs aux coloris assortis, ses longues jupes à fleurs et ses nombreux jeans troués, j'allais renoncer et repartir dans ma chambre lorsque je trouvai mon bonheur.

C'était une robe dos nu d'un noir soyeux, au décolleté en V profond et marquée à la taille. Elle devait descendre à mi-cuisses sur Tegen, mais atteindrait mes genoux. Elle avait l'air chère. Je remarquai qu'elle avait toujours son étiquette, qui m'apprit qu'elle avait effectivement coûté une petite fortune. J'en déduisis qu'il s'agissait probablement d'un cadeau de Kami. Connaissant ma fille, je savais qu'elle ne la porterait jamais.

En revanche, elle était parfaite pour moi.

Après m'être maquillée plus qu'à l'habitude, à l'aide d'une base, de poudre et d'une ombre à paupières noire brillante, j'ajoutai un bon paquet de mascara. Je brossai mes cheveux une fois de plus, enfilai une paire de boucles d'oreilles de Tegen faites de plumes noires, puis restai un moment à m'observer dans le miroir en pied.

Plus ou moins comme lorsque j'avais perdu la mémoire, je ne reconnaissais pas la femme qui me fixait. Même sans soutien-gorge, ce qui laissait mes seins naturellement libres, et avec mon corps plus tendre et plus âgé, j'avais l'air plus vivante, plus belle que je ne l'avais jamais été auparavant. Et ce malgré les rides qui commençaient à souligner mes yeux et mes traits plus mûrs.

Je me sentais nerveuse, tout en étant étonnamment confiante en moi. Je descendis les escaliers, humant avec bonheur les fumets de mon repas. Ils donnaient l'eau à la bouche. Je dépassai la cuisine, pris à gauche et entrai dans le salon.

Hawk et Christopher étaient complètement immergés dans un jeu vidéo quelconque, le regard glué à la télévision pendant que leurs doigts s'activaient sur les manettes de contrôle, leurs gestes rapides et assurés.

Je les contemplai pendant un moment, me repaissant de la vue du père et du fils, sachant que c'était la dernière fois avant longtemps qu'ils auraient l'opportunité d'être ainsi ensemble. Cela me rendait profondément triste de penser qu'un autre de mes enfants allait grandir sans son père.

Hawk et moi avions fait de notre mieux pour informer Christopher de ce qui se préparait, sans dévoiler pour autant le côté brut des choses. Même si le temps de ses visites en prison à Hawk arriverait bientôt, aucun de nous ne voulait entacher Christopher avec les détails brutaux du passé de son père. Bien que notre fils ait été bouleversé d'apprendre que son père ne viendrait plus le voir, il ne comprenait pas vraiment la situation. Nous avions choisi de laisser les choses en l'état pour le moment.

— Maman ! s'exclama Christopher en laissant tomber sa manette sur ses genoux. Il écarquilla des yeux grands comme des soucoupes devant mon apparence. Tu es si jolie !

Je lui souris, mais mon attention se porta rapidement sur Hawk qui avait lui aussi abandonné ses commandes et me dévorait du regard.

Il avait l'air étonné, mais plus encore que cela… excité.

Malgré la chaleur qui régnait dans la pièce, ses pensées non formulées firent naître des frissons d'un froid brûlant sur ma peau, réveillant ma chair de poule. Hawk était plus que conscient de ma réaction, de l'effet qu'il avait sur moi. J'observais avec le plus grand bonheur ses yeux noirs insondables s'opacifier encore plus, tandis que ses muscles se tendaient et que son corps se raidissait de désir, tenant mon regard et mon corps en otage, me figeant comme un cerf pris dans la lumière de ses yeux emplis de désir.

C'était un regard lourd, chargé d'un sens caché et d'une émotion secrète, un regard que je n'avais plus vu depuis notre vingtaine, lorsque nous étions tous les deux désespérés pour des raisons différentes et que nous utilisions secrètement l'autre pour adoucir cette brûlure extrême en nous.

Mais cette fois-ci, c'était différent.

Ce n'était pas un regard secret.

Il était entièrement pour moi, pour que le monde en soit témoin.

Entièrement pour lui.

Entièrement pour moi. *Pour moi*.

Mon attention lui était tout acquise, mes pensées et mon corps enflammés quand il articula « *tu es superbe* ». J'aurais pu jurer sentir son souffle, froid contre mon corps embrasé, cascadant sur ma peau qui réagissait une nouvelle fois, prise de frissons.

— Le dîner est prêt, murmurai-je d'une voix rauque.

Je portai la main à ma gorge et au collier que je ne quittais pas, dissimulant par superstition l'énorme bouffée d'émotion qui m'envahissait.

Christopher sauta du canapé et me dépassa en bondissant tandis que son père restait immobile, toujours focalisé sur moi.

— Je ne veux pas y aller, dit-il à voix basse, me surprenant.

Ces mots contenaient une telle émotion qu'ils m'écrasèrent sous une vague de souffrance qui me submergea à une vitesse alarmante.

Leur impact sur mon cœur fut dévastateur.

Hawk avait l'air si vulnérable, si différent de ce qu'il avait affiché jusque-là, que je ne pus m'en empêcher : je me précipitai, me laissai tomber sur le canapé à côté de lui pour me pendre à son cou.

— Partons, chuchotai-je, frénétique, la bouche collée à son tee-shirt. Allons-nous-en, fuyons. On s'installerait quelque part à l'écart, là où personne ne nous trouverait. Nous pourrions être une famille.

Son corps se souleva tandis qu'un énorme soupir quittait sa poitrine. Et dans ce souffle, j'entendis sa réponse. Nous ne partirions pas, ne nous enfuirions pas. Nous ne serions pas ensemble.

— D., dit-il avec douceur, j'ai vécu caché la plus grande partie de ma vie. Je ne veux pas recommencer.

— Comment te perdre, sanglotai-je, alors que je viens tout juste de te retrouver ?

— Un jour, répondit-il à voix basse, le bras glissé dans mon dos de manière à me serrer contre lui, je t'emmènerai enfin en balade. Rien que toi et moi, D. Moi avec mon gilet, toi avec tes cheveux roux volant au vent. Nous deux enfin au grand jour. Plus de dissimulation.

Après avoir entendu cela, il allait m'être impossible de traverser le repas sans pleurer.

Je m'écroulai pour ce qu'il me semblait être la millionième fois, bousillant mon maquillage savamment appliqué, l'étalant sur le tee-shirt de Hawk tandis que je m'accrochai si désespérément à lui que mes jointures en pulsaient.

— Je veux que cette soirée ne s'arrête jamais, murmurai-je d'une voix hachée.

Parce qu'elle devrait durer pour toujours, ou au moins pour les dix prochaines années.

Les trois dernières semaines avaient été pleines de surprises. Hawk avait pensé que la plus grande serait d'être enfin en couple avec Dorothy.

Il s'était salement trompé.

La plus grande était... Dorothy, tout simplement.

Il essayait de réfléchir de manière rationnelle, pour autant qu'il en soit capable tandis qu'elle le chevauchait lentement. Il la dévorait du regard, émerveillé.

Le haut de sa robe descendu sur sa taille laissait ses seins dénudés. Elle était cambrée, les mains sur les genoux de Hawk, la tête rejetée en arrière, et le bout de ses mèches rousses venaient lui caresser les cuisses. Les yeux clos et la bouche entrouverte, elle se balançait d'avant en arrière sur lui, à une allure à rendre fou, minutieuse et magnifiquement lente.

Elle n'était pas la même femme que celle dont il était tombé amoureux. Mais il était pratiquement sûr d'aimer encore plus celle qu'elle était devenue.

Et il était terrifié, au point d'en devenir fou, à l'idée de la perdre de nouveau.

Elle lui avait promis encore et encore de l'attendre. Mais il ne souhaitait pas qu'elle reste seule pendant des années. Elle l'avait déjà été pendant bien trop longtemps. Il désirait son bonheur.

Même si cela signifiait qu'elle soit heureuse sans lui.

Bien sûr, il n'aurait jamais exprimé ses sentiments à voix haute, que cela soit à elle ou à qui que ce soit d'autre sur terre. Parce que, s'il la voulait heureuse, il tenait aussi à ce qu'elle soit devant les portes de la prison lorsqu'il rejoindrait enfin ce monde.

C'était égoïste. Il le savait.

Mais en ce qui concernait cette femme, il l'avait toujours été. Il l'avait peut-être laissée agir à sa guise, mais il ne l'avait jamais vraiment laissée tomber, il était toujours resté à ses côtés.

Il avait toujours été là, qu'elle l'ait voulu ou pas.

Et maintenant qu'elle en avait vraiment envie, pour de bon cette fois, pour que de leur histoire agitée sorte quelque chose...

Il allait se montrer carrément égoïste.

Même derrière les barreaux.

Une de ses mains était agrippée à la hanche de Dorothy sous le bas de la robe. De l'autre, il prit son sein en coupe, soulevant et serrant la chair douce. En réaction, elle émit un profond gémissement, sa respiration se fit plus hachée, ses mouvements s'accélérèrent, perdant leur rythme, plus saccadés qu'auparavant.

— Plus vite, grinça-t-il.

Elle essaya d'obtempérer, mais elle commençait à faiblir, son corps tremblait alors qu'elle approchait de l'orgasme. Il lâcha sa poitrine pour s'arrimer à ses hanches. Il la tint fermement et malgré la douleur que ses va-et-vient provoquaient dans sa jambe, il donna un coup de hanches, recommença, encore et encore, aussi rapidement qu'il en était capable, jusqu'à jouir à son tour.

Il vint en elle, les yeux fixés sur son corps superbe. Il fut soudain frappé du plus profond sentiment de retour au foyer qui soit. Peut-être n'avait-il pas saisi à l'époque, lorsqu'il avait eu des vues sur elle la première fois, ce que cette femme signifierait pour lui. Maintenant, il le savait.

Le souffle court, cillant, Dorothy relâcha les jambes de Hawk et se redressa au-dessus de lui. Ses cheveux, la manière dont ils tombaient pour couvrir ses seins ; ses yeux qui brillaient même dans la lumière tamisée ; ses lèvres, gonflées par les morsures qu'elle s'était infligées, luisantes d'avoir été léchées ; son corps, aux courbes féminines, doux là où il le fallait – il prit la mesure de tout cela, prit son temps pour tout capturer, pour se souvenir de chaque centimètre de son être.

Juste comme cela.

C'était ainsi qu'il voulait se souvenir d'elle.

— Bon sang, femme, dit-il d'une voix rauque, incapable d'empêcher les mots de sortir, de se contenir. *Je t'aime, bordel.*

Elle verrouilla son regard au sien, ses lèvres s'ouvrirent lentement en un sourire, qui, pas de doute, était sexy comme tout.

Ouais, c'était ainsi qu'il voulait l'évoquer.

C'était ce qui lui permettrait de traverser tout ça.

22

Pour Jase, trouver une maison à louer n'avait pas été compliqué. Pas plus que d'y installer le peu de meubles qu'il avait emmenés avec lui.

Après que Deuce avait exigé un retour d'ascenseur au garage du coin, obtenir un boulot avait été d'une facilité déconcertante.

En revanche, dire au revoir à tout le monde avait été une autre paire de manches. Même Hawk, malgré son air renfrogné, lui avait serré la main. Durant la fête, Jase avait d'ailleurs appris que c'était Hawk qui s'en allait, se rendant à la justice afin que les Russes qui faisaient chanter Preacher et Deuce tombent. Malgré ce qu'il éprouvait à savoir Hawk et Dorothy ensemble, il lui était impossible de détester un homme capable de sacrifier sa propre vie pour le bien du club.

D'une certaine manière, il avait le sentiment que Hawk avait tout ce que lui n'avait jamais eu. La femme que tous deux aimaient appartenait à Hawk, le respect des membres du club allait à Hawk, et alors que Jase avait laissé le club derrière lui, Hawk n'agirait jamais ainsi. Même confronté à un emprisonnement.

Il était un bien meilleur homme que Jase ne le serait jamais, et un meilleur père.

Hawk méritait à la fois Dorothy et le club.

Et Jase méritait...

Eh bien, il n'avait aucune idée de ce qu'il méritait, mais les mots de son père ne cessaient de résonner à ses oreilles, encore et encore. Il n'avait qu'une vie à sa disposition, il n'avait que celle-là pour bien faire les choses, et Seigneur, il comptait s'y prendre de son mieux pour y parvenir.

Sa première semaine en ville avait été calme. À part observer ses filles de loin, il les avait laissées tranquilles. Les jumelles partageaient un grand appartement dans un immeuble non loin de la fac où elles étudiaient. Maribelle, quant à elle, vivait dans un studio au-dessus d'un magasin d'antiquités. Contrairement aux jumelles, elle était souvent seule, n'entretenant des liens qu'avec les clients d'un café proche où elle travaillait.

Plusieurs jours d'affilée, après le travail, Jase s'était tenu de l'autre côté de la rue, dissimulé dans ses épais vêtements hivernaux, se contentant de la suivre des yeux à travers les vitres brumeuses de l'établissement. Même si elle souriait aux gens qu'elle servait, Jase savait que ce sourire était faux et forcé. Maribelle, lorsqu'elle était sincèrement heureuse, dévoilait ses dents en souriant. Là, son expression semblait presque douloureuse, ses lèvres pincées, son front plissé et ridé. Et la fossette qu'il lui connaissait sur sa joue gauche ne se montra pas une seule fois.

Contrairement aux jumelles qui se comportaient joyeusement comme la plupart des étudiants et paraissaient avoir une vie sociale épanouie, Maribelle s'était renfermée. Elle n'était plus la jeune femme ambitieuse d'autrefois, pleine d'entrain et attirante, celle qui avait validé son premier cycle universitaire avec mention. Méprisant son diplôme, elle était devenue serveuse. Elle avait choisi de se cacher du monde au lieu d'en suivre le flot. Il ne pouvait attribuer sa chute en spirale qu'aux nombreuses responsabilités dont elle s'était chargée après l'emprisonnement de Chrissy. S'occuper de ses sœurs, être la mère qu'elles n'avaient plus, tout en suivant les affaires légales de Chrissy… Maribelle en avait oublié de prendre soin d'elle-même.

Jase aurait pu directement se rendre auprès des jumelles. Sans Maribelle dans le coin pour les influencer, il ne doutait pas qu'il parviendrait au moins à faire en sorte qu'elles l'écoutent. Mais c'était Maribelle qui souffrait le plus. Aller rencontrer ses sœurs dans son dos ne lui ferait pas gagner la moindre faveur auprès d'elle.

C'était le respect et l'amour de Maribelle qu'il devait d'abord reconquérir, puis les jumelles suivraient.

Et donc, lors de son septième jour en ville, il se décida enfin à montrer son nez. Une fois qu'il eut garé son camion de l'autre côté de la rue où la jeune fille travaillait, il tenta désespérément d'essuyer la graisse qui maculait ses mains. Après avoir réussi à s'en débarrasser en grande partie sur sa salopette, il s'étudia dans le rétroviseur intérieur. Le type sûr de lui et canon qu'il avait été avait disparu. Dernièrement, il faisait son âge, avait l'air plus vieux et infiniment plus fatigué. La plupart du temps, il ne se rasait pas. Et il n'était pas allé chez le coiffeur depuis un bon bout de temps.

Tristement, il commençait à ressembler à un homme qui avait tout perdu.

Lorsqu'il poussa la porte de l'établissement, une sonnerie retentit. Tous les consommateurs se tournèrent pour le regarder, Maribelle incluse. Debout près d'une table ronde où étaient installés deux clients, elle portait un tablier noir. Ses cheveux étaient ramenés en une queue-de-cheval et elle tenait un stylo et un bloc-notes à la main. Elle était en train d'y inscrire quelque chose lorsque la sonnette s'était déclenchée. Elle avait levé le nez pour le rabaisser immédiatement, le congédiant instantanément.

Quand elle se remit à écrire sur son carnet, le cœur de Jase s'emballa. Il jouait avec l'idée de tourner les talons, la queue entre les jambes, lorsqu'elle redressa de nouveau vivement la tête. Elle l'étudia de la tête aux pieds et des pieds à la tête, avant d'écarquiller les yeux de surprise.

Jase attrapa la visière de sa casquette de base-ball, la retira, fit courir sa main dans ses cheveux en bataille et offrit un petit sourire à sa fille.

L'air stupéfaite, Maribelle jeta un coup d'œil à ses clients, leur adressa quelques mots que Jase ne parvint pas à comprendre avant de s'avancer vers lui. Il la regarda marcher, à petits pas mal assurés, et se souvint immédiatement de la gamine qui se précipitait le long de leur allée lorsqu'il rentrait à la maison après un week-end chez les réservistes ou une longue virée avec le club.

Elle s'arrêta devant lui, planta son stylo à la base de sa queue-de-cheval et enfouit son bloc-notes dans la poche de son tablier.

— Qu'est-ce que tu fabriques ici ? demanda-t-elle à voix basse. Et pourquoi t'es habillé comme ça ?

D'un geste, elle indiqua la salopette.

— J'travaille chez Pop, à quelques rues par là, expliqua-t-il en indiquant la direction du pouce par-dessus son épaule. Je customise, des trucs comme ça.

Les yeux couleur caramel de Maribelle s'ouvrirent encore plus grands.

— Pourquoi ? murmura-t-elle. Je veux dire, quoi ? Tu vis ici maintenant ?

Agrippant sa casquette devant lui, Jase triturait le tissu maillé. Il commençait à se sentir mal à l'aise.

Il imaginait sans mal la scène très bruyante et très publique à laquelle sa fille se livrerait si le fait qu'il avait déménagé dans sa ville la prenait à rebrousse-poil. Et il ne voulait pas qu'elle soit virée à cause de lui. Si cela se produisait, cela serait une chose de plus qu'il aurait à tenter de rectifier, or la liste était déjà trop longue.

Il changea donc de tactique.

— J'ai quitté le club, dit-il en gardant la voix basse, espérant qu'elle comprendrait son intention et s'exprimerait de même. J'ai déménagé pour essayer de rétablir la situation.

— Tu as quitté le club, répéta-t-elle bêtement, son regard vide posé sur lui. Tu as quitté le club auquel tu as appartenu ta vie entière, que tu as toujours fait passer en premier, même avant ta propre famille ?

Jase resserra sa prise sur son couvre-chef au point que ses jointures craquèrent. Ouais, il était un père nul. Il méritait chaque claque qu'elle allait lui asséner.

— Ouais, confirma-t-il d'une voix rauque, mais je n'y ai pas passé toute ma vie, il y avait autre chose avant le club, j'étais quelque chose, un quelque chose bien plus important que le MC. Ça m'a pris un moment pour le comprendre, Belle, mais j'étais un père avant tout et je veux être ton père de nouveau.

Un silence pesant emplit le faible espace qui les séparait. Jase sentait pratiquement le rejet qui ne manquerait pas de venir. Soudain, le regard de Maribelle tomba au sol, ses lèvres se tordirent avant de se pincer. Il connaissait cette expression. C'était celle qu'affichait sa petite fille lorsqu'elle retenait ses larmes.

— Belle, dit-il doucement, je ne suis pas venu ici pour te bouleverser. Je voulais seulement que tu saches combien je vous aime, toi et tes sœurs. Je voulais seulement nous donner une chance d'être de nouveau une famille.

— Tu t'attends à ce que je te pardonne ? murmura-t-elle en cillant encore. (Une larme tomba de ses paupières baissées pour toucher le sol près de ses baskets.) Parce que tu t'es contenté de quitter le club et de déménager dans la ville où j'habite, je suis supposée te pardonner ? Juste comme ça ?

— Non, répondit-il, alors qu'il aurait aimé la prendre contre lui, que les choses soient de nouveau simples, que ses filles soient encore des enfants et leurs blessures facilement guéries avec un peu d'amour.

» Je n'attends rien, dit-il. J'espérais uniquement une chance d'essayer, peut-être…

Lorsqu'elle resta silencieuse, Jase prit cela comme une indication qu'on lui signifiait son congé. Il remit sa casquette, abaissa sa visière sur ses yeux et s'éclaircit la gorge.

— Je vais te laisser, murmura-t-il. Si jamais t'as envie de discuter, j'habite Forest Street. La petite maison blanche, à l'angle.

Il se tourna pour partir. Il en était malade. La déception qui l'envahissait rapidement l'étouffait. Une main effleura son biceps.

— Attends, l'arrêta Maribelle.

Il pivota. Elle le regardait, les yeux emplis des pleurs qu'elle ne cachait pas.

— J'ai bientôt une pause, annonça-t-elle en ravalant bruyamment sa salive.

Jase n'arrivait pas à y croire. Elle le laissait bien venir à elle, et malgré lui, il lui sourit. Un bon sang de foutu sourire sincère.

— Super, dit-il d'une voix qui se brisait. Parce que ton vieux père adorerait t'offrir une bonne tasse de kawa.

Malgré ses larmes, Maribelle eut un petit rire méprisant.

— Tu parles comme grand-père.

Tandis que sa fille s'éloignait, Jase termina de se débarrasser de la neige sur ses bottes puis se dirigea vers l'arrière du café pour trouver un endroit tranquille où s'installer. Pendant qu'il attendait que Maribelle le rejoigne, il ne put s'empêcher de penser que s'exprimer comme son père, ou même ressembler à son père, quelque chose qu'il n'avait jamais pris pour un compliment auparavant, était peut-être bien la meilleure chose qui pouvait lui arriver.

Une tasse de café fit son apparition sous son nez quand Maribelle s'assit face à lui. Mains sur les genoux, elle l'observait.

— Donc, dit-elle doucement, de quoi devrions-nous parler ?

Jase attrapa sa tasse, serra dans sa main le mug chaud. Le même genre de chaleur commençait à s'infiltrer en lui. Il haussa les épaules.

— De tout, dit-il. Je veux tout savoir.

Le chemin de la rédemption était sacrément difficile à emprunter, mais au bout du compte – si vous arriviez jusque-là –, son père avait raison. Cela en valait la peine.

Maribelle en valait la peine.

Marrant comme la naissance de sa fille avait été la raison pour laquelle il s'était mis à fuir, et que pour finir ce soit elle qui l'arrête.

Oui, vue sous cet angle-là, la vie était sacrément marrante.

23

— À Hawk ! lança Cox, une bouteille de whisky levée dans les airs. Un frère pur jus !

À l'unisson, tous les gars qui se trouvaient au bar du club saisirent leur verre et descendirent leur shot.

— À Hawk ! renchérirent-ils.

— À mon papa ! carillonna Christopher, installé à côté de Hawk.

Mon fils leva son soda et les hommes qui l'entouraient trinquèrent avec lui. Le voir, si jeune, encenser son père comme les gars…

Eh bien, si Tegen ne s'était pas trouvée à côté de moi et n'avait pris ma main dans la sienne pour la serrer fort, je me serais écroulée sur-le-champ.

Il ne me restait qu'une heure. Une heure avec lui, et j'étais obligée de la vivre au club et de la partager avec tous. Je comprenais que tout le monde veuille lui dire au revoir, mais après une courte nuit passée à faire l'amour et une matinée à pleurer, le club était le dernier endroit où j'avais envie de me trouver.

Je n'étais pas prête à me séparer de lui.

Je ne le serais jamais.

— Ne laisse pas tomber le savon ! cria Tap.

Son insinuation lubrique provoqua une vague de rires.

— Et au prés', poursuivit Cox lorsque les rires se calmèrent. (Il se tourna vers Deuce.) Pour nous avoir donné à tous un foyer !

Deuce se tenait juste devant les portes de son bureau, appuyé contre le mur, bras croisés sur la poitrine. Il les observait, une expression solennelle sur le visage.

— Et à Foxy ! enchaîna Cox dont le regard dériva jusqu'à Eva, à côté de son mari. Pour avoir fait de nous une famille.

Son sourire s'était empreint de satisfaction.

— Et à Cox ! embraya Kami, pour toujours nous offrir de quoi rire !

— Et à Kami, rétorqua-t-il, pour dépenser tout mon foutu fric !

— Seigneur, marmonnai-je.

Je lâchai la main de Tegen et me détournai des autres. J'étais heureuse que Cox et Kami semblent être redevenus eux-mêmes, mais assister à cela une seule seconde de plus m'était insupportable. Tout le monde se comportait comme s'il ne s'agissait que d'une journée normale, lançait des blagues idiotes, totalement inconscient que Hawk était sur le point d'entrer en prison pour des actes qu'il n'avait pas commis. Cela afin que Deuce ne soit pas balancé par le même cartel qui avait placé Hawk dans cette position.

— Maman ! me rappela Tegen alors que je m'éloignais d'elle à grands pas.

Je l'ignorai et accélérai l'allure, me dépêchant de rejoindre le couloir qui me mènerait à l'arrière du club, loin de cette absurdité indifférente et insensible qui se déroulait autour de moi.

Dieu merci, la porte de la chambre de Hawk n'était pas verrouillée. Je fondis en larmes après l'avoir claquée derrière moi.

Le mois écoulé avait été un écrasant tourbillon d'émotions, pour ne pas dire plus, et maintenant tout cela allait s'achever – toutes les prises de conscience, les regrets, les pleurs, le flot ininterrompu de sentiments. C'était tout simplement trop. Le supporter était au-dessus de mes forces, tout comme analyser ce qui était advenu sur une période si courte. Plus encore, je ne parvenais pas à comprendre comment les choses étaient allées si vite et se terminaient avant d'avoir eu une chance de vraiment commencer.

Les joues sillonnées de larmes, je m'assis au bord du lit au carré de Hawk, et étudiai la petite pièce à travers ma vision floue. La chambre où tout avait commencé, des années plus tôt. Où deux personnes s'étaient retrouvées ensemble pour des raisons inconnues d'elles-mêmes à cette époque, mais au bout du compte…

Je soupirai. Comment être en colère ? Me perdre dans cette rage à un tel moment ne serait qu'égoïste et ne mènerait à rien.

Je me sentais plus calme. Je parvins à me contrôler. Je m'essuyais les yeux lorsque la porte s'ouvrit en grinçant. Hawk claudiqua lentement dans la pièce sur ses béquilles et utilisa maladroitement son coude pour refermer derrière lui.

— Ils ne sont pas méchants, dit-il. Ils essaient juste de garder un ton léger pour mon bien.

Je repoussai mes cheveux de mon visage et soupirai.

— Je sais. C'est que… que… je ne peux pas…

Laissant échapper un nouveau soupir, de frustration cette fois-ci, parce que j'étais incapable d'exprimer mes sentiments avec des mots autres que ceux que j'avais déjà utilisés des centaines de fois auparavant, je me levai et traversai la pièce. Je glissai les bras autour de la taille de Hawk et posai ma tête contre son torse.

— C'est douloureux, finis-je par ânonner d'une petite voix. Pourquoi tout doit toujours être si douloureux ?

— Parce que la vie l'est. (Il laissa tomber son visage sur le haut de mon crâne, enfouit son nez dans mes cheveux et prit une profonde inspiration.) Se cacher est carrément facile. C'est vivre vraiment qui est dur, et parfois sacrément intolérable.

» Mais D., poursuivit-il en frottant doucement son nez d'avant en arrière sur ma tête, on continue parce que ça en vaut la peine, ma puce. Quand tout sera terminé, lorsqu'il ne restera plus de temps, nous serons reconnaissants d'avoir connu cette route.

» Je suis reconnaissant, acheva-t-il doucement. Pour toi, pour Christopher, pour le club.

Je restai silencieuse. Il n'y avait rien à ajouter. Ces moments, ils prenaient fin ici et maintenant. Demain, un nouveau chapitre de ma vie s'ouvrirait. Je me contentais donc de m'accrocher à Hawk, inspirant son parfum, l'inscrivant dans ma mémoire, et savourant le sentiment de son corps imposant et chaud contre le mien.

J'avais toujours à la fois admiré et envié la force de Hawk. Il était viril jusqu'au bout des ongles.

Mais c'était maintenant à mon tour d'être forte.

Pour lui. Pour nous. Pour notre famille.

Et j'étais déterminée à y parvenir, qu'importent les hauts et les bas.

Au cours de sa vie, Hawk avait traversé de vraiment sales journées. Des trucs carrément moches qu'il était plus facile d'oublier que de prendre la peine d'analyser.

Ce n'était pas l'une de ces journées.

C'était, et de loin, bien pire.

Assis sur le canapé à côté de son fils, il passa le bras sur les petites épaules de ce dernier. Il le tint fort, avant de le serrer une dernière fois.

— Faut que j'y aille, dit-il avec brusquerie. Mais je te revois bientôt.

Quand son fils leva la tête vers lui, ses cheveux roux en bataille encadrant son visage où se lisaient la douleur et la confusion, Hawk eut du mal à maintenir le couvercle sur ses émotions. Pour la première fois depuis longtemps, il avait vraiment envie de pleurer. La dernière fois, c'était durant la nuit où une balle avait fracassé le crâne de son père sous ses yeux. Depuis lors, il avait éprouvé tout un tas d'émotions, certaines positives, d'autres mauvaises, mais aucune n'avait eu la capacité de le prendre aux tripes comme son fils y parvenait d'un seul regard.

— Fais-moi un câlin, murmura-t-il en tirant Christopher plus près encore.

Le garçon se tourna contre son père et enserra son cou entre ses bras maigrichons. Hawk pressa fort ses paupières et s'abandonna entièrement au câlin.

— Prends soin de ta mère, murmura-t-il en enfouissant le visage dans les cheveux du garçonnet. Promets-le-moi.

Il sentit le petit acquiescer contre son épaule, et cela lui suffit.

Il ouvrit les yeux et vit que Tegen était déjà prête à emmener son frère avec elle. La poitrine douloureuse, il le lâcha sur un signe de tête.

— Viens là, petit frère, dit Tegen avec douceur.

Christopher s'agrippa à son père, refusant de céder. Lorsque Hawk essaya de le détacher de force, le petit garçon laissa échapper un léger sanglot. À cet instant, en entendant son fils pleurer, Hawk n'y tint plus. La main sur son crâne, écrasant son petit corps contre lui, il laissa couler ses propres larmes, ne se souciant pas d'être vu, se contentant de tenir son fils aussi collé à lui que possible. Parce que, bon sang, la prochaine fois qu'il aurait cette chance, d'être libre de le prendre dans ses bras, cet enfant serait un homme.

Il allait manquer tout ça.

Et comme si cela ne suffisait pas, ce qui s'annonçait allait être tout aussi triste.

Une fois Christopher dans les bras de Tegen et Cage venu à la rescousse pour aider Hawk à se lever, le reste des gars commencèrent à quitter leur siège. Un par un, ils s'alignèrent près de la porte, leur expression allant de solennelle à juste absolument triste.

Tegen, son frère collé contre son cœur, attrapa la main de Hawk, mêla ses doigts aux siens et étreignit fort sa main. C'était un geste surprenant, venant d'elle, mais que Hawk accueillit avec joie.

— Reviens-leur, murmura-t-elle. Reviens-leur ou je te tuerai.

Il utilisa la béquille sous son bras droit pour se soutenir et se pencha vers elle. L'attrapant par la nuque, il l'attira vers lui pour l'embrasser sur la joue. Puis, après avoir fait de même avec Christopher, il avança vers les garçons.

Se déplacer avec les béquilles était lent, ne rendant que pire le trajet à travers la pièce, l'obligeant à regarder plus longuement les visages abattus qui l'attendaient.

Mick fut le premier. Le satané vieil homme au cœur tendre le prit contre lui.

— Je serai sûrement mort quand tu ressortiras, donc voilà ton câlin.

À côté de lui, Freebird eut un reniflement méprisant.

— Il ne sera pas mort, commenta le vieux hippie. Mais moi, oui, alors arrive là pour un peu de douceur, chéri.

Quand Freebird l'étreignit, déposant volontairement un baiser bâclé sur sa joue, un gloussement parcourut la file des hommes.

Venait ensuite Dirty. Sachant que ce dernier détestait toute forme de contact physique avec qui que ce soit, Hawk se contenta de tendre le poing, s'attendant à ce qu'il le frappe du sien. Mais Dirty les surprit tous en prenant entre ses deux mains le poing de Hawk pour le serrer.

— On se revoit bientôt, frère, dit-il.

Ému, Hawk ne put que hocher la tête en réponse.

Il poursuivit le long de la ligne, disant au revoir à Bucket, Worm, Danny D. et Danny L., Tap, Anger et Chips, puis aux nomades Marsh, Dimebag et Tramp. Des poignées de main, des claques dans le dos et plus d'étreintes que jamais auparavant dans sa vie furent échangées.

Lorsqu'il arriva à Cox, malgré son œil au beurre noir et sa lèvre gonflée, cadeaux de Kami, le salaud souriait.

— Rappelle-toi de ne pas laisser tomber ce foutu savon, frère, lui dit-il.

Avec un petit rire, Hawk lui fit signe de son index recourbé d'avancer.

— Arrive ici, crétin, lui demanda-t-il.

Et lorsque Cox se pencha en avant, Hawk le saisit par la nuque.

— Toi et Kami, murmura-t-il, ne laissez pas les conneries qu'elle balance se mettre entre vous. Tu la gardes heureuse, tu te gardes heureux, et je te promets que je ne laisserai pas tomber le moindre savon.

Repoussant un Cox surpris, Hawk lui asséna une légère tape sur le visage, lui offrit un sourire qui ressemblait beaucoup au sien, et se détourna pour faire face à Ripper, le dernier du groupe.

Hawk aimait tous ses frères, mais comme dans toute bande d'amis ou tout club, certains étaient plus proches de lui que d'autres. De plus, il avait mis un point d'honneur à n'être jamais vraiment intime avec qui que ce soit afin de garder son passé là où il appartenait – au passé – et il était devenu un solitaire.

Donc, il ne comptait aucun ami. En revanche, il avait Ripper. Pour une raison ou pour une autre, ils avaient bien accroché. Hawk se sentait bien en sa présence. D'une manière qui lui était propre, il s'était occupé de Ripper, et Ripper de lui. Ils n'avaient pas trahi leurs secrets respectifs, avaient surveillé les arrières de l'autre. C'était un respect mutuel, frères jusqu'au bout, et pour Hawk, bien mieux que d'avoir un « ami ».

— Mon fils, commença Hawk, mais Ripper secoua immédiatement la tête.

— Tu n'as pas besoin de demander, dit-il. Mec, tu sais que je suis là.

Hawk tendit alors ses béquilles à Ripper, retira maladroitement son gilet, et le lui passa avant de reprendre ses béquilles.

— Tu porteras de nouveau ça un jour, affirma Ripper. Tu verras, frère.

— Carrément, fut la réponse de Hawk.

Enfin, il ne resta plus que Deuce et Eva. Ils se tenaient près de l'entrée, l'un à côté de l'autre. Eva l'invita à venir à elle. Elle le prit par la taille. Hawk posa le menton sur le sommet de son crâne, ne quittant pas Deuce des yeux.

— Surveille-le, ce vieux-là, dit-il à voix basse. Je veux l'avoir sur le dos à la seconde où je reviendrai.

— Promis, dit-elle en reniflant quand elle se détacha de lui.

Deuce à ses côtés, Hawk pivota pour regarder les gars et le club une dernière fois. Il enregistra le tout, le bâtiment qu'il appelait son foyer, les visages des hommes qu'il nommait ses frères, avant de s'arrêter sur Christopher et sur les larmes qui sillonnaient les joues du garçon. Lorsqu'il ne supporta plus ce spectacle une seconde de plus, tout cet amour et cette tristesse – en particulier chez son fils –, et tout cela pour lui, il se détourna et sortit.

— Je serai au camion, marmonna Deuce en le dépassant rapidement. Prends tout le temps dont tu as besoin.

Il étudia un moment le parking, à la recherche de Dorothy. Les dernières semaines avaient enregistré une vague de températures douces peu de saison. La neige avait en majorité fondu, mais il faisait encore sacrément froid. Lorsqu'il la découvrit, appuyée sur sa voiture sans manteau, les yeux dans le vague depuis Dieu seul savait combien de temps, la colère le saisit immédiatement.

— Femme, grogna-t-il.

Il claudiqua aussi vite que possible vers elle.

Surprise, elle se tourna vers lui, et même de loin, il put discerner les pleurs qui sillonnaient ses joues. À en juger par les marques rouges sur sa peau d'ordinaire ivoire, et ses yeux bouffis et injectés de sang, elle sanglotait depuis maintenant un moment.

— Je suis désolée, hoqueta-t-elle, je suis désolée, mais je ne peux pas faire ça. Je croyais y arriver, que je serais forte, mais qui trompais-je ? Je n'ai jamais été forte ! Et je suis incapable de l'être maintenant.

Il l'atteignit alors qu'elle était sur le point de continuer, laissa tomber ses béquilles et la poussa contre la portière de la voiture. Se tenant sur une jambe, il garda l'équilibre d'une main posée sur le toit du véhicule. Il s'appuya contre Dorothy, sourcils froncés.

— Tu es forte, affirma-t-il énergiquement. Tu es l'une des femmes les plus fortes que j'aie jamais rencontrées. Et avant que tu ne commences à raconter tes conneries habituelles, je vais me répéter. Dorothy Kelley, tu *es* forte. Regarde toutes les merdes que tu as traversées. Toute cette souffrance, D., qui aurait tué la plupart des gens. Tu n'es pas la plupart des gens, tu es sacrément spéciale, je l'ai su dès que je t'ai vue. Jeune et idiote, ne connaissant rien à la vie, mais une fois qu'elle a commencé à t'envoyer des coups, comment as-tu réagi ? Tu t'es laissée mourir ?

La tête levée vers lui, pleurant toujours, Dorothy secoua la tête.

— Non, murmura-t-elle à travers ses larmes.

— Et tu ne vas pas te laisser mourir maintenant, n'est-ce pas ?

Son corps sembla se dégonfler, ses traits tendus s'affaissèrent légèrement et elle souffla longuement avant de secouer de nouveau la tête.

— Non, murmura-t-elle.

— Bien, dit-il avec douceur.

De son bras libre, il l'attira contre lui.

— Bien, répéta-t-il d'un ton apaisant. Maintenant, dis au revoir à ton homme.

Les lèvres tremblantes de Dorothy laissèrent échapper un soupir empli de larmes, et voilà qu'elle sanglotait de nouveau de manière incontrôlée tandis que son nez coulait.

Hawk secoua la tête, essaya d'adopter une position plus confortable contre la voiture qui lui permettrait de se tenir et d'embrasser Dorothy en même temps. Une fois qu'il y parvint, il pencha la tête et prit sa bouche, n'accordant pas une pensée aux larmes et à la morve.

Il avait prévu de l'embrasser lentement, pensant que c'était ce qu'elle souhaitait, un au revoir doux et tendre, or Dorothy avait autre chose en tête. Avec un cri étouffé, elle agrippa le col de sa veste et escalada pratiquement son corps. Alors qu'il luttait pour garder l'équilibre, elle était déjà accrochée à lui, l'embrassant violemment et rapidement, un baiser plein d'ardeur et de désespoir.

Toujours sur une seule jambe, il s'accrocha à ce qu'il pouvait et rassembla toutes ses forces pour la maintenir contre lui. Elle enroula sa jambe autour de sa hanche, il lui empoigna les cheveux et lui rendit son baiser, tout aussi violemment qu'elle.

Il ne voulait pas s'arrêter, ne voulait pas la laisser partir.

Jamais.

Jusqu'à ce qu'il n'eût plus le choix.

— Garde-moi cette chevauchée, D., dit-il avec douceur en la reposant au sol.

— Non, pleurait-elle, cherchant à le retenir. Non, Hawk, ne pars pas !

Mâchoire verrouillée, il se saisit de ses béquilles tandis qu'elle continuait de s'arrimer à ses vêtements.

— Cage ! beugla-t-il.

Il tentait de la calmer, tout en espérant que quelqu'un dans le club l'entendrait.

— Cage !

Soudain, Cage se matérialisa, éloignant Dorothy de Hawk. Elle se mit à pleurer dans les bras de son beau-fils, luttant pour s'en libérer tout en hurlant encore et encore le nom de Hawk. Ce dernier avait le sentiment d'être l'être le plus merdique sur terre. Il lui adressa un dernier long regard avant de serrer les dents et de se détourner.

Ce ne fut qu'après avoir franchi la limite du comté que Hawk craqua complètement. Il balança son poing droit dans le tableau de bord du camion de Deuce, puis le gauche, avant d'abandonner toute retenue et de tabasser l'épais plastique jusqu'à ce que ses mains saignent et que le tableau de bord soit fendu et massacré.

Durant toute l'opération, Deuce ne prononça pas un mot.

Puis, en silence, Hawk laissa couler ses propres larmes.

24

Sept ans plus tard...

Sous le ciel d'un gris nuageux du Colorado, les murs impressionnants de la prison fédérale se profilaient devant moi, aussi intimidants que les hommes qu'ils renfermaient. Après presque huit années de visites, parfois deux fois par mois, après avoir vu ces murs plus que je ne pouvais les compter, je frissonnais encore face à eux. Ils m'emplissaient d'un fort sentiment de solitude et de désespoir.

Pour autant, je n'avais jamais songé à renoncer à mes visites et m'étais même mariée derrière eux.

Hawk avait alors purgé deux ans. À l'issue d'une quantité ridicule de procédures administratives et de frais, nous avions enfin été autorisés à nous marier légalement lors d'une courte cérémonie pesante à laquelle étaient présents Christopher, l'aumônier de la prison et plusieurs dizaines de gardiens.

Un mariage en prison n'avait jamais été un vœu cher à mon cœur, mais j'étais loin d'être l'enfant rêveuse d'autrefois. Que Hawk passe simplement une bague à mon doigt, avec Christopher pour en être témoin, avait transformé l'événement en l'un des moments les plus heureux de ma vie.

Que les parloirs familiaux ne soient pas autorisés dans les prisons fédérales – ou dans n'importe quelle autre du Colorado – n'importait pas. Que nous soyons officiellement unis signifiait tout pour moi.

Mais cette fois-ci, je ne franchirais pas ces portes. Il n'y aurait pas de formulaires à remplir, pas de fouilles invasives de mes affaires et de mes vêtements.

Cette fois-ci, Hawk et moi ne serions pas séparés par une table, ne pouvant rien faire d'autre que nous prendre la main.

Cette fois-ci, ce serait Hawk qui passerait ces grilles, revenant à la vie, et à moi, en tant qu'homme libre.

Il avait fallu sept ans et demi pour en arriver là, mais nous y étions enfin, et cela ne serait jamais assez rapide. Sept ans, c'était long. Hawk avait manqué tant de choses.

Nous avions été touchés par plusieurs décès, le plus dévastateur ayant été celui de Preacher, le père d'Eva. Comme il avait caché à sa fille que sa santé déclinait, lorsqu'elle l'avait enfin découvert, il était déjà hospitalisé. Il ne lui restait que peu de temps à vivre. Eva avait mis beaucoup de temps à se remettre de son décès. Elle le pleurait encore quand nous avions perdu un Hell's Horseman, Freebird. Mais alors que le cancer inattendu de Preacher l'avait rapidement emporté, laissant sa famille sous le choc, la mort de Freebird avait été une interminable et épuisante bataille qui avait réduit cet homme aimant s'amuser à presque rien avant sa disparition. Sa femme, Apple Dumplin, éperdue de chagrin, l'avait suivi dans la tombe seulement quelques mois plus tard.

Parmi ces instants dévastateurs, nous avions aussi connu des moments de joie. Plusieurs mariages avaient été célébrés, nous donnant des raisons de nous réjouir dans notre malheur. Bucket et Christina s'étaient mariés, tout comme Dirty et Ellie. Et juste un an plus tôt, pour mon plus grand bonheur, ma fille avait donné le jour à une petite fille démoniaque aux cheveux blonds et aux fossettes que Cage et elle avaient baptisée Samantha.

À la même période, il y eut un vote au club. Deuce souhaitait se retirer. Cage étant prêt à prendre la relève, il avait été élu président à l'unanimité.

Durant tous ces événements, le club s'était agrandi. Son union avec les Silver Demons avait permis de former une organisation si grande, si puissante, que même la mafia russe n'avait pas essayé de se venger de Deuce pour le jeu dangereux qu'il avait joué.

Après l'arrestation de Hawk, peu de temps s'était écoulé avant que son oncle et plusieurs de ses hommes soient arrêtés lors d'un coup monté par les Horsemen et les Silver Demons, et auquel les deux clubs participaient. Deuce m'apprit que Yenny n'était derrière les barreaux que depuis quelques mois lorsqu'il avait été tué par ses propres associés.

Une partie de moi était heureuse qu'un homme aussi tordu ne soit plus de ce monde. Malgré tout, j'étais aussi attristée que le dernier pan du passé de Hawk ait été balayé de la surface de la terre.

Mais je m'étais promis de ne plus regarder en arrière. Au lieu de m'appesantir sur ce qui ne pouvait être changé, je me tournai vers le jeune homme assis sur le siège passager.

Le futur de Hawk.

À quinze ans, Christopher devenait rapidement un homme. Il ressemblait chaque jour un peu plus à son père. Il avait déjà trente centimètres de plus que moi, était étonnamment musclé pour un garçon de son âge, large d'épaules, fort et se comportant de cette manière stoïque et assurée qui était aussi celle de son père.

De bien des façons, il restait pourtant encore un enfant.

Et à en juger par l'air impatient qu'il affichait, un enfant qui avait vraiment bien besoin de son père.

— Il est en retard, marmonna-t-il, faisant référence à Ripper et non à Hawk.

Je serrai sa main dans la mienne par-dessus l'accoudoir qui nous séparait.

— Il sera là, affirmai-je. Il l'a promis à ton père. Ripper tient toujours ses promesses, non ?

Hawk étant dans l'incapacité de partager des activités père-fils avec Christopher, Ripper et Cage s'en étaient chargés. Au début, il ne s'était agi que de petites choses, lutter avec lui, jouer à des jeux vidéo, venir aux réunions d'école avec Tegen et moi si nécessaire.

Quand Christopher avait grandi, ils l'avaient emmené sur le terrain de basket de l'école pour marquer des paniers, sur celui de base-ball pour s'entraîner à la batte, au kart, et à ma grande consternation, pratiquer le vélo tout-terrain.

À treize ans, l'intérêt de mon fils pour le sexe opposé n'avait plus quitté son esprit. Je m'étais convaincue d'avoir enfin « la discussion » avec lui. À ma surprise, il m'avait informée que pratiquement tous les gars du club s'en étaient déjà occupés. Au début, j'en avais été horrifiée, me demandant de quelles histoires dégénérées ils avaient dû le régaler, jusqu'à ce que Christopher, rouge écrevisse sous le coup de l'embarras, me livre un rapide aperçu de ce qu'on lui avait raconté. Il m'avait appris en même temps que sa réserve de préservatifs augmentait à vue d'œil, dans la mesure où les autres ne cessaient de lui en fourrer dans les poches.

J'en étais restée là.

Plus récemment, Cage avait appris à Christopher à conduire, le préparant pour son permis voiture. Il y avait eu des discussions sur le fait de piloter une moto, mais mon refus avait été total. Leurs intentions étaient bonnes, plus qu'appréciables, mais cela serait Hawk, et personne d'autre, qui aurait cet honneur.

Christopher secoua la tête en me regardant.

— Oui, Ripper tient ses promesses.

Mais son ton posé et son expression sérieuse m'apprenaient qu'il s'inquiétait malgré tout.

— Tout ira bien, dis-je avec douceur, de la voix que je n'utilisais plus depuis qu'il avait cessé de venir à moi pour tout. Ripper sera là.

Comme si ce dernier n'attendait que ce signal, le grondement d'une moto ronfla dans le lointain. Lorsque le bruit s'approcha et s'amplifia, il devint évident qu'il n'y en avait pas qu'une, mais toute une armada. Sous nos yeux, un par un, les Hell's Horsemen s'arrêtèrent derrière notre véhicule, Deuce à leur tête.

Christopher se tourna vers moi, les yeux écarquillés par la surprise.

— C'est toi qui as organisé ça ?

Je ne pus m'empêcher de sourire.

— J'aimerais m'en attribuer le mérite, mais il en revient à Deuce.

Christopher m'adressa un dernier regard puis nous bondîmes hors de voiture pour aller saluer les nouveaux arrivants.

Tandis que Deuce retirait son casque, Eva descendait déjà de l'arrière de sa moto pour se précipiter vers nous. Nous nous étreignîmes rapidement puis elle glissa sa main dans la mienne, souriante.

— Tout le monde est venu, dit-elle en indiquant d'un mouvement de tête les Harley qui s'alignaient derrière elle.

Elle avait raison, ils étaient tous là : Deuce, Mick et Adriana, Cox et Kami, Ripper et Danny, Cage et Tegen, Dirty et Ellie, Bucket et Christina, Danny D. et Danny L., Worm, Anger, Tap...

Même Devin, le fils de Cox, était du voyage. Il était le portrait craché de son père au même âge, et à l'arrière de sa moto se trouvait sa petite amie : Ivy, fille de Deuce et Eva. Elle aussi était maintenant une jeune femme, superbe combinaison de sa mère et de sa sœur.

Ils avaient tous répondu présents. Les voir ainsi manifester leur soutien à leur frère et ami me réchauffa le cœur d'une manière impossible à traduire en mots.

— Je suis comment ? murmurai-je en agrippant plus fermement la main d'Eva. J'ai teint mes cheveux hier soir, mais je jurerais que les gris apparaissent de plus en plus vite.

J'avais fait de mon mieux pour avoir l'air aussi présentable que possible sans en faire trop. Mes cheveux avaient repris leurs tons naturels grâce à la coloration, mon maquillage était minimal et mes vêtements neufs mais dans un style décontracté.

— Arrête, me répondit Eva en riant. Tu es superbe. Et ne me parle pas *à moi* de cheveux gris

Même si je commençais à me sentir plus anxieuse qu'excitée, je me rendis compte de mon erreur et ris à mon tour. Eva, qui ne se souciait pas de colorations, avait bien plus de cheveux gris que moi. À cause de leur couleur originelle, ils étaient plus visibles. Pour autant, même à son âge, elle portait encore des tee-shirts de vieux groupes de rock miteux, des jeans dont la mode était passée dans les années 1970 et des Converse aux pieds. Bien qu'elle approchât de la cinquantaine, elle était toujours aussi unique et superbe que lorsque je l'avais rencontrée toutes ces années plus tôt, alors qu'elle n'avait que vingt-deux ans.

En plus, je n'aurais pas pu souhaiter une amie plus solidaire et affectueuse.

Deuce avait insisté pour acheter une maison pour Christopher et moi, mais c'était surtout Eva qui m'avait aidée. À son insistance, j'avais fini par passer mon bac et avais trouvé ensuite un emploi chez le fleuriste du coin. Je travaillais maintenant à obtenir mon diplôme en ligne, grâce à un bon coup de main de ma fille.

Certes, j'avais franchi le cap des cinquante ans, mais à mon avis, il n'y avait pas de limite dans le temps lorsqu'il s'agissait de vous améliorer. Comme je me le rappelais à moi-même lorsque je me sentais découragée, mieux vaut tard que jamais.

Malheureusement, ma famille ne partageait pas ma façon de voir. Ma sœur et moi étions de nouveau en plutôt bons termes, en revanche mes parents ne me parlaient toujours pas. Même si une partie de moi éprouverait toujours de la douleur à l'idée de les avoir perdus, j'avais une nouvelle famille, qui m'acceptait malgré mes erreurs.

— Le voilà !

Qui l'avait repéré en premier et avait annoncé son arrivée ? Je n'en étais pas sûre et m'en fichais. Tout ce qui m'importait était la vue de cet homme. Il était encore loin, une silhouette qui avançait dans l'allée de la prison. Discerner ses traits m'était impossible, mais je le reconnaissais, à son boitillement distinctif. Malgré les soins constants qu'il avait reçus en prison, sa jambe n'avait jamais correctement guéri.

Tandis qu'il s'approchait lentement des portes principales, le silence tomba sur notre groupe. Je cherchais Christopher du regard et lui fis signe de s'approcher de moi. Je lâchai la main d'Eva, passai mon bras sous celui de mon fils et attendis.

Lorsque Hawk fut assez proche pour que je remarque le gris dans sa barbe courte et dans ses favoris, pour que je constate qu'il portait les vêtements que j'avais laissés pour lui et qu'il regardait directement dans ma direction – moi et seulement moi –, mon ventre s'emplit d'une chaleur qui se répandit rapidement dans tout mon corps.

Malgré tout, je n'avais pas l'idiotie de croire que se rajuster à la vie commune serait une transition facile. Hawk avait passé presque huit ans derrière les barreaux, et qu'il l'admette ou non, le quotidien en prison ressemblait beaucoup à un traumatisme permanent. À chacune de mes visites, je l'avais vu en payer le prix. Il n'avait un aperçu du monde extérieur que grâce aux gens qui prenaient le temps de venir le voir, de s'assurer qu'il restait une partie significative de leur existence à l'extérieur, et j'avais fait de mon mieux pour qu'il en soit ainsi.

Mais en même temps, je savais les conflits inévitables. Il y aurait des cris, des larmes, plus probablement entre son fils et lui qu'entre nous deux. J'étais malgré tout déterminée à faire en sorte que cela marche, et prête à affronter n'importe quel obstacle supplémentaire que la vie choisirait de placer sur notre chemin. Hawk m'avait attendue alors que je m'étais renfermée sur moi-même pendant des années. Il méritait que je lui rende la pareille.

Après tout, à quoi ressemblait une existence sans quelqu'un avec qui l'apprécier, quelqu'un avec qui vieillir, quelqu'un à aimer ?

Je ne tenais plus à le savoir.

Soudain, les lumières au-dessus du portail s'allumèrent, une cloche et une sonnerie résonnèrent en même temps. Mon souffle se coinça dans ma poitrine tandis que Hawk franchissait la porte qui s'ouvrait lentement. Lorsqu'il fut libre et qu'elle commença à se refermer derrière lui, il étudia la parade dans la rue, un large sourire aux lèvres.

— Je suis LIBRE ! cria-t-il, bras levés en l'air.

Sur un grondement, les garçons traversèrent en courant pour entourer Hawk, le submergeant. Il fallut plusieurs minutes avant que cela se calme. Lorsque les hommes commencèrent à s'éparpiller, Hawk émergea du groupe vêtu de son gilet. Je tenais toujours le bras de Christopher quand je m'avançai à mon tour.

— L'Irlandais, brailla Ripper, viens faire un câlin à ton vieux !

Hawk se tourna vers Ripper.

— Tu as donné un surnom à mon fils ?

— Oui ! répondis-je en souriant. Ils l'ont tous fait !

Ripper haussa les épaules.

— J'ai pensé que l'Irlandais, c'était mieux que le Russe, non ?

Je lâchai le bras de mon fils et le poussai légèrement vers l'avant.

— Va dire bonjour, lui soufflai-je.

Il baissa les yeux sur moi, puis les reporta sur Hawk qui se tenait là, attendant que Christopher fasse le premier geste.

Bien qu'ils se soient rencontrés à plusieurs reprises durant l'emprisonnement de Hawk, je savais que ce moment avait été une source d'anxiété pour eux deux. L'un comme l'autre s'étaient habitués à la place qu'ils occupaient – Hawk se comportant en père du mieux possible depuis une prison à deux États de chez nous ; Christopher grandissant en acceptant que sa relation avec son père soit ainsi et que lui soit l'homme de la maison. Résultat, aucun des deux ne savait exactement comment se comporter au moment où ils étaient de nouveau jetés dans la vie l'un de l'autre.

Alors que je m'inquiétais qu'ils restent figés encore longtemps, Hawk s'avança. Et une fois que Christopher vit son père venir à lui, il fit un pas en avant à son tour. Même si tout cela allait à la vitesse de l'escargot, entre Hawk et son boitillement et Christopher plein d'appréhension, lorsqu'ils arrivèrent enfin à la hauteur l'un de l'autre, Hawk attira son fils contre lui pour l'étreindre, Christopher répondant immédiatement au geste.

J'observai les deux hommes de ma vie les larmes aux yeux. Je me sentais si incroyablement comblée, si proche d'exploser que je n'étais pas sûre de pouvoir tenir une seconde de plus sans me précipiter vers eux. Mais il s'avéra que je n'eus pas à attendre si longtemps.

Incapable du moindre mouvement, légèrement tremblante, je laissai Hawk venir à moi. Soudain il fut là, me prenant dans ses bras, me collant contre son corps. En larmes, je me laissai aller contre lui et abandonnai toutes mes inquiétudes, mon anxiété. Au lieu de penser à ce qui s'annonçait, je savourai le cadeau que je venais de recevoir.

Hawk.

Il était là. Non plus derrière ces murs, entouré des gardiens de prison, mais vraiment, réellement là. Je le touchais et il me touchait. Cela faisait si longtemps, si douloureusement longtemps que je ne l'avais pas eu pour moi que les gens autour de nous, la prison dans notre dos, le monde entier sembla disparaître.

— Tu sens bon, dit-il à voix basse, le visage dans mes cheveux.

Il inspirait profondément.

Accrochée à lui, je fermai les yeux.

Il n'y avait que moi. Que lui.

Nous.

Des moments.

Et je ne le laisserais plus jamais partir.

Jusqu'à ce que Ripper m'y force.

— J't'ai apporté une moto, lui dit-il en souriant d'une oreille à l'autre tandis qu'il s'immisçait entre nous. Ça fait un bout de temps que l'Irlandais et moi on travaillait au truc. Le gosse m'a même aidé à l'assembler.

Hawk et moi nous tournâmes vers le groupe qui se séparait, révélant la superbe bécane conçue par Ripper et sur laquelle il était venu jusqu'ici. Même si je ne m'y connaissais pas vraiment en moto ou en mécanique, j'avais conscience que les garçons avaient passé de nombreuses heures sur ce projet. Le résultat final était superbe.

Mais Hawk ne regardait déjà plus la cylindrée. Il était concentré sur moi.

— Tu m'as gardé cette chevauchée, D. ?

De nouvelles larmes envahirent mes yeux.

— Je t'ai tout gardé, murmurai-je. Tout.

Du pouce, il essuya les larmes qui s'étaient égarées sur ma joue.

— Tu t'en es bien sortie, ma belle, dit-il. Carrément bien sortie malgré mon absence.

Je secouai la tête.

— Je n'étais jamais sans toi.

Et d'un coup, alors que je fixais ses yeux sombres, le gris de sa barbe disparut, tout comme les rides autour de ses yeux. Dans ses iris, je vis mon reflet, jeune et jolie, lui souriant. Prête pour cette balade.

Comme les choses auraient dû se dérouler.

Comme elles avaient toujours été et seraient toujours dans mon cœur.

— Vous tenez à passer toute cette foutue journée devant la prison ? lança Cox. C'est votre choix, mais moi je me barre d'ici. Je flippe à l'idée qu'ils viennent m'enchaîner ou quoi !

Je secouai la tête en direction de Cox avant de revenir à Hawk, souriante.

— Est-ce que tu te rappelles même comment on conduit une moto ?

Le rire qui me répondit était le plus merveilleux que j'aie jamais entendu.

— Femme, dit-il, un sourcil dressé, c'est comme le sexe. Ça ne s'oublie pas.

Épilogue

Zachary « ZZ » Jeffries glissa le cadenas dans le battant du dernier container et le ferma avec un clic bruyant. Il ajouta un sceau métallique. Quand il se tourna pour s'en aller, il se retrouva face aux hommes encore présents sur le quai. D'un signe de la tête, il leur signifia que tout était prêt et qu'ils pouvaient commencer à charger. Puis il s'éloigna.

Les gémissements étouffés et les cris qui s'échappaient du container lui parvenaient. Ils prenaient de l'ampleur à chacun de ses pas. C'était une sensation enivrante, l'adrénaline se déversait en lui. Son cœur s'emballa. Incapable de s'en empêcher, il serra étroitement les poings.

Il savait ce que ces femmes expérimentaient, enfermées dans ce container sombre et sale, sans avoir aucune idée de ce que l'avenir leur réservait. Il connaissait trop bien cette émotion brute, quand votre pouls s'accélérait et que vous pouviez à peine respirer parce que votre propre peur vous suffoquait. Il avait fui… eh bien, tout, depuis longtemps maintenant, donc ouais, Peur était son deuxième prénom.

C'était aussi ce sentiment qui l'avait gardé en vie si longtemps.

Il avait transformé cette peur en rage. Avait lutté pour atteindre les sommets parmi ceux qui se trouvaient au plus bas de l'échelle, et prit place sur un trône de poubelles et de pourriture.

Il n'en avait rien à cirer si son empire était bâti sur le sang et les os d'hommes et de femmes innocents, si de nombreuses nouvelles victimes trouvaient la mort afin que son règne se poursuive, que lui-même survive plus longtemps. C'était sa vie dorénavant, ce qu'ils avaient fait de lui, le monstre qu'ils l'avaient obligé à devenir.

— Patron.

ZZ ne ralentit pas l'allure. Il balança un regard à l'un de ses hommes sur sa droite. Tommy adopta le même rythme que son chef.

— Quoi ? lança ZZ brutalement.

Il s'arrêta brusquement.

Tommy déglutit et ZZ refoula son envie de rire. Tous le craignaient. Même un vieux salopard comme Tommy flippait à mort à l'idée qu'à n'importe quel moment ZZ pourrait s'en prendre à lui. Une fois qu'il pétait les plombs, personne n'était à l'abri. Absolument personne.

— Le gros veut les chiffres, dit Tommy à voix basse.

ZZ eut un reniflement méprisant.

— Il les aura quand j'serai prêt à lui filer.

La mafia russe croyait peut-être qu'elle le possédait, mais en réalité, ZZ s'était assuré de la loyauté des hommes travaillant directement sous ses ordres. Si jamais les Russes décidaient de le balancer, de se jouer de lui, ZZ avait tout mis en place pour lancer une guerre qui ferait s'écrouler le sol doré sur lequel ces crétins pensaient marcher.

Tandis que Tommy acquiesçait à regret, ZZ reprit sa marche, jurant dans sa barbe contre la chaleur de l'été, encore suffocante au cœur de la nuit. Mais porter des manches courtes n'était pas une option pour lui. Ses loyautés antérieures, les couleurs de son club, étaient encore tatouées sur son corps. Il les gardait volontairement, comme un rappel des raisons pour lesquelles il s'était retrouvé dans le foutu fossé où il était.

Jurant toujours, il sortit un élastique de sa poche. Après avoir noué ses longs cheveux marron, il essuya la sueur sur son front, fit craquer sa nuque à plusieurs reprises et poursuivit son chemin.

Il tourna brusquement sur la droite, en direction du parking, et se dirigea directement vers son camion. Il avait hâte de rentrer chez lui – boire, se droguer, prendre son pied tout seul – même si son domicile était pourri. Mais il échappait aux radars, et ZZ se fichait du reste.

Il venait juste de pénétrer sur le parking quand le grondement du moteur d'une moto l'arrêta. L'autopréservation, présente dans chacun de ses mouvements, le poussa à passer à l'action. Il fit un pas de côté, se glissant derrière un véhicule proche. Il s'accroupit, sortit son arme du creux de ses reins, et attendit.

Qui venait ici aussi tard ? Il prévoyait ses envois à la toute dernière seconde, s'assurant que toutes les personnes présentes appartenaient à son équipe, et qu'il avait acheté leur silence. Pour ce qu'il en savait, aucune autre opération d'import ou d'export n'était prévue pour ce soir-là. Cette arrivée inattendue refroidissait sa bonne humeur.

Tandis qu'il patientait, deux, trois et enfin cinq motos vinrent lentement s'arrêter au milieu du parking. Se redressant pour mieux voir, ZZ jeta un coup d'œil par-dessus le coffre de la voiture qui le dissimulait. Il eut un hoquet.

Cinq gilets de cuir étaient éclairés par la lune, soulignant la Grande Faucheuse dans leur dos, surplombée par le nom des Hell's Horsemen, avec les couleurs de Miles City en dessous.

Pas possible. Ils ne pouvaient pas savoir qu'il se trouvait là, et après tout ce temps, pourquoi se soucieraient-ils de le rechercher ? ZZ avait été si sûr qu'une fois son ancien président arrivé à une paix tout sauf heureuse avec les Russes, il cesserait d'envoyer des types après lui. Ce qui avait été le cas. Depuis des années maintenant, ZZ n'avait pas eu vent de la moindre rumeur de Horsemen reniflant autour de ses affaires.

Les motos s'alignèrent. ZZ observa les hommes qui, un par un, coupèrent leur moteur, abaissèrent leur béquille et mirent pied à terre. Il ne pouvait s'empêcher de se demander si cela n'avait pas été le plan depuis le début. Laisser passer assez de temps pour lui faire croire qu'il était en sécurité, puis fondre sur lui quand il s'y attendait le moins.

Manque de bol pour eux, il s'attendait toujours à l'inattendu.

— T'es con comme tes pieds, Dev, lança un des hommes d'une voix grave que ZZ ne reconnut pas. Si le prés' découvre que t'as emmené ta nana, il va te buter.

— La ferme, crétin, rétorqua une voix féminine.

ZZ plissa les yeux pour mieux discerner la silhouette sombre qui se déplaçait pour s'approcher du cercle des hommes qui se formait rapidement. Vêtue de cuir de la tête aux pieds, ce qui mettait en valeur un corps appelant au péché, elle leva les bras pour retirer son casque intégral.

Et le cœur de ZZ cessa de battre. Cela ne pouvait être… mais ça l'était. Les cheveux blonds, la silhouette à tomber, le sourire ponctué de fossettes qui scintillait sous les lumières du parking. Danny était telle qu'il se la rappelait, comme si elle n'avait pas pris une ride depuis la dernière fois qu'il l'avait vue.

— Elle reste sur le parking, lança une autre voix.

Celle-ci, ZZ la reconnut. C'était celle de Bucket, son ancien frère. Il se tourna dans cette direction et remarqua que les années n'avaient pas été tendres pour lui. Il avait l'air pire que jamais, crasseux comme tout, et semblait plus âgé qu'il ne l'était.

— C'est quoi le problème, bordel ? intervint un autre homme, bien plus jeune que Bucket.

Il s'approcha de Danny, balança son bras sur ses épaules, et l'attira fermement contre lui.

ZZ cilla, prit d'un fort sentiment de *déjà-vu*. Cela faisait un bail qu'il n'avait pas rencontré un membre de son ancienne équipe, et s'il n'avait su que c'était impossible, il aurait dit qu'il avait Cox sous le nez. Sauf que non. Cox était couvert de tatouages, or il n'y avait aucune encre visible sur cet homme.

— C'est qu'une livraison de cash, continua le jeune homme. Wham, bam, et on est de retour sur la route.

Bucket secoua la tête.

— Elle reste sur le parking.

Cette fois-ci, son ton indiquait clairement qu'aucune discussion n'était possible. Le jeune homme lâcha Danny.

— Ouais, mec, marmonna-t-il. Elle reste sur le parking. OK.

— Crétins, mordit Danny. Vous n'êtes vraiment pas marrants.

ZZ avait la tête qui tournait. Danny n'était-elle pas mariée à Ripper ? N'avait-elle pas eu un gosse avec lui ? Et voilà qu'elle était avec un autre frère ?

Brusquement, sa confusion, sa surprise se transformèrent en colère.

Ces foutus Hell's Horsemen étaient ici, sur son territoire à lui, et en train de mener leurs affaires, en plus.

Mais pire encore… Danielle West était là. La raison pour laquelle sa vie était passée de sacrément parfaite à pourrie, bonne à jeter aux égouts, ÉTAIT LÀ. Et toujours aussi belle, menant une vie facile, faisant ce qui lui chantait.

Sa rage s'embrasa. Un frisson froid rampa le long de son dos. Ses mains se mirent à trembler. Soudain, il désirait plus que tout au monde tenir le cou de Danny entre ses doigts et serrer jusqu'à ce que mort s'ensuive.

Le groupe se détourna pour prendre la direction des quais. ZZ ne se souciait plus des raisons expliquant leur présence. Il était uniquement concentré sur Danny, qui s'approchait des motos.

Elle soupira bruyamment, balança brutalement son casque sur le siège de la Harley sur laquelle elle avait voyagé. Puis, tournant le dos à ZZ, elle plongea la main dans sa poche et en sortit un téléphone à l'éclairage vif.

ZZ battit en retraite afin de ne pas être repéré par les hommes lorsqu'ils le dépasseraient. Le souffle court, le cœur emballé, il comptait en lui-même tout en attendant, chose qu'il faisait souvent lorsqu'il se préparait pour l'inconnu.

Une fois que le bruit des bottes cessa de résonner dans la nuit, il sortit vivement de sa cachette. Il avança silencieusement, avec précaution, entre les véhicules du parking. Il s'était approché de Danny, qui lui tournait toujours le dos. La jeune femme n'avait absolument pas conscience de sa présence. Il leva le bras, arme pointée.

Mais il n'allait pas lui tirer dessus. Non, elle paierait pour ce qu'elle lui avait infligé, il comptait bien s'en assurer.

— Danny, grogna-t-il.

Il sentait que les muscles de son visage étaient agités de violents tics. Une fureur longuement contenue avait été relâchée, se déversant avec force dans ses veines à une vitesse infernale sur laquelle il n'avait aucun contrôle.

Surprise, Danny pivota. Son téléphone tomba en cliquetant au sol. Ses longs cheveux blonds s'envolèrent, balayant l'air autour d'elle quand elle se tourna vers ZZ. Quand ils reprirent place autour de son visage, ZZ l'étudia de la tête aux pieds. Une veste et un pantalon en cuir moulants, les lèvres couvertes d'un rouge vif, et les yeux soulignés de noir. Ce n'était *pas* Danny. Elle était bien trop jeune, plus même qu'il ne l'avait pensé auparavant, et maintenant qu'il se trouvait directement face à elle, il remarquait les subtiles différences entre cette femme et Danny. Elle n'était pas aussi mince que Danny, son corps était plus rond qu'athlétique ; ses yeux bleu ciel étaient plus grands, presque trop pour son visage ; elle avait les lèvres plus pleines, celle du bas s'incurvant de cette manière sexy qui était vraiment une réminiscence de…

Eva.

Le regard surpris de la jeune femme tomba sur le flingue qu'il tenait avant de revenir sur son visage. Alors qu'elle ouvrait la bouche, un hurlement montant à sa gorge, il se jeta en avant…

AVENTURES & PASSIONS

6 juillet

Maya Banks

Les McCabe - Le Highlander qui ne voulait pas aimer

Inédit

Alaric McCabe était promis à Rionna McDonald, mais il en aimait une autre. Alors son frère Caelen a pris sa place. Elle qui croise le fer comme un homme ne peut s'empêcher d'être intimidée par ce mari taciturne, peu pressé de consommer leur union. Comme elle, Caelen ne s'est marié que pour le bien-être de son clan. Mais bientôt c'est elle qui attend et espère ses étreintes.

✦

Tessa Dare

Les héritières - Des fleurs pour la mariée

Inédit

Après huit années passées à attendre le retour de son fiancé, Clio Whitmore décide de rompre ses fiançailles. Or ce n'est pas du goût de Rafe Brandon qui est décidé à ce qu'elle épouse son frère, quitte à organiser lui-même ce satané mariage ! Mais comment un boxeur endurci peut-il convaincre une future mariée réticente sans tomber amoureux ?

✦

Julie Anne Long

Pennyroyal Green - Un tempérament de feu

Inédit

Pour retrouver son frère qui se dissimulerait sous l'identité du redoutable pirate, le Chat. Violet est prête à tout, même à embarquer clandestinement sur le bateau du capitaine Flint. Rapidement découverte, Flint et elle concluent un accord. Ils traqueront le Chat ensemble, bien que leurs desseins soient à l'opposé l'un de l'autre .

✦

Julia Quinn

La chronique des Bridgerton - Francesca

Après avoir multiplié les conquêtes, Michael Stirling est tombé amoureux de la seule femme qui lui était interdit d'aimer : Francesca, l'épouse de son cousin John qu'il aime comme un frère. Or celui-ci meurt brutalement, Michael hérite de son titre et Francesca est désormais veuve. Mais comment trouver le bonheur sans trahir celui qu'ils chérissaient tant ?

✦

Grace Burrowes

Lords solitaires - Darius

Inédit

Aux abois, Darius Lindsey est contraint de vendre ses faveurs auprès des dames en mal d'amour de la bonne société. Lorsqu'il passe un marché avec lord Longstreet, il espère pouvoir enfin échapper à sa condition. Ce dernier a besoin d'un héritier, et il propose à Darius d'en concevoir un avec sa femme, Vivian. Mais cette mission va s'avérer plus difficile que prévue, lorsque Darius se met à éprouver des sentiments pour Vivian.

✦

Sylvia Day

La série Georgian - Si vous m'embrassez

Depuis la mort de Colin, son premier amour, Amelia Benbridge s'est résignée à un mariage de raison. Mais le baiser qu'elle échange avec un inconnu masqué va bouleverser ses projets et réveiller la femme sensuelle qui sommeille en elle. Désormais pour Amelia, plus rien ne compte à part découvrir l'identité de ce mystérieux individu.

13 juillet

Kate Noble

De si doux mensonges

Inédit

Déterminé à prouver qu'il peut être aimé pour ses qualités et non pour sa fortune, le comte d'Ashby fait un pari avec son secrétaire. Il prendra sa place et aura deux semaines pour séduire une femme. Mais qui ? Pourquoi pas Phoebe Baker, sa si ravissante gouvernante ? Mais ce défi en apparence simple va s'avérer plus compliqué que prévu.

✦

Elizabeth Hoyt

La légende des quatre soldats - Le revenant

Qui est cet homme qui vient de s'écrouler aux pieds de Béatrice Coming ? Il s'agit du comte Reynaud St Aubyn que l'on croyait mort aux colonies. Ce retour inopiné provoque bien des inquiétudes, car Reynaud connaît l'identité de celui qui a trahi le 28e régiment d'infanterie à Spinner's Fall.

✦

Robin Schone

Le club - Pour l'amour de rose

Inédit

Membre du club des Messieurs et des Dames, Rose Clarring est mariée depuis douze ans avec un homme qui ne la désire plus. Elle souhaite divorcer et fait donc appel au célèbre avocat Jack Lodoun. Celui-ci accepte à condition que Rose lui prouve qu'il existe une passion capable de supplanter les vœux sacrés du mariage.

CRÉPUSCULE

6 juillet

Bec McMaster

Londres la ténébreuse - Le maître de la guilde

Inédit

Jasper Lynch est un sang-bleu et le maître de la guilde des Engoulevents, traqueurs de criminels à Londres. Mais ce dont il rêve, c'est de devenir membre de l'Échelon. L'occasion de faire ses preuves lui est donnée lorsqu'on lui confie une mission : capturer Mercury, la chef du mouvement humaniste. Or, Jasper ignore que celle qu'il pourchasse est en réalité bien plus proche de lui qu'il ne l'imagine. Et cette fois, le chasseur pourrait bien devenir la proie...

PROMESSES

13 juillet

Gill Sanderson

De l'autre côté de la montagne

Inédit

Suzanne Ripley est infirmière au CHU de Belham. Quand sa mère handicapée dont elle prend soin se remarie, Suzanne décide de recommencer ses études pour devenir médecin. Hélas, sa demande est rejetée, à cause, paraît-il, de ce nouveau médecin arrogant et misogyne, Neil Calder. Qu'à cela ne tienne, elle accepte un poste dans un centre de loisirs du Lake District qui propose des activités de montagne. Ce qui la ravit. Jusqu'au jour où une équipe de médecine sportive débarque, avec à sa tête... Neil Calder !

#Passion intense

13 juillet

Su Quinn

L'art du plaisir - Dissipée

Inédit

Après avoir officiliasé sa relation avec Marc Blackwell, son professeur à l'Ivy Drama College, Sophia en endure à présent les conséquences. Non seulement elle est traquée par la presse, mais il lui faut aussi supporter la jalousie de certains autres élèves. Pour ne rien arranger, la tendance de Marc à tout contrôler génère des tensions dans leur couple. Et alors qu'elle obtient le premier rôle d'une comédie musicale, Sophia se rebelle et flirte avec la vedette masculine. Où la mènera ce petit jeu sensuel et dangereux ?

Et toujours la reine du roman sentimental :

Barbara Cartland

« Les romans de Barbara Cartland nous transportent dans un monde passé, mais si proche de nous en ce qui concerne les sentiments. L'amour y est un protagoniste à part entière : un amour parfois contrarié, qui souvent arrive de façon imprévue.
Grâce à son style, Barbara Cartland nous apprend que les rêves peuvent toujours se réaliser et qu'il ne faut jamais désespérer. »

Angela Fracchiolla, lectrice, Italie

Le 6 juillet
Les ennemis du comte

11483

Composition
FACOMPO

Achevé d'imprimer en Italie
Par GRAFICA VENETA
le 2 mai 2016.

Dépôt légal : mai 2016.
EAN 9782290097007
OTP L21EPSN001284N001

ÉDITIONS J'AI LU
87, quai Panhard-et-Levassor, 75013 Paris

Diffusion France et étranger : Flammarion